地球盡頭的温室

지구 끝의 온실

金草葉 김초엽 著

簡郁璇 譯

目錄

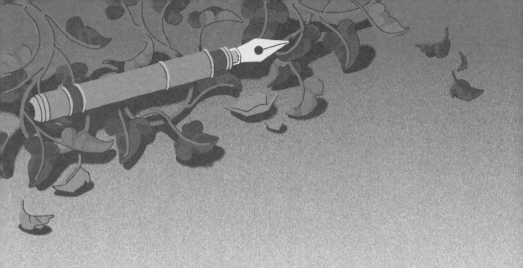

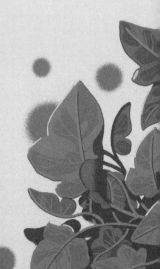

導讀　沒有英雄的非典型末日

劉芷妤（小說家）

長久以來，我對於自己該如何看待故事中的主要女性角色，常感到莫名糾結——當然，我並不喜歡傳統敘事中，女性總是等著被拯救的弱勢角色，但即使是在近幾年許多被視為「反轉性別角色」的故事裡，那個身負反轉重任的女性角色，也經常只是跳到主戰場上，去拿起原本男性角色會拿起的武器，說他們原來會說的話與做他們會做的事，這些主要女角總是被強調「不像一般的女孩子」、「個性大剌剌的絲毫不扭捏」、「不耐煩穿裙子和餐桌禮儀，完全不懂化妝為何物，反倒喜歡一身髒兮兮地和男孩們玩在一起」、「雖然長得漂漂亮亮的，但認真起來，可比男人還難纏」。

她們無論是否美貌、是否在意自己的美貌，都必須擁有一個男性的內在，在故事中承襲男性世界慣用的武器、冒險、格鬥或超能力去解決難題，以「男人做得到的事，女人也做得到」的自我證明，成為眾人點頭讚許的反轉典範。

這總讓我感到有些困惑，不確定這究竟是反轉了性別角色，還是強化了陽剛與陰柔氣質的刻板印象；究竟是證明了女人也能做到男人本來就能做到的事，還是證明了女人畢竟還是得學習成為一個男人，甚至要比男人更為男人，才堪擔當主角重任？

而金草葉《地球盡頭的溫室》，解決了以上的困惑，也拯救了始終卡在心裡那道過不去的檻上的我。謝天謝地，謝謝金草葉。

這是一個關於世界末日的故事。

說到世界末日與拯救世界的英雄，我們恐怕早已有了無數的想像：彗星撞擊、地殼裂開、殭屍逛大街、不懷好意的外星人、自相殘殺的核彈滿天飛；英雄則多半為了拯救家鄉與心愛的人赴湯蹈火，勇闖無數驚險的大場面，最終傷痕累累甚至壯烈犧牲自己的生命——然而在金草葉筆下，這個末日並非轟轟烈烈地來到，只有渺小的落塵不斷從天而降，讓人們無處安居，並蠶食鯨吞地讓這個星球上的生物一一死去，那麼細微，那麼緩慢，那麼安靜，卻又那麼沒有餘地。

這是一個不那麼陽剛想像的末日。

故事中的兩條時間線，其一是落塵浩劫下暫時倖存的人們如何在嚴苛的環境中生存，其二則是末日危機解除後，那個人們如常生活，像是末日從未來過的重建期。而故事中的特有種植物「莫斯瓦納」，不僅是解除地球末日危機的關鍵，其藤蔓也緩緩爬過兩個時間線，將兩個時代裡面臨不同世界的角色，緊緊連繫起來。

閱讀這個故事，感覺也像是隨書中角色，沿著藤蔓，在落塵紅霧之中往前摸索。這一頭是落塵浩劫下無處可去的少女姊妹，那一頭則是恢復平靜的重建期研究室中，一個著迷於植物的韓裔女性研究員，她們從不同的時空順著藤蔓而來，最終抵達了普林姆村這個如同烏托邦的所在，以及普林姆村裡那個永不熄燈的溫室。

當然，還有普林姆村的精神領袖與溫室主人這兩個核心角色。

正是那一個發光的溫室，培育出了莫斯瓦納這個挽救危機的特有種植物——這種毫不起眼、碰到還會讓人過敏刺痛的藤蔓，相較於炸彈的引信，顯然不夠刺激，但金草葉的這個選擇，不僅更適合長進讀者內心深處，植物特有的安靜、溫柔與強韌的生命力，也為這個不那麼陽剛的末日，尋得了一個恰當的解方。

在這個女人承擔領導重任、女人找到末日解方、女人背叛、女人失敗的故事中，縱使主要角色都是女性，甚至有一個難以判斷是不是女性的改造人角色，但我不會說這是一個「女人拯救世界」的故事，畢竟拯救世界的並非某一個女人，甚至也沒有誰真抱著拯救世界的高尚情操，她們僅僅是如我們一般地愛著，並以自身的能力與智慧去延續所愛的一切。

故事並不強調性別，沒有英雄，僅僅是跳脫了陽剛的單一想像，而那已經可以是一種別出心裁。畢竟，當我們習慣了顯而易見的危機，認為每一種末日都能簡單粗暴地解決，就很容易對不易指認的威脅失去戒心，像是微塵，像是病毒，像是認知作戰。我甚至認為，像這樣的非典型末日想像，反倒能幫助真實世界裡的我們，離末日更遠一點。

說回故事中最讓我心折的，其實是金草葉筆下，同樣擺脫單一想像的、某種具有搖晃感的特質：比如說，關鍵植物莫斯瓦納具有「能夠拯救世界卻也可以毀滅烏托邦」的兩面性；努力維繫著普林姆村運作，卻深知這遺世獨立的烏托邦必然覆滅的心情；明知這個世界有那麼多假裝成好人的自私惡棍，但還是不希望世界末日來臨的複雜感受；世界末日來了又走，卻始終沒有說出口的隱藏情意……那些即使在末日氛圍籠罩下依然充滿矛盾、困惑與不確定性的情感細節，在金草葉筆下如同陽光下樹葉的光影搖晃閃爍，正因半隱半顯，反倒將人性寫得如此通透，並讓這個末日故事，顯得那麼溫柔詩意。

我向來熱愛雋永的故事，更勝於精緻的文筆，而這一本就連書名都令人神往的《地球盡頭的溫室》，便是我最喜歡的那一種，美得讓人在讀畢後，闔上書頁，閉上眼，就好像能在落塵迷霧中，看見遠方那個在山丘上永恆發光的玻璃溫室。

好評推薦

有些書讀了讓人有智慧。
有些書讀了讓人有溫暖。
這本，都有。

我常常覺得，人生就是災難，只是你有沒有意識而已。
金草葉果然是當代的文壇翹楚，每次出手，
都讓我充分感受到想像力的擴增。

我是臺南人。
每次返鄉，都得擘劃每餐的美食
因為肚量有限，不想浪費在難吃的東西上。

時間很有限，讀書的機會很珍貴

金草葉從不讓我失望。

——盧建彰

《地球盡頭的溫室》是部警世科幻小說，故事時空設定在百年後的韓國，藉由植物異常增生的怪象喚起年輕生態學家的好奇，探究成因的過程中不意掌握到世人撐過「落塵浩劫」的關鍵，在多位女性角色穿針引線下揭開背後真相。

巧妙運用生物（尤其是植物及生態）知識、帶有一絲推理味的情節推展，作者金草葉嫻熟地掌握敘事節奏引領讀者展開冒險探索，用溫柔但堅定的口吻娓娓道出人類自食惡果後重獲新生之謎，在信念與情感上刻劃之深令人著迷。

——冬陽（復興電台「故事與它們的產地」節目主持人）

序幕

一輛舊車發出哐啷哐啷的聲響，停在了泥土上坡路前。斷裂的木階梯、陳年失修的路標，還有殘破不堪的欄杆，此處雖曾經是國立公園，如今卻杳無人跡，放眼望去盡是散落的砂礫岩石。道路兩旁種的是橡膠樹，枝幹的表面已徹底發黑，表皮彷彿被利爪劃過，僅剩乾掉後黏在上頭的白色樹液，讓人看了觸目驚心。至於棲息在底下的椰子樹，扇形枝葉亦如槁木死灰般垂掛著。

「要是我們有海豚號，就能到那裡頭一探究竟了。」

娜歐蜜無心地嘀咕了一句，卻遭來阿瑪拉的一頓白眼。為了取得座標，姊妹倆必須交出自己擁有的財產中最昂貴的懸浮車，才能來到此地。娜歐蜜沒想到為了一個座標，竟被要求交出懸浮車，不禁大驚失色，並試圖說服阿瑪拉。這次就直接走吧，反正在別的地方也能取得座標那種玩意──要不是在那一刻看到阿瑪拉一臉厭倦，娜歐蜜早就這麼說了。看到阿瑪拉的表情，娜歐蜜不由得心想，說不定沒有「下一次」了。阿瑪拉已經沒有來日了，之所以為了一張輸入座標的小卡而交出懸浮車，也是基於這個原因。

阿瑪拉盯著摸不清深處的森林小徑暗自琢磨，說：

「反正路這麼狹小，懸浮車也開不進去。除非是想要把這些大樹全都剷除再通過，否則途中勢必得丟下車子吧。」

「不一定喔，如果讓海豚號在空中飛，說不定能成功……」

娜歐蜜邊說邊往上瞧，只見舉目皆是拔地參天的大樹，即便先前在耶加雪夫生活到七歲為止，也不曾見過這麼高聳挺拔的樹木。不過，反正懸浮車能在空中駕駛，要在這片高樹上頭飛也不是太大的問題。

一旁的阿瑪拉搖了搖頭。

「空中駕駛需要技術，我們又沒有試過讓海豚號在天上飛，而且就算成功飛起來好了，也只會自討苦吃。想想看，我們來到這裡的途中遇到多少無人戰鬥機。多虧了圓頂城市那幫愚蠢的傢伙，老是讓無人機四處飛來飛去，所以我們才能賺點零頭花用，但搭乘海豚號飛到那麼高的地方，是毫無勝算的。雙手能抓牢，別跌個粉身碎骨，就要謝天謝地了。」

雖然娜歐蜜不滿地嘟起了嘴巴，但阿瑪拉都已經說到這個份上，她也只好決心不再提起早已離她們遠去的懸浮車。先前還替它取了「海豚號」這個名字，對它百般呵護，如今卻無緣再見了。

娜歐蜜在木階梯前蹲了下來。

「土壤是乾的，大概有很多天沒下雨了。」

落塵在數年間大量滋生，氣候也變得一塌糊塗，無論是風是雨，都變得無法預測。不過短短幾個月，落塵的濃度逐漸提高，馬來半島的南部也接連碰上了乾旱。依這龜裂的土壤來看，這座原本是熱帶雨林的森林，此時似乎也水分盡失。

「搞不好這樣更適合人類居住啊。我聽說叢林地區暴雨不斷，把土壤的養分都帶走了，所以除了經過激烈廝殺奪下生存空間的生物之外，其他生物都難以存活，可是現在既沒有暴雨，占據地面的也全是死去的林木，對住在這裡的人類來說不是正好嗎？等於沒什麼能阻礙他們了。」

阿瑪拉異常多話，狀態要比平常更不穩定。她看起來就像在竭力說服自己。

娜歐蜜依舊蹲在地上，問阿瑪拉：

「姊姊，妳真的相信有那個地方嗎？」

「妳不也看到了？那不是能胡亂捏造出來的。」

娜歐蜜知道阿瑪拉說的是什麼。把座標卡給她們的耐性種人[1]曾拿出照片作為證據，照片中可看見森林的中央一片燦亮，以及彷彿還活著的植物與人類。儘管照片模糊得像是從千里之

1 耐性種：生態學專有名詞（tolerant species），對環境條件的變化具有較強耐受能力的物種。

遙的空中拍下之後再放大的，但對於收買阿瑪拉的心已是綽綽有餘。娜歐蜜原本打算說，要捏造這種照片還不容易，把落塵浩劫發生前的照片塗黑，弄得像是世界滅亡之後拍的，不就行了嗎？但阿瑪拉的表情看起來太過不安，所以她只得乖乖閉上嘴巴。

被驅逐的耐性種人之間流傳著一個古怪傳聞：從吉隆坡的甲洞區朝西北方驅車兩小時左右，就會出現庇護所所在的森林。那座庇護所並沒有藏匿在地底下，上頭也沒有加蓋圓頂，而是任由風吹雨淋，而且就像未發生落塵浩劫之前的村莊般。即便是不具有耐性的人，也能在那個地方活得好好的。

聽到傳聞之後，阿瑪拉只要偶然遇見耐性種人，就會不斷追問庇護所的所在位置，娜歐蜜則是懷疑這件事的真實性，因為她想來想去，覺得根本說不過去。在這片覆滿落塵的大陸上，怎麼會存在那種毫無遮蔽的庇護所呢？當然了，娜歐蜜能猜到姊姊為何想要尋找圓頂外頭的庇護所，因為阿瑪拉和娜歐蜜不同，她的身體無法承受這樣的空氣狀態。

娜歐蜜站起身，拍了拍褲腳沾上的泥土。

「好，去裡頭瞧瞧吧。」

落塵侵襲過的森林籠罩在一片死寂之中，不只不見任何野生動物，就連一隻在地面爬行的小蟲子也見不著。娜歐蜜的雙腳深陷在厚厚的落葉堆之中，她全神貫注地留意腳下，避免被從巨樹身上竄出地面的樹根絆倒。都走了快一小時，卻依然不見森林的盡頭。越往深處走，密密麻麻的群樹遮掩住天空，四周也越來越暗。

「等一下。」

阿瑪拉伸手阻止娜歐蜜向前，停下了腳步。就在幾步之遙，出現了一個龐大的黑影。娜歐蜜以為那是死人，嚇得倒抽了一口氣。阿瑪拉說：

「那是……大猩猩。」

一隻身軀如成人般大小的大猩猩已然死去，可能是受到落塵的影響，屍體停止腐敗，形體依然完好如初。娜歐蜜曾經在蘭卡威的研究室，看到研究人員將動物的屍體棄置在箱子裡長達數個月。有些生物以極快的速度腐敗，有些生物卻彷彿成了在歲月中靜止的標本。娜歐蜜才剛伸手探向大猩猩的屍體，阿瑪拉便迅速拍開了她的手。

「別亂碰，誰曉得會染上什麼病。」

但娜歐蜜再次伸手去觸碰大猩猩，指尖輕輕觸及的毛髮很冰冷，皮膚也已僵硬。儘管大猩猩的上半身幾乎毫無腐敗痕跡，但接觸土地的下半身已經腐爛了。這會不會是因為泥土中有從落塵的手中僥倖逃生的微生物或蟲子？

「小心一點，耐性不能確保妳百毒不侵。」

娜歐蜜聳了聳肩，然後拍了拍自己的手，接著再次退後一步觀察屍體與地面。她發現了一個微妙之處，就是大猩猩的部分大腿被巴掌大的藤蔓葉片所覆蓋，但植物卻像是大猩猩死亡之後才長出來的。娜歐蜜喃喃自語：

「會是活的嗎？」

「大猩猩？哪裡看起來像……」

「不，我說的是這植物。」

聽到娜歐蜜的話後，阿瑪拉露出了狐疑的表情。娜歐蜜又湊近了一些，好把植物看得更仔細。雖然有許多植物早已死於落塵的毒手，可是卻沒有腐爛分解，所以很難用肉眼辨別是生是死。娜歐蜜從藤蔓上頭摘下一片葉子，但碰觸葉片的手指像被針扎到般刺痛。

娜歐蜜突然察覺到不對勁。

「這裡的土壤和入口不同，是潮濕的。」

空氣中突然能感覺到一股濕氣，是稍早前沒有的。娜歐蜜驚慌失措地看著阿瑪拉。

「沒事吧？」

迷濛的霧氣開始蠶食這片森林，阿瑪拉同樣也察覺了霧氣的存在，不安地環顧四周。

「會是塵霧嗎？但樹木這麼多，怎麼會突然……」

聽見阿瑪拉喃喃自語，娜歐蜜也跟著不安起來。

「那根本不影響，風可以在上頭吹，而落塵可以溜進任何角落。姊姊，如果覺得有什麼不對，就立刻告訴我。」

娜歐蜜感覺不太到落塵的存在，阿瑪拉卻對落塵的濃度很敏感。驀然現身的紅霧就是頗具代表性的訊號，就連蘭卡威的研究人員也視其為一種「指標」。何以塵霧會突然出現？莫非這座森林真有什麼嗎？

兩人再度邁開步伐，卻無法得知是否正朝著目的地前進。梅爾巴的耐性種人告訴她們的，就只有森林的入口而已。他們只說繼續往森林裡邊、往深處去就對了，可是最早連「那個地方」是否真的存在都是個謎。假如他們是在說謊，那該怎麼辦？

霧氣漸濃，看不清眼前有什麼，後來又遇上了幾具大型動物的屍體。這些屍體就散落在路面上，若想通行，就非跨越牠們不可。腳下不時就被樹根絆到，不然就是踏進泥濘坑洞，在巨大的腐屍花旁邊，有許多死亡多時的蟲子。

接著又發現了更多陌生的痕跡，像是在空中飄散的白色種子與孢子，長相猙獰的藤蔓植物披覆在死去樹木上頭，以及漫天的晚霞替叢林添加了奇異的色澤。說不定這只是一種錯覺，但娜歐蜜似乎從披覆樹木上頭的植物看到了繽紛璀璨的光芒。

座標卡根本起不了任何作用。如果是驅車前行，說不定還能派上用場，但必須步行的此時此刻，就連掌握方向都有困難。別說是要尋找庇護所了，搞不好連走出這座森林都有問題。先前只一心想著要找出森林，卻沒思考進入森林深處後該做些什麼。即便是擔心阿瑪拉可能會送命而惶惶不安，也不該……總之，娜歐蜜氣自己事先沒做任何防範就走入森林。哪怕是現在，趁早回頭才是上上之策。

「姊姊，我們回去吧。」

娜歐蜜拉住阿瑪拉的袖子。

「庇護所根本就不存在，那些人只是隨便丟個座標給我們而已，他們是想要我們在森林中迷路然後死掉，他們是有預謀的！」

「娜歐蜜，庇護所一定存在！」

「在姊姊的眼中，這座死去的森林看起來有什麼？就算真的有什麼好了，也不會是這裡。拜託，我們回頭吧。」

太陽已逐漸西下，等到完全沒入地平線之後，她們就得在這伸手不見五指的森林過夜了，但別說是野營需要的物品，她們身上就只有水瓶和幾片乾糧。就算沒有山禽猛獸，真懷疑能不能在這種地方捱過冷冽的天氣。為什麼會如此有勇無謀地闖入森林呢？耐性種人爾虞我詐、互相欺瞞的情況屢見不鮮，她們卻傻傻地相信這個座標……娜歐蜜對於至今的所有決定感到後悔莫及，就在她嘆氣並抬起頭的時候，看見了色澤轉紅的濃霧。

「姊姊，我們趕快逃！」

人類無法在這塵霧之中存活，娜歐蜜能確定的只有這個。有人會立即昏厥並停止呼吸，也有人撐上約莫一小時，或者一天左右的時間，但這並未改變落塵等同死神化身的事實。

「娜歐蜜。」

「如果不立刻離開森林……」

阿瑪拉要娜歐蜜坐在岩石上，接著彎下腰來與她對視。阿瑪拉一臉疲倦，雙眼也充血發紅，娜歐蜜忍不住擔憂，生怕阿瑪拉會立刻昏倒在地、吐血身亡。

「我已經無法回頭了。妳不也很清楚嗎？就算逃到森林外頭，塵霧隨時都會找上門來。我沒辦法逃亡一輩子。娜歐蜜妳或許可以，但我不行。是真是假，就讓我確認最後一次吧。」

說不定庇護所會在此處，這信念和微乎其微的可能性讓阿瑪拉來到了此地。娜歐蜜也心知肚明，非耐性種人的姊姊之所以能活到現在，有兩個原因：那就是娜歐蜜的幫助，以及對庇護所懷著近乎執著的希望。阿瑪拉看著娜歐蜜的眼睛低喃：「對不起」，但娜歐蜜覺得很想哭，迴避了阿瑪拉的眼神。阿瑪拉開始咳嗽了，她掩住嘴巴說：

「先在這裡待一會吧，等風吹霧散後再走。」

整座叢林被無數死去的樹木包得密不通風，但娜歐蜜知道自己如今是不可能說服阿瑪拉了。娜歐蜜打開橡膠製的防護傘，替阿瑪拉撐著，同時盼著紅霧能盡快退去。

在一片漆黑之中，娜歐蜜睜開眼睛，赫然發現眼前的景象起了變化。夜晚的空氣清淨沁涼，皎潔月光映照在樹木之間，霧氣全數散去了。

阿瑪拉依然閉著雙眼，將身子斜靠在岩石旁的樹木上。娜歐蜜借著月光確認阿瑪拉的臉色，同時將她搖醒。

「看那邊，姊姊，有東西。」

在夜晚濃烈的黑幕之間，能看見遠處山丘上有著球體形狀的溫暖燈光。儘管無法確知那是什麼，但它看起來實在太過神祕，所以娜歐蜜心想自己可能是出現了幻覺。難道真如其他耐性種人所說，庇護所是存在的嗎？還是在這樣的森林內？

「娜歐蜜！是那裡，那一定是庇護所。」

「姊姊，等等。」

娜歐蜜依然不敢掉以輕心。

「等一下吧，假如真的是那裡，就沒必要著急。先閉上眼睛休息一下，等天亮再去吧。」

阿瑪拉的態度很頑強。

「不，非得現在去不可。到了白天，就看不見那個光球了，我們又會再次迷失方向。」

娜歐蜜雖有所遲疑，最後還是跟在阿瑪拉的後頭走著。阿瑪拉說得沒錯，那個只能在黑暗中看到的光芒，是這座森林中唯一能替她們引路的燈塔。娜歐蜜與阿瑪拉再度邁開了步伐。太陽西沉之前原本就有點涼颼颼，到了晚上則是冷得讓人直發抖。娜歐蜜拉好自己身上已經磨出破洞的外衣，卻無濟於事。

「等等，娜歐蜜。」阿瑪拉說，「先停一下。」

聽到這句話之後，娜歐蜜依然往前走了好幾步才停下，某處傳來了窸窣的聲響。

下一秒，娜歐蜜便驚呼了一聲，因為蓊鬱濃密的群樹間出現了黑影。不，那些是人，儘管他們穿著有兜帽的黑袍包住全身，但一看就知道是沒穿任何防護衣、也沒戴上安全面罩的耐性種人。

「真的有庇護所……」

娜歐蜜聽見阿瑪拉彷彿驚嘆似的喃喃自語。

一群人從群樹間現身，包圍住娜歐蜜與阿瑪拉，並舉起了武器。兩人背對著背，將雙手高舉過頭。阿瑪拉以急切的口吻說：

「我們是耐性種人！和各位一樣是耐性種人，我們是帶著座標找來的。是在梅爾巴遇見的人要我們來這裡的。我們什麼都會，不管是要操作汽車或機器，或者幹體力活也好，甚至是危險的事，只要願意接納我們……」

一名高大魁梧的女人像是要阻止阿瑪拉繼續說下去，舉起手來，接著將手指移至嘴巴前，示意她別說話。阿瑪拉閉上了嘴，娜歐蜜開始焦躁不安。

他們是誰？真的是耐性種人嗎？

他們至今沒有出聲，也沒放下武器。娜歐蜜把手緊貼在耳朵旁，緊張地吞了吞口水。他們是把我們當成了入侵者嗎？但我們根本沒攜帶任何武器啊。

下一秒，一股難以忍受的劇痛朝娜歐蜜的後頸襲來，她能感覺到脖子後方濕濕的，眼前則一片血紅。娜歐蜜的雙腿一軟，膝蓋觸地，上半身也跟著傾斜，這時她才豁然醒悟——

我們走入了陷阱，他們欺騙了我們。

「阿瑪拉，不行，阿瑪拉！」

娜歐蜜焦急地大喊，有人將她壓制在地，並把她的雙臂往後折。一條堅韌的布裹住了娜歐蜜的身體。

「快逃！」

娜歐蜜邊慘叫邊扭動身體，卻絲毫無法對抗壓制自己身體的強硬腕力。阿瑪拉在一旁聲嘶力竭地哭喊：

「娜歐蜜！」

眼前很快化為一片黑，死亡的腳步正在慢慢逼近。

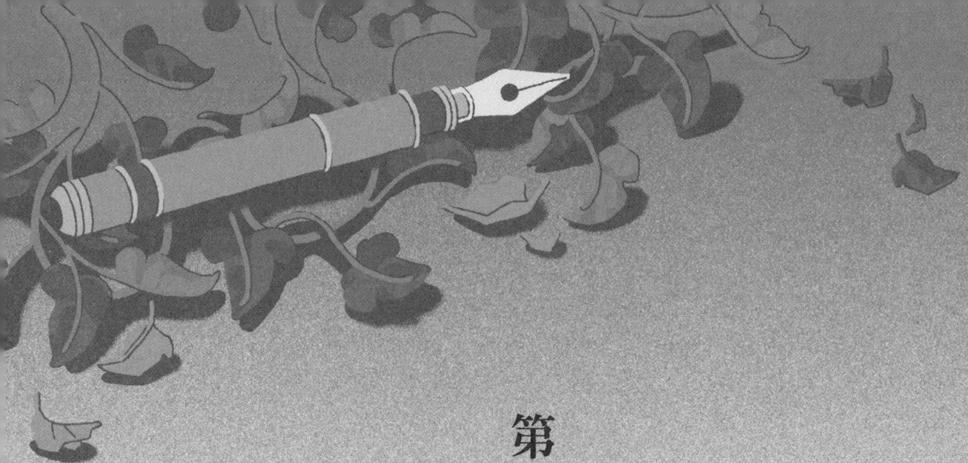

第一章　莫斯瓦納

今天早上，整個落塵生態研究中心為了覆盆子而躁動不已。過了繁忙嘈雜的上班時段之後，秀彬拉著上頭有個巨大箱子的推車現身。她彷彿從戰場上凱旋歸來的英雄般神氣地打開箱子，同時大喊：「各位，貨到了，百年前新鮮欲滴的覆盆子！」秀彬說，這是當地水果復育計畫下成功復育的覆盆子，原本只在研究室少量培育，後來才改為大量栽培並成功採收。今天要第一次試吃，她為此特地帶來了研究中心。

眼見其他研究人員都簇擁到覆盆子前面，亞榮也加入了他們的行列。巨大的箱子內裝滿了初次見到的覆盆子。雖然先前看過許多次資料圖片，但也只有在偶爾吃著國外復育的樹莓果醬時，暗暗猜想覆盆子的滋味如何，從來都沒有實際吃過。大家似乎都在想同一件事，看著覆盆子的眼神滿是期待。雖然果實的形狀看起來有些陌生，但隱約的香氣令人食指大動。

秀彬裝了一整籃覆盆子，在桌子旁的清洗槽洗滌之後，將籃子放在可移動的收納櫃上，接著一臉洋洋得意地下達試吃許可令。

「好，就來嚐嚐看吧。」

所有人均以迅雷不及掩耳的速度伸出手，抓了一把覆盆子，亞榮也將覆盆子放入了口中。軟呼呼的口感吃起來還不賴，但有別於其甜蜜的香氣，吃起來倒沒什麼特別的滋味，只是能感覺到質地粗糙的籽，還帶了點澀味。其他研究人員開始細細咀嚼之後，也瞬間露出了微妙的表情，還有人歪著頭多吃了幾顆。只聽見大家不停地咀嚼，卻無人開口說話，於是還沒伸手去碰覆盆子的秀彬緊張兮兮地問道：

「呃……不好吃嗎？」

向來心直口快的朴素英組長面露些許尷尬地說：

「嗯，覆盆子本來就會有澀味嗎？」

沒人應答，大家似乎都不好當著秀彬的面說什麼。但不消一會兒，按捺不住的真心話便接二連三地出籠。

「會不會是以前的水果都很難吃？上次復育的番茄也不怎麼樣啊。」

「大概是二十一世紀的人口味跟我們不一樣吧，當時大家覺得這是美味的水果。」

「不可能啊，你現在是在瞧不起二十一世紀的人嗎？我敢打包票，這一定是農林廳栽種的方法有誤。」

「沒錯，叫他們確認一下有沒有按照正確方法栽種。」

「秀彬不是先拿樣品試種過才寄出去的嗎？」

「怎麼這麼多籽？是要全部咬一咬吞下去，還是要吐出來？」

「這和我期待的覆盆子不一樣，一定是哪裡出錯了……」

「想像總是美好的，就接受現實吧，這就是覆盆子本來的味道，是它的本質。」

眼見大家針對覆盆子的味道展開辯論，秀彬最後也拿了幾顆覆盆子來吃，然後一臉失望地再次確認箱子。大家在安慰傷心的秀彬之後各自歸位，也有人把裝了覆盆子的箱子帶回座位上。

亞榮拍拍秀彬的肩，安慰她：

「秀彬，我覺得還不錯，味道淡的東西很符合我的口味呢，最近的水果都過甜、味道太強烈了。」

「不，它味道不該這麼淡，應該要是甜的才對……」

秀彬哭喪著一張臉，要是再說些什麼，她可能會更大失所望，於是亞榮聳了聳肩，轉過身。在一旁見到這幅情景的允才，則像是在看好戲似的咯咯偷笑。不久之後，經歷一場騷動的研究中心植物生態組，也再次恢復趕著交報告的忙碌氛圍。

打從幾年前姜以賢所長就與農林廳合作，野心勃勃地推動復育計畫。這項計畫打著拯救在落塵時代絕種的優良作物品種，為韓國未來飲食產業做出貢獻的崇高目標，但其實大部分作物品種都已利用國外保管的種子復育成功，所以剛開始大家莫不投以懷疑的眼神，認為這是無謂之舉。

可是第一年由橘子和蜜柑雜交培育出的品種「濟州金香」在市場上大獲好評，也使研究中心的財政狀況與名聲扶搖直上。儘管之後動員了無數的研究人員，但就像其他多數專案一樣，品種復育計畫果然也只是曇花一現。現在大家都把這苦差事丟給資歷最淺的秀彬去做，讓她獨自吃足了苦頭。第一次的成功多少帶有運氣成分，無論是所長或研究人員，最終都只證明了他們對於賺錢的事沒什麼天分。

「這週開始就是報告合併季，完成自己那份報告的人就盡快交給允才，檔案要記得共享給整個小組。我知道大家都很辛苦，但我們試著在時間內完成吧。對了，大家也別忘了申請衣索比亞出差的行程。」

亞榮坐在全像投影的螢幕前聽朴組長做簡報。亞榮必須把韓半島南部野生植物生態變化的部分全數補上。儘管資料處理程式會自動產生草稿，但如果想把報告修得漂亮，從現在開始就得熬夜了。程式的演算法與上級主管評價研究績效的見解有所不同，很容易在只有植物研究人員會感興趣的不重要植物上頭，隨便貼上「重要」的標籤，所以生物資源評價的部分，亞榮必須親手整個重新調過。她還是新人的時候，因為不了解這點，所以傻傻地遵照程式的建議，結果在第一次研究發表會上被狠狠削了一頓。

允才早早就完成自己負責的部分，好整以暇地一邊喝咖啡，一邊走過亞榮身旁。亞榮叫住允才。

「允才姊，請妳幫我看一下這個。」

「怎麼了？」

「這種花啊，寫成『可做為賞花植物』如何？」

允才仔細看著全像投影螢幕，皺起眉頭。

「評選委員也都有眼睛的，不能寫得太誇張。」

「我覺得看起來很不錯啊，這種素樸的花朵偶爾也會成為流行嘛。」

「這花朵不怎麼樣，不美。」

「喔……」

聽到允才毫不留情的評價之後，亞榮傷心地略過了畫面。對亞榮來說，這些植物都是珍貴的研究對象，可是在聽到有人問說為什麼要投入研究費復育並保存它們時，常常只能啞口無言。最理想的狀況，莫過於植物可作為生物資源，像是可食用、可做為賞花植物，或者強調其在藥理上的成分，可是又不能隨便在任何植物上頭加上那種意見。大部分的人似乎都覺得，如果不是美味、美觀或甚至能提煉成藥物使用的植物，就算從地球上消失也無所謂。

「這真的長得很特別，所以我想復育它。它的根部構造非常獨樹一幟，可是我不知道該怎麼寫才好，也不能直接寫『根部構造獨樹一幟』。」

「這時最好用的理由還是『生物的多樣性』啦，好比說『生物的多樣性能拯救我們。落塵平息之後，最先重建的地區，也是生物多樣性保存得最完整的地區』這類的，寫說『落塵浩劫可能再度爆發』，還可以嚇嚇他們。」

「就算那樣寫，也沒人會被唬住吧。每年都會整理出深海落塵殘留指數報告，可是現在根本就沒人在乎啊，只要去噴灑落塵分解劑就行了。」

「以前大家也都這麼想啊，真的很令人遺憾。」

允才像是在隔岸觀火般聳了聳肩，從亞榮的面前走掉了。

以三明治隨便打發午餐之後，亞榮吃了些淡而無味的覆盆子，整個下午都集中全力寫報告，最後總算完成了初稿。就算是自己喜歡的工作，做了數十遍之後還是會產生職業倦怠。亞榮眨了眨布滿血絲的雙眼，最後再確認一次報告，然後把內容共享給整個植物小組。

可是，就在亞榮要去找允才和朴組長，告知已經完成自己負責的部分時，卻發現兩人都不在座位上。一旁的秀彬說：

「他們應該在會議室，聽說山林廳的人來了。」

就在亞榮打算回到座位處理些雜務，並悠閒地等待兩人回來時，看到允才和朴組長的全像投影螢幕上出現同一篇報導。

江原道海月的廢墟，有害雜草異常繁殖……附近居民抱怨連連。

和山林廳的人開會是為了這件事嗎？亞榮側著腦袋好奇起來。這裡可是落塵生態研究中心，不是什麼處理雜草的地方。如果是落塵時代或重建之後大量繁殖的雜草，倒還說得過去。

儘管如此，說起植物相關問題時，允才和朴組長熟知各種解決方案，所以山林廳也可能是來徵詢專家的意見。偶爾碰到害蟲出沒或樹木相繼染病造成災害時，也會有人來尋求建議。

隔天早上，亞榮看到桌面放了兩個可分解的生物塑膠箱。其中一個箱子的體積非常龐大，裡頭裝了一個褐色紙袋，袋裡有個沾了泥土的根部朝箱外凸出，另一個則是裝了約莫手掌大小的泥團。標籤貼紙上寫了推測的學名、採集日期和位置，亞榮確認了一下貼在箱子上的便條紙。

2129 ｜ 03 ｜ 02
海月廢棄區 B 02 附近，山林廳。
Hedera trifidus
請針對 VOCs、土壤、葉片、根莖的萃取液進行成分分析。

「放在我座位上的這個，是允才姊的樣本嗎？」

「這個要麻煩妳了，抱歉，因為大家都很忙。」

朴組長傳來了回覆。在旁邊盯著螢幕的允才，此時正在模仿人不在座位上的姜所長，說著「乖乖把草稿完成的研究員，就只有亞榮一個呢」，讓亞榮氣得牙癢癢的。能者多勞，這就是組織不合理的潛規則。

亞榮嘆了口氣，但也別無他法。

「這是昨天山林廳要求分析的嗎？」

「對，妳應該在新聞上看到了，就是這幾天大家吵得沸沸揚揚的植物。三裂細毛鉤形藤蔓，一般都稱它為莫斯瓦納。這可是姜以賢所長在主要電視台亮相的大好機會呢。」

「啊……原來有這種事啊。最近我沒看新聞，因為我的現實生活就已經讓我吃不消了。」

允才用彷彿看到怪咖的眼神看著亞榮。亞榮不以為意地聳了聳肩說：

「我有看到新聞標題，我會找來看。」

允才咧嘴笑著說：

「山林廳先分析過了，發現了很多疑點，他們擔心會不會找不到原因，所以才想交叉檢查一下。他們不是用命令的，而是如我說，是在請求協助。他們說，希望這週可以完成分析，寄給他們。」

「這週？這週只剩兩天耶。」

「都到了人民怨聲載道的程度嘛，說雜草殺人了，吵得不可開交。」

亞榮瞇起眼睛，仔細盯著透明塑膠箱的泥團。看起來就是很普通的植物啊。一般植物如星火燎原般迅速蔓延的情況很常見，在世界走向滅亡的時候，最強韌不拔地存活下來、重新支配世界的也是植物。不過是廢墟長出了奇怪的雜草罷了，根本不值得鬧上新聞。

就在亞榮撕下貼紙，正要打開箱子的時候，允才插嘴說道：

「小心點、小心，不能徒手摸它。」

亞榮嚇了一跳，雙手在箱子的上方定格。

「要是接觸到皮膚就會非常刺痛，癢到不行。我也是昨天去開會時才知道的。一定要戴手套，不要把袖子拉起來。」

允才稍微拉高袖子給亞榮看，手腕的部分呈現紅腫狀態。

「我也沒碰，只是輕輕劃過而已，就變成這樣了。」

雖然很傻眼，但亞榮按照允才說的，乖乖地戴上手套。

用戴上手套後的指尖捏起的植物標本，是一株平凡的藤蔓植物，有又細又長的褐色莖，但卻毫無特別之處。它看起來就像落塵浩劫發生以前，人們經常當成觀賞植物種植的常春藤，但葉片的尾端猶如耙子般捲曲，莖的上頭帶有許多小刺。葉片的大小很多樣，有手掌般大小的，也有兩倍大的。有別於它的名稱，有些葉片超過三裂，也有未分裂的完整葉片。看起來不像是韓國常見的野生植物，但也不像是什麼可怕駭人的植物。雖然植物的可怕之處，就在於無法以貌取之。

「這是外來種吧？好像沒在韓國看過。」

「大家都這麼推測，但還是得先調查一下。我找了一下紀錄，發現重建之後在韓國也曾繁殖過幾次，但不清楚是何時落地生根的。」

亞榮為了分析設備，連上了研究室內部系統，但發現伺服器正在進行維護，直到半小時後才跳出順利連線的訊息。現在該來好好研究莫斯瓦納了。亞榮在馬克杯內放入六顆冰塊、兩份義式濃縮咖啡、些許冷水，調出能讓自己的靈魂恢復的藥水，接著開始研究允才說的昨日新聞。

螢幕中，記者調出了資料畫面，一位身穿白袍的研究人員正在接受訪談，而他正是姜以賢所長。所長身上的白袍潔白到閃閃發亮，讓人不禁覺得那是公關訪談專用的表演服。

訪談的主題是藤蔓植物，該植物蔓延到農田與一般村莊，對海月修復工程造成慘重損失。

亞榮本來只放空腦袋在聽內容，後來突然按下了暫停鍵，因為好像聽到了「終結期繁衍種」這個詞。她再次回到所長說明莫斯瓦納的部分。所長調出海月的現場資料畫面，正在說明。

——這種莫斯瓦納屬於終結期繁衍種。從落塵時代到終結期之後都是壟斷品種，直到重建

期之後棲息地急遽減少，最近在國內找不到任何蹤跡。可是，這次卻接到了在海月市異常繁殖的報告。根據該地區居民提供的情報，大約從三年前開始，此地區每年都會發現一兩次局部繁殖的現象。

——所長您認為此現象的原因是什麼呢？

——非常可能是自然變異造成的。因為莫斯瓦納容易在環境中產生變異，是非常能夠適應環境變化的品種。只不過也可能是生物恐攻[2]行為或違法栽種，所以正在進行調查。

「如何？不太尋常吧？」

亞榮暫停影片後，看著允才。

「應該不至於是生物恐攻。用雜草進行恐攻？聽起來太陰謀論了。」

「答案就等後續揭曉囉。最熱愛陰謀論的人，不就是妳嗎？」

允才故意捉弄亞榮，令她不禁心頭一驚。

2　生物恐怖攻擊：指人為蓄意使用生物製劑（包含對人類、動物、植物有害的細菌、病毒、昆蟲、真菌或毒素）作為攻擊武器。

「我等一下先確定設備排程表，假如沒辦法預約，這週可能就沒法進行分析，因為大家都趕著要做報告的追加實驗。」

重新播放影片之後，接著是與這種可疑的藤蔓植物相關的報導，然後畫面又跳到了海月的挖掘現場，說因為藤蔓植物的緣故，挖掘作業只能被迫中斷。全像投影螢幕中的鏡頭轉了一圈，畫面上的景象非常驚人。莫斯瓦納幾乎盤踞了整座小山丘，不單單是原來的野生樹種，就連岩石表面也都被這種藤蔓覆蓋。

「真的繁殖得好誇張，好怪。」

「就是說啊，是妳喜歡的那種奇怪又危險的植物。」

亞榮轉過頭，瞥了一眼箱子裡的藤蔓植物。從表面看起來，就只是普通到不行的植物而已啊。

「那就麻煩妳啦，研究員大人。」

允才輕輕拍了一下亞榮的肩膀，回到了座位。

當天整個下午，亞榮都在忙著將莫斯瓦納的根莖葉個別分類，進行化學處理，按照分析單位裝好，準備要放入分析設備的精確樣本。亞榮看了一下設備排程表，覺得如果自己要在正常上班時間進行分析，大概預約不到時段，所以決定等到晚上。朴素英組長替她寫夜間實驗室使用許可時，露出了略顯愧疚的表情。

就在研究人員接二連三地下班時，亞榮這才帶著樣本去了實驗室。原則上，上班時間以外都需要有一台安全機器人在側，但亞榮帶著狐疑的表情碰了碰圓筒型安全機器人，內心想著就算發生意外，這傢伙究竟要如何保護她的安全。在分析設備螢幕前等大家下午設定的分析流程都跑完，直到晚上十點，亞榮總算能開始進行實驗。

「好，就來看看這玩意有多了不起吧。」

亞榮就像即將揭開世紀大發現的科學家般喃喃自語，但事實上想要分析多達二十個樣本，就必須讓分析設備跑一整晚，明天上午才會知道結果。設定好之後，已接近凌晨一點，亞榮一邊打著哈欠，一邊盯著螢幕上的數字，但之後又心想，與其在這乾等，還不如回家瞇一下，於是趕緊拿起了背包。

亞榮躺在床上，趁入睡前連上「怪奇傳說」網站幾乎已成了習慣。自從允才發現亞榮這個祕密嗜好，就一直拿這事來消遣她。怪談與陰謀論的世界。亞榮總會被難以解釋的怪事所吸引，只要沉浸在「怪奇傳說」的奇妙故事中，就會完全忘記時間。過去，亞榮也曾貢獻自己小時候經歷的神祕事件。

當然了，亞榮自行劃清了界線，說這在某種程度上只是興趣，身為科學家，她認為怪談多半都沒有認真鑽研的價值。所謂的怪談，基本上就是把原本能有合理解釋的現象，佐以恐怖和神祕的元素加油添醋的故事，也沒辦法變成激發創意萌芽的種子。讀完之後會有一種發毛的感覺，但這種上癮的狀態又會吸引人讀更多怪談文章。亞榮在上頭讀過發生落塵浩劫後，人們目擊各種怪奇生物的發文，但實際上學術界從未確認其真實性。

不過，確認也不是什麼壞事嘛。

亞榮在搜尋欄位輸入「海月」，沒想到真有幾篇相關發文，但跟此次事件的主角「雜草」沒有關聯，而是曾經在海月修復現場的廢鐵堆中，發現了彷彿有生命的機器人，又或者是出現了與人類相似度高達百分之百的機器人，可是又忽然失去蹤影的內容。

果然在這種論壇是撈不到什麼重要線索的。亞榮正打算把平板電腦放在床頭櫃上，最後又試著在搜尋欄位輸入「莫斯瓦納」。雖然就算跑出什麼資訊，亞榮也不打算認真鑽研，但好奇心終究戰勝了一切。接著，亞榮看著文章目錄皺起了眉頭。

〔我的庭院裡長了惡魔的植物，這會不會是滅亡的徵兆？〕

標題很聳動，但細看內容，根本沒什麼好大驚小怪的。只不過是庭院突然出現了莫斯瓦納，但沒道理會出現這種植物，於是覺得這會不會是什麼不吉利的徵兆罷了。在亞榮看來，這是上傳到「怪奇傳說」的無數發文中最無聊的。

亞榮叫出今天收到的官方相關資料，投影到床邊的螢幕上閱讀。Hedera trifidus，俗稱莫斯瓦納，是一種常春藤屬的常綠性藤蔓植物，與人們經常種植的觀賞用常春藤是近似品種。由於落塵出現之前的植物文獻多半不知去向，所以沒有發源地的相關資訊。它是一種會危及其他植物的強勢入侵品種，很容易在地面如星火燎原般蔓延開來，但主要仍是沿著牆面或樹木往上攀爬。由於具有毒性，會引起皮膚炎或過敏反應，且植物的所有部位都有危險性，尤其葉片與果實的毒性更強。

「還滿普通的嘛。」

雖然被稱為「惡魔的植物」，但實際上更像是一種折騰人的植物。再深入研究一下，國外之所以稱莫斯瓦納為惡魔的植物，似乎並不是因為植物本身有害，而是它被賦予的形象所致。莫斯瓦納是落塵時代後期及重建期之後，在貧困的時代背景下最常見的優勢種（dominant species），當時想必世界各地都長滿了這種藤蔓植物。或許，人們是把從前的不幸記憶、未曾經歷的絕望感與這種植物連結在一起。

這些發文大部分是「怪奇傳說」創立初期上傳的，不然就是已經超過數十年的新聞報導的截圖畫面。儘管重建期之後，莫斯瓦納曾是地球上遍及全大陸、拓展速度驚人的植物，但隨著生態界的多樣性逐漸恢復，它也在與其他植物較勁的同時跌下寶座，被狠狠甩到後頭。如今除了部分地區之外，其蹤影並不常見。所以，如果看到它，難免會產生「這個為什麼會突然出現？」的疑問，但既然它的生存能力如此驚人，只要是過去曾經長過莫斯瓦納的地方，長年在土壤中冬眠的種子就有可能發芽。

雖然早就預料到了，但無論是談及滅亡的源頭或暗指另一次滅亡的文章，終究都只是讓人讀來興致盎然的怪談，不需要認真看待。若說有什麼收穫，那就是國外也把莫斯瓦納當成一種擾人的植物。或許根本不需要對海月的莫斯瓦納異常繁殖大做文章，因為說不定這種事件早已在世界各地頻繁發生。

可能是讀了太多稀奇古怪的故事，當天晚上亞榮做了個奇妙的夢。

在被莫斯瓦納的紅葉覆滿的山丘上，有個人坐在椅子上，亞榮很想靠過去，可是莫斯瓦納讓她的腳踝刺痛不已，同時也找不到任何可以避開莫斯瓦納的落腳之處。亞榮朝著山丘大喊：「您究竟是怎麼到那裡的？」這時坐在椅子上的人緩緩轉頭望向亞榮。亞榮覺得那張臉看起來非常面熟，但直到最後都沒想起是誰。她反覆問了好幾次，「請問我們見過面嗎？」而那人開口了……

亞榮沒有聽到回答就醒了。這是什麼夢啊？該不會是潛意識想要告訴自己有關莫斯瓦納的重要線索？但她以半睡半醒的發呆狀態思考五分鐘左右，就覺得那只是個無厘頭的夢。首先，莫斯瓦納的葉子並不是紅色，所以一定是跟昨天自己看了許久的紅葉常春藤照片弄混了。還有那個神祕人物說了什麼？夢中的那個人看起來好眼熟，但究竟是誰？

亞榮看了一下手錶，整個人瞬間清醒過來，從床上起身。她得先去上班了。

「沒什麼特別的，就跟資料庫的資料寫的一樣。」

雖然要比平常提前一小時上班，並追加做了分析，但從莫斯瓦納萃取的成分中檢驗出會引起過敏反應的有毒物質，以及會妨礙其他植物生長的化感作用[3]物質，這和官方資料庫的公開資料大同小異。只不過再次確認了莫斯瓦納是種很煩人的雜草罷了，沒什麼驚人的發現。

「我也與簡化版基因做了比較，是發現了幾個值得注意的部分，但要下結論為時尚早，我打算進一步確認。」

為了提供數據給山林廳，允才說自己先從全基因體定序（whole genome sequencing）著手，但她看起來並不抱什麼期待。全基因體定序結果出爐之前需要一點時間，所以亞榮打算先進行簡單的藥物測試，之後再連同分析結果一起寄給山林廳。

收到亞榮寄來的分析結果後，負責人表達了自己的謝意。

「謝謝您的協助。本來是怕分析出錯，所以才勞煩您確認。不知該說幸還是不幸，結果並沒有太大落差，接下來我們會好好解決問題。」

3 Allelopathy，一種植物釋放出抑制相鄰植物生長的化學物質的現象。

雖然對辛苦的防災負責人員感到有點抱歉，但亞榮總覺得，難道這件事就這樣落幕了嗎？

兩天後，就在亞榮下班後懶洋洋地躺在床上瀏覽「怪奇傳說」的時候，接到了允才的電話。

「看來還是不太夠，他們要求我們親自跑一趟海月呢。我說我們可能沒辦法立刻提供協助，但他們說想來想去，都覺得這件事不尋常。」

因為海月路途遙遠，不是隨時說去就能去，但允才補充說，打電話過來的負責人滿面愁容，所以她也狠不下心推辭。

「我們一起親自去採集樣本吧，畢竟百聞不如一見。」

亞榮把採集用工具、紙袋、防蟲液、筆記本、書寫用具、薄外套等塞進背包後，整個人靠在床頭前沉思。究竟發生了什麼事？不就只是雜草稍微繁殖過了頭嗎？難道是在暗示什麼禍害？……看來一定是自己讀了太多垃圾文，所以腦袋才遭到了汙染。亞榮的腦袋被各種想法占據，直到三更半夜，她才總算闔上了眼睛。

隔天早上，亞榮在研究園區前面的汽車租借站和允才碰頭。

「要租空中飛行車嗎？」

「海月是出入管制區，沒辦法讓人隨便在天上飛，就是無人機也得事先申請許可。我嫌麻煩，這次就在路面上行駛吧。妳晚上有約嗎？」

亞榮搖了搖頭。路面駕駛會比空中駕駛多花上許多時間，回來時大概也深夜了，但反正亞榮有懼高症，所以貼在地面上旅行似乎也不賴。每次懸浮車飄浮在空中時，她都覺得自己減壽了好幾年。

到海月的路上有許多尚未整治完成的道路，所以有些路段需要親自駕駛。亞榮和允才說好，去程由亞榮駕駛，回程則由允才駕駛。亞榮把手放在駕駛辨識裝置上，將她設定為駕駛人的程式也跟著啟動。在車子離開研究園區的同時，允才開始放音樂，接著進入自動駕駛道路之後，亞榮隨即將車子改成半自動駕駛。允才問：

「對了，妳不去衣索比亞研討會嗎？我還沒收到出差申請耶。」

亞榮嚇了一跳。

「當然要去啦，我就是為了它才進研究室的。我本來打算申請，但後來整個心思都放在莫斯瓦納上頭，把這件事忘得一乾二淨。」

看亞榮反應這麼激烈，允才忍不住噗哧笑了出來。一個月後，衣索比亞的阿的斯阿貝巴將舉辦重建六十週年紀念研討會，這是亞榮進入研究中心後最引頸期待的學術活動。

車輛在道路上行駛的這段時間，亞榮和允才聊著去衣索比亞出差要做的準備，以及距離正式報告截稿期限剩沒多久的事，但隨著逐漸逼近海月，她們又為了即將面對的問題，也就是莫斯瓦納，再度感到心煩意亂。

「通電話時，負責人說了很奇怪的話。」

「說什麼？」

「對方說海月鬧鬼。」

「這是什麼胡說八道？」

「有些人為了這次繁殖事件的問題，晚上也得來工作，可是卻在修復中心地帶看到了類似鬼火的玩意。鄉下本來就常有鬼魂出沒嘛，說不定是這樣。」

「天要下紅雨囉，姊姊妳明明就不信這些。」

「因為是在那個地方嘛。」

「也是，偏偏發生在海月這個幽靈都市。」

「就是啊，呃，好可怕，又是奇怪的植物，又是鬼魂……不得了囉。」

允才先是故意大呼小叫一番，接著關掉音樂，打開了廣播。她跳過了播放老派音樂的頻道，在新聞頻道停了下來。亞榮有一搭沒一搭地聽著新聞，腦中不斷在思考允才剛剛說的話。鬼火？也太莫名其妙了吧。該不會莫斯瓦納會噴出什麼使人產生幻覺的物質嗎？可是資料上並沒有提到這點啊。說出這話的允才似乎並不以為意，倒是亞榮卻久久無法釋懷。

海月是具代表性的廢墟都市之一，曾是韓國最大的機器人生產地，也因為盆地的特性便於興建圓頂，所以發生落塵浩劫後，最先被選為避難用的圓頂城市。可是就在大批機器出現問題，整個都市淪為一座廢墟之後，它就成了機器人的公墓，直到進入重建期，遭不肖業者開挖，如今成了一座龐大的廢鐵垃圾場。從幾年前開始，在距離海月市中心稍遠處，零星散布了幾家餐廳與住宿設施，顧客都是進行修復工程的建商。

大學時期，亞榮也曾為了通識實習課來過海月，當時教授環顧海月，要學生們想像一下落塵時代有多殘酷。亞榮唯一記得的，就只有猶如臭雞蛋的強烈氣味，以及堆積如山的廢鐵而已。明明是數十年前就已經滅亡的都市，真好奇這股屍臭味是從哪裡冒出來的。後來亞榮才知道，原來是有野生動物闖進來，四肢被困在廢鐵之間出不去，最後在此葬送性命。遭到汙染的廢鐵、成堆的屍體，以及引誘生物走向死亡的荒廢幽靈都市，這就是亞榮記憶中的海月。

她們在海月附近與山林廳的職員碰面，一見到亞榮和允才，職員就不停發起牢騷。

「目前是先投入人力進行作業，但我也不知道為什麼會鬧得這麼大。過去因為害蟲吃過不少苦頭，但為了雜草而通宵熬夜還是頭一遭。眼下事態緊急，所以先派了人力支援，但也不能再這麼下去……我現在是抱著抓住最後一根稻草的心情，打算聽聽各方意見。」

隨著車子逐漸逼近海月，他們看到了不尋常的光景。不分田野或山丘，放眼望去全都被藤蔓所覆蓋。稍後，他們抵達了大範圍拉起禁止出入警告布條的區域。這裡正是進行修復工程的地方。

車子停下後，亞榮驚訝得說不出話來，坐在一旁的職員開口：

「源頭就是這裡，如您所見，狀態很嚴重。」

在警告布條的內側，張牙舞爪的藤蔓吞噬了整座廢鐵垃圾山。因為幾乎看不到縫隙，所以也看不清底下有什麼東西，甚至讓人產生錯覺，以為這些藤蔓突然來了興致，想讓海月換上大自然的布景。這不是亞榮記憶中的海月。

「是從這裡開始繁殖，接著蔓延到非常遠的農家。再往前走一點，真的很驚人。」

繞過廢鐵堆成的高山，來到另一頭，亞榮的眼前出現了整片龐大的莫斯瓦納群落。有幾輛直到稍早前都還在挖出莫斯瓦納的挖土機停放著，雖然它們要比人高出許多，但在為藤蔓占領的廣袤面積面前，反而顯得寒酸可憐。新聞上播報的畫面不過是冰山一角，從畫面看起來，覺得只要加以控制，不讓藤蔓侵犯到農耕地即可，但依眼前的景象看來，這似乎不是輕鬆就能打發的事。允才咂了咂舌，解除了門鎖。

「我們下去瞧瞧吧。」

大部分的藤蔓都落在腳踝到膝蓋的高度，但也有緊緊纏繞樹木往上攀爬之後，再向下垂掛長長的枝葉。有些路口甚至得用鐮刀砍除藤蔓才能勉強通行。亞榮和允才戴上手套，再用繩子捆住褲腳，一邊砍除莫斯瓦納的藤蔓，一邊前行。允才在途中蹲下身來，查看藤蔓底下枯死的植物。

「拿一個標本袋給我。」

亞榮將紙袋遞給允才。莫斯瓦納濃綠色的葉片密密麻麻地覆蓋了整座山丘，甚至看不到地面。允才一挖出枯死的植物，隨即看到其根部與顏色更深的根部糾纏在一起。在生長過程中，莫斯瓦納的根部似乎會先纏住原生植物的根部。聽說莫斯瓦納是將其他植物全部勒死，再擴張自己的勢力範圍，看來這說法是真的。仔細一瞧，被藤蔓纏繞住的樹木，也彷彿即將灰飛煙滅般，距離枯死僅有一步之遙。

「這好噁心，看了不太舒服。」

允才不禁皺起眉頭，亞榮也點了點頭表示同意。雖然知道沒有必要將人類以外的生物擬人化或投入感情，但觀察大自然久了，免不了會有感到不快的時候。究竟這種生物是怎麼長出來的？

假設莫斯瓦納在落塵時代成為進化種，倒也沒什麼好奇怪的，因為在那個時期，無論是何種生物，都唯有拚命搏鬥才能倖存下來。不但需要自行生成養分，還必須將周圍的養分掠奪一空，才能勉強維持生命。之所以無法感同身受，某種程度上是因為亞榮是重建期之後才出生的世代。

「因為東南亞也曾為了莫斯瓦納而吃足了苦頭，所以我聯絡了好幾個單位，向他們要了資料，可是目前海月發生的情況比想像中更嚴重，就連對東南亞有效的防治法也不怎麼管用，甚至讓人覺得，難道莫斯瓦納在這短短時間內又進化了嗎？」

職員說話的表情很凝重。此處的莫斯瓦納要比原先的品種具有更旺盛的繁殖力嗎?真令人好奇為何會演變成這種情勢。

「目前正在想辦法遏止問題擴大,但果然還是得找出斬草除根的解決之道,畢竟目前因為長期乾旱的問題,導致海月市鄰近的農家遭受極大損失。引水工程就已經碰上難關,加上這雜草也來搗亂,無疑是雪上加霜。市民不斷打電話進來投訴,上頭的人也充耳不聞,要我們自己想辦法解決雜草的問題,但我們又不能撒手不管,雜草是從外人難以靠近的海月中心地帶擴散出去的,這點也很可疑。目前設想最糟的狀況,就是生物恐攻。」

現在聽到生物恐攻這幾個字,亞榮也不會有所懷疑了,親眼看到才知道,這情況真的很不尋常。可是假如真的是恐攻,卻讓人摸不清肇事者背後的目的。又不是以令人聞風喪膽的病毒或細菌進行恐攻,也不是把基因改造的怪物放到外頭,只不過是讓惱人的植物繁殖,搞得負責防治的職員一個頭兩個大。以植物為工具或針對植物進行恐攻的情況確實存在,但原則上也會利用病原體。如果硬要推測整起事件,就表示有人對海月鄰近地區的居民懷恨在心,或者目的在妨礙農作物,再不然就是想要擾亂自然生態界,但究竟是誰會懷著這種意圖進行恐攻?

允才說:「假如有人蓄意做出這種事,要鎖定犯人的部分我們無能為力。雖然有辦法掌握各種狀況,但畢竟我們不是偵查機關。生態學的影響也需要長期追蹤才有意義。總而言之,我們會一起試著調查這是人為事件或自然現象,還請您分享資料。至於防治對策,我也會尋求內部意見，看有沒有更立竿見影的方法。」

眼下事態嚴重，不宜以單純的雜草問題打發過去，所以生態研究中心也得協助掌握情況。山林廳的職員緊緊地握住允才與亞榮的手，向兩人道謝，那彷彿找到一絲生機的眼神，讓人看了有些於心不忍。

「不過，鬧鬼是怎麼回事？」

亞榮問完後，職員卻一副摸不著頭腦的樣子，原本面露訝異的允才，也很快地露出了心領神會的笑容。

「是第一次致電的研究人員說的，在莫斯瓦納開始繁殖後，有人偶爾在海月撞鬼的事。」

職員聽完允才的解釋後，顯得有些無奈。

「金研究員又說了有的沒的啊。那傳聞大概是來自海月的非法回收處理業者，感覺沒有調查的必要，所以只先做了紀錄。」

但亞榮按捺不住自己的好奇心。

「是傳聞啊，確切說來是指什麼……？」

職員再度愣愣地看著亞榮，但可能是意識到現在自己需要兩人的協助，所以冷靜地做了說明。

「確切說來，就是非人為現象。有人說見到了火光，但並非一般手電筒的燈光，而是藍色的光點飄浮在空中，走近時卻沒看到半個人影。可是偵查機關已經確認過了，就只有回收處理業者會不時出入該區，而禁止出入區域的外圍也收到消息，說偶爾會看到散發藍光的東西、發光現象之類的，但沒有拍到影片作為證據，我看只是心理作用吧。」

這天的行程，就在採集莫斯瓦納、追加採集土壤樣本，以及聽負責防治的職員傾訴約莫兩小時的煩惱後畫下了句點。回程時，亞榮一路望著窗外，雖說太陽下山後，外頭除了一片漆黑，什麼都看不見，但她仍心想，說不定能在無邊無際的田野看到那些藍光。當然了，她什麼也沒看見。

允才目不轉睛地看著亞榮，問：

「妳在想什麼？表情看起來很凝重呢。」

「植物發出藍光，這肯定不常見吧？」

允才不假思索地回答：

「當然囉，發光現象也很罕見，就更別說是藍光了。依我看啊，就算目擊者說的是真的，應該也不是莫斯瓦納造成的，螢火蟲或發光的微生物還比較有可能。就算莫斯瓦納大量繁殖，也不能說它就是原因嘛。」

允才的說法很合理。就算鬼魂，不，就算見到藍光的目擊者證詞是事實，把它和莫斯瓦納扯上關係也很牽強。當下的任務，是先依照允才所說的，從更可能造成發光現象的昆蟲等其他原因或人為因素下手。

只是，莫斯瓦納與藍光卻在亞榮的腦袋中揮之不去。雖然只是聽職員做了簡短說明，但總覺得好像在哪兒見過這個場景。

亞榮驀然想起幾天前做的夢。本來以為是因為自己在「怪奇傳說」看了太多奇聞軼事，但現在似乎明白了為什麼會做這種夢。

亞榮確實見過生長繁盛的藤蔓植物和藍光，那是小時候，在李熙秀的庭園。

大約是在剛進研究室幾個月左右吧，大家一起在午後喝了咖啡，這時朴素英組長問：

「亞榮，妳為什麼會進來這裡？」

「咦？」

「老實說，我們研究室不是什麼受歡迎的地方嘛。我很好奇妳特地選這裡的理由，畢竟妳也可以去別的地方。」

在一旁的允才露出了心照不宣的微笑，表情彷彿在說：「妳可要好好回答這題。」雖然面試時也被問過類似的問題，但有別於當時，亞榮知道朴組長問這句話的脈絡是什麼。經過一年實習和數個月的見習，亞榮獲得了一些深刻的體悟——落塵生態學是個冷門領域，可不是一句

「不是受歡迎的地方」就能道盡的。

假如在外頭說自己在進行落塵生態學的研究，大家都會露出前所未聞的表情。當落塵時代的痛苦樣貌在社會的群體記憶中逐漸模糊，從現今追溯至該年代的學問也就失去了力量。如今對人們來說，科學是一種將人類從名為「落塵」的災難中拯救出來的奇蹟，也是重建期後使生活更加富饒的工具，至於其他研究，對一般人來說不具價值。

儘管如此，選擇落塵生態學的研究人員對自己的志業為傲，也對這個領域滿懷熱情。只不過被問到為什麼偏偏選擇已不復見的「落塵」相關生態學領域時，多數人也說不出個所以然。

見亞榮遲疑不決，旁邊的允才開口幫她一把。

「也不見得有原因啊。可能剛好就懂這個領域，或者本來只是謀生的工作，可是久了就做出興趣。大家不都這樣嗎？光是我就投了好幾封申請書到符合主修申請資格的研究室。」

亞榮很感謝允才這麼說，這樣的說法基本上適用於大部分的人身上，但亞榮選擇落塵生態學並非出自偶然。雖然她至今不曾對誰說過，但此時說出來似乎也無妨。

「不瞞你們說，我有非得做這研究不可的理由。」

大家都用充滿好奇心的眼神看著亞榮，害她覺得有點尷尬，好像自己在宣告即將說什麼了不起的大事，不過她還是接著說了下去。

「因為我從小就喜歡植物。應該說是世界逐漸變遷的風景嗎？我對構成那風景的要素產生了興趣。」

「真神奇，大家小時候不是都對植物興趣缺缺嗎？」

「就是啊，通常那年紀的孩子都喜歡昆蟲或恐龍，植物就顯得有點無趣。」

「我剛開始也不感興趣，但我受到了很景仰的鄰居奶奶的影響。」

其他研究員繼續追問：

「哦，看來那位奶奶對園藝很感興趣囉？」

「不是……奶奶對園藝不怎麼感興趣，但關於植物的知識卻是信手拈來，不過她原本是名維修人員。」

「維修人員？可是卻很懂植物？」

其他研究員慢慢露出了訝異的表情。

「她住在一個叫做溫流的小城市，位於仁川附近，那裡興建了大規模的銀髮村。你們都知道吧？」

大家都點了點頭。

「當然知道，我去過，我姨婆也住在那。」

「溫流剛設立銀髮村不久時，我們搬去了那裡，因為我媽在老人健康中心擔任經理。我就是在那個城市遇見了李熙秀奶奶。」

研究員都很認真地聽著，亞榮喝了口茶，潤了潤嗓子，接著說：

「奶奶有點古怪，就像是來自異次元的人，既無從得知她從哪裡來，也沒人知道她的過去，而且到最後，奶奶也突然神不知鬼不覺地消失了。奶奶是曾經歷落塵時代的人，她曾說過圓頂外頭的故事給我聽。不是在圓頂內，而是圓頂外頭發生的種種。」

亞榮是在搬家一個月時初次見到李熙秀。當時她正扭捏地和四名朋友一起走回家，她跟朋友好不容易才慢慢親近，但還是有點尷尬，結果在路上聽到有人竊聲說：「看那邊。」

在銀髮族共生社區前的馬路上，停放了一台老舊的懸浮車。也不知發生了什麼事，只見丟了一地的標語牌，而兩位老人家正互指著對方的鼻子破口大罵。其中一人亞榮見過，是個為人正直、以性格倔強著名的爺爺，幾天前，他曾到亞榮的學校做專題演講。根據老師的介紹，以前他是名受尊敬的醫生。至於跟那位爺爺吵架的奶奶，則是第一次見到。奶奶戴著一副圓框眼鏡，把頭髮緊緊地紮成馬尾，身穿簡便的工作服，腳下則踩著休閒鞋，身上散發的氣息與溫流見到的普通老人很不同。

孩子們互相交換了一下眼神，默不作聲地經過兩個老人家身旁，亞榮也怯生生地跟在後頭。她豎起耳朵細聽了一下，一會兒聽到「給我拿回你家掛著，你有什麼權力丟掉這個？」一會兒又聽到「趕走無禮的傢伙，有什麼不好？」讓人摸不清他們究竟是在吵些什麼。

可是，就在亞榮偷瞄兩位老人家的那一刻，原本兩道眉毛像是打了個死結的奶奶突然與她四目相交，接著奶奶笑咪咪地說：

「噢，對了，妳就是那個新來的小朋友啊？」

亞榮連忙低下頭向奶奶問好，但還沒來得及確認奶奶有沒有看到，奶奶就又轉移視線，朝著自己的對手展開唇槍舌戰，而前一秒對亞榮露出的和藹微笑，也瞬間消失得無影無蹤。

經過巷子後，亞榮想了一下，覺得剛才好像發生了與情境很不搭的怪事。

「剛才那個奶奶是怎麼回事……？真的有跟我打招呼嗎？」

「大概吧，她不是李熙秀小姐嗎？」

其他孩子邊說邊竊笑。雖然亞榮很想問：「李熙秀小姐是誰？」但同學好像都認識那個人，加上彼此還沒熟到敢開口詢問，於是亞榮小心翼翼地閉上了嘴。

回到家，亞榮把這件事告訴媽媽素妍。媽媽說：

「因為今天有大學生在那前面示威。那邊的老人家大概看了不順眼，所以叫來了警察，上演了一齣鬧劇。李熙秀奶奶經過時，站在學生那邊替他們說話。」

什麼示威？又為什麼要替學生說話？亞榮怎麼都聽不明白，但素妍沒有多加解釋，只是笑著說：

「奶奶也常來我們中心，她是個好人，不對，應該說是個有趣的人。」

由於溫流留有落塵時代的殘骸，重建後幾乎沒人住，因此被集中開發成大規模的銀髮村。亞榮最近會搬到這裡，也是與銀髮村有關。媽媽素妍負責管理老人健康中心在全國各地的分部，溫流新設的中心啟用後，由素妍負責為期一年的開館準備及初期營運工作。銀髮村落成不到幾年，多數有功績的老人都住在新落成的住宅區，而在此工作，年紀也相對年輕的人，則是住在對面錯落於山間小溪的社區。

從住宅區橫跨山澗的木橋後，在前往溫流村的巷弄裡，在一個不像有人居住的地方，有著一間巨型倉庫及附帶庭園的老宅，而這幢房子正是李熙秀的家。

後來才知道，李熙秀在銀髮村的老人之間聲名狼藉，只要和那群老人撞個正著，她就能拿出五萬件大小事情找碴，導致大家怨聲四起，要求把李熙秀驅逐出村子，可是，老人們卻無法如願。李熙秀既非銀髮村的居民，也有自己的家，況且她不過是說話有點惡毒罷了，並不會做什麼事來害人。哪怕李熙秀只是在村子附近散步，大家也會像是見到炸彈似的不滿地嘟囔：

「那個臭脾氣的老太婆又來啦。」

大家都很好奇，李熙秀為什麼偏偏住在溫流，是從什麼時候開始獨居在有倉庫與庭園的大宅，還有為什麼動不動就找那些老人的碴。有人說她在銀髮村成立前老早就住在這，所以仗著自己是地頭蛇欺負新來的人，也有人說她買房定居不過三年。有人說她與有功績的老人關係不好，是因為在落塵時代，圓頂城市的人曾對她做出了惡劣的行為，更有人說她在重建後被捲入了複雜的政治鬥爭。

總而言之，這些傳聞幾乎不曾由李熙秀親口證實。大家唯一能確定的，只有這幾件事：她對其他人基本上都很親切，除了有功績的老人之外；她對機器和設備具有一番獨到見解；她總是窩在倉庫工作，以及她擁有一個看起來已被棄置十年、雜草叢生到令人髮指的庭園。

即便是對年紀還很幼小的亞榮來說，溫流的氣氛也有些奇特。學校每個禮拜都會舉辦「緬懷落塵時代」的講座，簡稱為「緬懷課程」，這卻是住在其他城市時不曾聽過的課程。一到了講座時間，過去有功績的銀髮村老人就會蒞臨禮堂，訴說落塵時代的故事給孩子們聽。有人曾在圓頂城市擔任軍人，也有人說起當醫生時的工作經驗談。孩子們從他們口中聽到，人類在落塵時代的唯一生存空間——圓頂裡頭的生活有多悲慘，還有為了兩天才供應一瓶的水而起爭執又有多痛苦。儘管上歷史課時也會學到這些，但親耳聽到老人家帶著沉浸於悲傷的表情幽幽地回顧過去，感覺又不一樣。那些老人多半因為落塵浩劫失去了親友，他們以顫抖的聲音訴說著送走摯愛的傷痛。當緬懷課程結束時，孩子們的眼睛總是又紅又腫。

可是，有時會有一群人出現，在銀髮村前舉著「要求全面重新調查功績者名單」、「反對美化紀錄」等口號進行示威。碰到這種日子，老人們只會一臉不悅地往窗外看，但不會跑到外頭，只有李熙秀悠然自得地在示威現場觀賞，或者遞飲料給這些人之後，再經過住宅區回家。

「媽媽，那些人是誰？」

素妍回答時非常小心翼翼。她平時主要的服務對象是老人家，她說相較於其他區域，住在溫流的有功長者更有修養、更加親切，也沒那麼難應付，但這並無法說明他們是否真的值得尊敬。素妍又補充說，不過，就算是這樣，也很難說這些人就都是壞人。

「在落塵時代，越是捨己為人的人，就越難存活下來。我們既然是倖存者的後代子孫，要從我們的父母或祖父母那輩找到終生行善的人，想必也很難吧。大家多少都是踩在他人的屍體上存活下來的，可是有人認為，把那些尤其站在前頭踐踏他人的人拱為功績者、敬仰他們是不對的。亞榮，妳現在還很難理解吧？」

仔細思考，就覺得好像能理解，可是越想就越搞不懂。假如眼下必須賭上性命，那麼在死亡面前，任何人都會做出自私的選擇啊。但會有這種想法，難道正如母親所說，是因為亞榮是「以自身利益為優先者的後代子孫」嗎？當想法接二連三地冒出，自然就會回溯至生平不曾見過的爺爺、奶奶那一代，最後陷入「是否落塵浩劫之後出生的世代都背負著原罪？」之類的深奧想法。

大家對待溫流的老人家時，都彷彿輪流戴上兩張假面似的，態度在尊敬與懷疑之間游移，帶有一種如履薄冰的味道。大人告訴孩子們要尊敬功績者、要不忘落塵時代，也要為溫流致力於保存時代記憶感到驕傲，但背地裡卻經常四處散布黑暗的傳聞。

那些傳聞在大人之間悄悄萌芽，接著傳入了孩子的耳中。孩子們說，在這群功績者之中，有人其實出賣了自己的家人，有人對重建一事毫無貢獻卻說了謊，還說只要對照年份，就會發現說法有出入。當孩子們竊竊私語時，亞榮就會想像在禮堂滔滔不絕訴說當年往事的那些老人，真正經歷的過去是什麼。真的是這樣嗎？真相只能是「他們全是壞蛋」或「他們確實是言行一致的好人」兩者之一嗎？他們固然可能說謊，但也可能是記憶太過久遠才弄錯了，不是嗎？

但大家對李熙秀卻只有單純的好奇，並不會在背後說三道四。李熙秀很顯然是經歷落塵時代的人，但她卻彷彿與落塵毫不相干，就像是從外太空突然降落在地球上似的。她與村子的人多半維持友好關係，偶爾有人請她幫忙看一下故障的家電產品，要不了幾天，就能完好如初地拿回來。大家收下家電產品的同時，也會以自家烘烤的麵包、餡餅和小菜作為回禮。

孩子們都對李熙秀的倉庫存有幻想，而曾進去一探究竟的孩子們，則是興奮地誇大其辭，說自己看到以舊式懸浮車改造、樣貌奇特古怪的交通工具，還有目不暇給的人型機器人。重建之後，由於實施嚴格的技術限制政策，僅有部分研究城市持續生產人型機器人，但李熙秀卻不知從哪裡弄來了零件，組裝成機器人。

儘管倉庫成了孩子們熱烈歡迎的趣味空間，庭園卻以異常原始的姿態遭到棄置，就像主人任由雜草隨處生長似的。未經照料打點的矮樹已經奄奄一息，但茂密的雜草卻作勢沿著籬笆探頭出去。即便年幼的亞榮還不具有分辨哪戶人家的庭園美醜的審美，但她也很清楚，那個庭園和畫作或電影中看到的典雅庭園不同。但這並不表示李熙秀從不踏入庭園一步，她反而經常坐在庭園中央的躺椅上睡午覺，也會彎下腰來定睛凝視植物好一會兒。亞榮對那座遭到棄置的庭園充滿了好奇。

雖然同年紀的孩子們都很親暱地向李熙秀問好，但亞榮認為自己絕對不可能和這位奶奶親近起來。這次也一樣，頂多一年就會搬家了，所以無論是大人還是小孩，她都對率先示好感到遲疑。再說了，亞榮不善擅長與人打交道，也不是討人喜愛的性格，所以她覺得老人很可怕，和他們相處很不自在。但即便如此，她仍無法隱藏自己對李熙秀這個人與她的家的好奇心，尤其是那個庭園。亞榮越過小溪去上學時，都會忍不住偷瞄李熙秀的家。

某天下午，亞榮走了一條放學時沒走過的路，結果不小心迷路了。剛開始她還信心滿滿地往前走，直到過了許久，才發現自己來到了陌生的地方，附近沒有能招手上車的公共懸浮車，也不見任何站牌。直到太陽完全西沉，她才看著銀髮村亮起的燈光，再次掌握方向。沉浸在黑暗中的社區看起來截然不同，亞榮得花上好長的時間才回得了家。偶爾傳來的狗吠聲嚇得她膽戰心驚，這時卻有樣東西吸引了她的目光。

那是某戶人家的庭園。亞榮像是被蠱惑似的朝庭園走去，地面的泥土看起來就像飽含著藍光，就連空氣中也有散發藍光的塵埃飛舞著。庭園彷彿披上了一層藍光薄紗，形成一幅不可能存乎大自然的風景，讓人覺得陰森，卻又無法視而不見。湊近細看，才發現那是李熙秀的庭園，卻與平時印象中的景觀截然不同。無論是奄奄一息的樹木或茂盛的雜草，此時都成了退居幕後的暗影，唯有點點藍光微塵，乘著徐緩的風翩然起舞。

亞榮站在籬笆旁，感覺到浮塵輕輕觸及自己的鼻尖，接著緩緩往下飄落。等到眼睛適應黑暗之後，她看見老人一臉寂寞地坐在庭園的正中央。她坐在躺椅上凝視著前方，但那眼神看的不是現實世界，而是某個未知的地方。亞榮覺得自己好像看到了不該看的東西，卻怎樣都移不開腳步。

一陣惡狠狠的狗吠聲瞬間響起，亞榮嚇得急忙往後退，卻不小心踩了個空。或許是聽見了聲響，她與轉過頭的李熙秀對上了眼，頓時心生恐懼。要是李熙秀生氣地罵她偷看，那該怎麼辦？亞榮想起了那些謠傳，說李熙秀其實非常寶貝自己的庭園，所以才會連一根小草都不忍破壞，所以庭園才會像是被棄置一樣。亞榮先是緊緊地閉上眼睛，接著再次睜開。

李熙秀已經來到亞榮面前並伸出了手，亞榮先是愣愣地看著那隻手，接著才握住手站起身。

「對不起，我……以後不會隨便跑來。」

「還好嗎？」

「嗯，我還好，對不起。」

亞榮整個人嚇壞了。李熙秀有些納悶地看著亞榮的眼睛，接著露出恍然大悟的表情哈哈大笑。

「沒關係，妳隨時都能來玩。」

李熙秀替亞榮拍去膝蓋上沾到的泥土。

「不過，下次別來庭園這邊，到倉庫那邊比較好。這裡對孩子來說太危險了。誰叫我天生就沒有整理庭園的天分呢？這些植物的脾氣可是很壞的。」

聽完這些話之後，亞榮才感覺到膝蓋傳來的刺痛感，碰到草叢的皮膚似乎腫起來了。

「妳看吧，別看植物長這樣，它們是很具攻擊性的。我很喜歡這種攻擊性，但要是隨便亂碰，就會釀成大禍。妳先在這坐一下。」

李熙秀領著亞榮到躺椅上坐下，接著走進家裡，拿了軟膏出來。亞榮不知如何是好，所以呆呆地看著李熙秀替她塗抹軟膏。擦上軟膏之後，皮膚感覺涼涼的，紅腫的部分很快就消腫了。

讓亞榮坐在椅子上之後，李熙秀一邊在庭園裡緩緩地踱步，一邊和某人通電話，應該是聯繫了素妍。亞榮也不敢離開躺椅，只能滿心焦慮地咬著嘴脣。比起膝蓋受傷，她更害怕被媽媽罵。

過沒多久，素妍搭車來到了庭園前。

「哎呀，謝謝您，這孩子遲遲沒有回家，讓我擔心死了。亞榮，妳到底跑去哪了？」

素妍輕輕捏了捏亞榮的臉頰，讓她上車。亞榮覺得不管是自己一個人跑得太遠，又或者在別人家的庭園前探頭探腦，都像是犯下滔天大罪，所以感到悶悶不樂。不過，當她透過懸浮車開啟的車窗與李熙秀對上眼神時，李熙秀的臉笑咪咪的，讓她產生了莫名的安心感。「噓。」李熙秀舉起手指放在嘴唇上，接著用嘴型說了句話。雖然無法清楚聽懂是在說什麼，但應該是在說——

「今天看到的要保密哦。」

更教人吃驚的，是那天在空氣中飄浮的藍光浮塵，竟然在素妍抵達之際全部消失了。難道自己是見到了什麼施展魔法的瞬間嗎？這樣就能理解為什麼李熙秀要自己保密了，畢竟要是隨便跟別人說，魔法就會失效。

那天之後，亞榮緊緊地封住了自己的嘴巴，不過她還是很好奇庭園變成什麼樣子，所以只要在日落後經過李熙秀的家附近，她的眼睛就會不自覺地望向庭園，可是卻再也沒見到那天的奇妙藍光。

亞榮有時會在素妍工作的中心遇見李熙秀，剛開始她感到很彆扭，所以常常畢恭畢敬地打聲招呼，接著就逃也似的溜掉，但李熙秀總是很和藹地跟她搭話，後來她也總算鼓起勇氣攀談。

「請問……您喜歡媽媽給您的南瓜派嗎？其實我也有幫忙揉麵團，可是味道不怎麼樣。」

李熙秀似乎覺得很好玩，咯咯笑著回答：

「我覺得非常美味啊！因為我連派都不會烤呢。話說回來，真好奇那些欺負妳的臭男生有沒有乖一點啦？」

亞榮很喜歡和李熙秀閒話家常。雖然她真正想問的，是關於那個祕密庭園的事情，不過她並不想打破魔法，再說了，這是兩人共享的特別祕密。

直到某一天，她鼓起了勇氣，再次跑到庭園的附近去。她左看右看，比較附近花圃的花草和長在庭園的植物，結果恰巧與走出倉庫的李熙秀撞個正著。李熙秀的手中提著一台煥然一新的機器裝置，應該是剛完成維修。發現亞榮的身影之後，她露出了微笑，似乎以為亞榮對植物很感興趣。

「仔細觀察就會發現很有趣喔，它們寂靜無聲，卻又活力四射。就算我不插手干涉這座庭園，它們也能找到屬於自己的巧妙平衡。真是有趣的生物呢。」

亞榮靜靜地點了點頭。說實在的，直到不久前自己還對植物絲毫不感興趣，可是自從那天之後，奇異的藍光老是在腦袋徘徊不去。儘管她很留心觀察是不是其他植物也會發出這種奇異的光芒，卻發現只有這個庭園的植物才有這種現象。

「等之後有比較長的時間，我再說說好玩的植物故事給妳聽。」

這句話讓亞榮聽了好不雀躍。雖然李熙秀等於是撒手不管這座庭園，但似乎對生長的植物很感興趣。理由會是什麼？是有什麼故事嗎？雖然腦中有好多想問的問題，可是和李熙秀單獨相處的那天好像永遠都不會到來。亞縈兀自想像著李熙秀會說出什麼樣的故事，但又不希望期待落空，所以趕緊搖了搖頭，忘掉這件事。

那天卻比想像中更早到來。那是個從早晨就雷聲不斷，整個世界為之震動的日子，素妍在下午接到了電話，然後匆忙地收拾了行李。

「亞縈，鄰區的中心停電了，需要媽媽去幫忙。媽媽等一下可能要在那邊待到凌晨……」

素妍這時才想到冰箱是空的，不禁皺起了眉頭。可能是想到家裡連速食或調理包都沒有，加上天氣如此惡劣，也不放心把年幼的女兒獨自丟在家裡，所以她抓著電話四處打聽有沒有人能照顧亞縈一天。就在大家以工作為由表示不方便的時候，李熙秀倒是很爽快地答應了素妍的請求。

亞縈扭捏地在李熙秀的家門前下了車，素妍連聲向李熙秀道謝之後，便驅車駛入下著傾盆大雨的道路離去。

亞縈打著哆嗦走進門，李熙秀便說：「先喝點東西暖暖身子吧」，拿出了茶杯和茶壺。亞縈啜飲著茶，同時環顧周圍。外頭的雨勢下得又急又猛，家裡的空氣卻顯得沉靜閒適，充滿了溫馨感。由暗色系木材組成的內部裝潢，像是把博物館裡展示的屋子直接搬來似的。古樸典雅的房子處處堆放了機器，打造出一種截然不同的氛圍，置物架和玻璃窗上放置了機器零件與各種工具。

最先吸引目光的，是門旁像是人體模型般站立的人型機器人。不知道是不是只製作到一半就放棄，機器人的皮膚被扒去，而應該要有眼球的地方也是空的。亞榮嚇了一大跳，趕緊把視線從空洞的眼球移開，但又禁不起好奇心，於是再度觀察起機器人。細看才發現，要說是人型機器人，它的臉又跟人類相差太多，反而比較像老電影中出現的廢鐵機器人，讓人感覺很親近。機器人旁邊的白板則是貼滿了便條紙。

李熙秀坐在桌子的另一頭，開口問：

「妳喜歡嗎？」

「嗯，很好喝。」

亞榮點了點頭，同時為了表現出自己真的很喜歡這個茶，刻意喝了一口。

「不是啦，我是說妳好像很喜歡那個機器人。我可沒見過妳這年紀的人有誰喜歡喝茶。大家看到這舊式茶杯都會想用用看，所以有客人來訪時，我才會拿出來用。」

「嗯，對，其實沒有任何味道。」

因為有股甜甜的香氣，所以本來期待會嚐到甜味，可是茶喝起來卻苦苦的。亞榮一放下茶杯，李熙秀便噗哧笑了出來。看到亞榮又在偷瞄機器人，李熙秀開口說：

「那是我以前經常保養的人型機器人，現在已經停產了，但我在廢墟發現它，就把它挖出來了。我試著在維修後重新啟動，但還是不行。」

亞榮望著機器人，露出一臉覺得很神奇的表情。李熙秀說：

「從前的人經常使用人型機器人，即便是家庭用的清掃機器人，也會像對待人類一樣替它命名。不過，現在的規定是不能製造得像人類，因為在落塵時代，被改造成武器的人型機器人導致許多人失去了親人。原本愛惜不已、還替它命名的機器人，卻把刀子架在自己的後頸上，讓人類覺得慘遭背叛吧，總之這件事造成了人類的集體創傷。」

看來在溫流四處走動的機器人，全都是圓筒狀或半圓形是有原因的。

「奶奶您也製造了那種機器人嗎？被改造成武器的人型機器人，有配槍或刀子的……」

看李熙秀歪著頭納悶，所以亞榮小心翼翼地補上一句：

「我聽其他朋友說的，說您以前是軍人。」

「喔，是啊，但我不是製造者，而是維修人員。」

李熙秀露出淺淺的笑容，指著門邊的機器人說：

「其實那玩意是非常平易近人的機器人，當年上市也是用來輔助生活的，後來大家才把它們改造成武裝機器人。當時，安全與危險之間毫無界線，即便是原本深信非常安全的東西，也會隨著時間逐漸變得危險，而為了守護圓頂城市，也動員了所有能稱得上機器的玩意。」

「您那時候是在圓頂城市嗎？」

「我沒有待很久，大概就一年，可是我非常痛恨那個地方。」

見李熙秀突然皺起眉頭，亞榮不解地眨了眨眼睛。

「最糟糕透頂的人全都在圓頂城市了。我常常在想，與其這樣存活下來，還不如讓世界徹底毀滅算了。所以，我才會討厭那些住在銀髮村的傢伙，他們都是把自己幹過的好事忘得一乾二淨的偽君子。」

說完之後，李熙秀露出了微笑。

「好像不該在孩子面前說這些呢。總之，畢竟是因為有他們，人類的命脈才能延續下去。我竟然說希望世界能滅亡，現在想想，那種話不過是為了讓自己覺得舒坦，身為世界走向滅亡卻存活下來的人，實在沒資格這麼說。」

「沒關係，我偶爾也會那樣想，像是睡一覺醒來，世界末日就已經來臨了。」

「是嗎？妳怎麼會有這種想法呢？真有趣，我們竟然有相同的想法。」

李熙秀說話時，很認真地端詳亞榮的眼睛，亞榮很開心她這麼說。

「雖然奶奶您說銀髮村的大人都是偽君子，但不是只有大人才這樣，小孩子多少也有些卑鄙。這裡的孩子都覺得我明年就會離開這裡，所以經常欺負我，也沒人幫我。他們自己都會欺負別人了，可是有人指責銀髮村的大人時，他們卻常常在旁邊附和。所以我覺得，每個人都一堆問題，都只是站在自己的立場假裝成好人而已。」

亞榮知道，這種問題對大人來說只是小事一樁，根本算不了什麼，可是李熙秀卻很認真地傾聽她說話。

「那些壞孩子，到現在還沒改過自新，所以妳有這種感覺一點都不奇怪。妳現在還是這麼想嗎？」

李熙秀的眼神給了亞榮一點勇氣，她接著說：

「沒有，現在不覺得了。仔細想想，我只是討厭那些孩子而已，不是討厭所有人，所以現在不會希望世界末日來臨。雖然我到現在還是討厭那些孩子。」

李熙秀沉默了一會，然後壓低音量說：

「很神奇喔，我也有相同的想法。」

「真的嗎？」

「我也在某一瞬間領悟了，應該讓討厭的傢伙完蛋就好，世界根本沒有必要滅亡。從那時開始，我下定決心要活很久很久，絕對不要完蛋，但一定要看到討厭的傢伙下場悽慘的模樣。」

「您成功了嗎？」

「這個嘛，好像沒有，因為那些傢伙到現在還是過得很逍遙自在，不過，幸好我改變想法，所以才能活著看到更多美好的人事物。要是全部都毀滅，我大概就看不到了。」

亞榮聽完之後，也點了點頭說：

「那我也要這樣想，一切都結束並不好。」

李熙秀咧嘴笑了一下。

「沒錯。我們好像很合得來。人啊，無論是十二歲或八十歲，都可能有一樣的想法呢。」

那天，李熙秀說了自己在落塵時代看到了哪些有趣好玩的景象，像是在圓頂城市外頭看到詭異的圓頂村、背上掛著松茸走來走去的野生動物、在路上巧遇性格乖僻的旅人……這些故事與亞榮兀自想像的落塵時代駭人風景，還有上緬懷課程時，老人說的那些發生於圓頂內、令人窒息的故事不同。

「人也可以在圓頂外頭活下來嗎？」

就亞榮所知，落塵對人類的身體來說是極為致命的毒素，如果是在缺少圓頂覆蓋的區域，任何生命體都無法存活，但李熙秀的回答卻很含糊。

「當然活不了啦，完全無法生存，但是……圓頂外頭還是有人，也有非人類的生物，以及拚了命活下來的生物。」

外頭雷電交加，就連室內的燈光也開始閃爍，氣氛也越來越陰森了。隨著話題逐漸讓人背脊發涼，亞榮的臉也開始發白，李熙秀笑著打住了話頭。

「要是再說下去，妳就要做惡夢了。」

「可是我還想再聽。」

李熙秀看著眼睛閃閃發亮的亞榮說：「現在要改說別的故事給妳聽了。」她再次回到眼前的現實，說起了庭園的植物，每個季節都會上門的昆蟲的故事，還有在落塵時代堅忍地撐下來的植物，將種子藏匿在各個角落的土壤和水中，接著在漫長的歲月中耐心等候，直到重建時代來臨，它們快速地適應變遷的世界，讓種子萌芽，比任何生物都要更早占領地球。李熙秀看似對庭園漫不經心，但其實對每種植物的名稱都瞭若指掌，而如此熱愛機器的人，說起天差地遠的植物領域時，學識竟也如此淵博，這些都令亞榮嘖嘖稱奇。

「植物就像設計非常精良的機器，我以前也不知道這件事，是有人花了很長的時間讓我明白這點。」

整晚窗外風雨不斷，但亞榮並沒有做惡夢，反而是長滿茂密雜草的圓頂村在夢境中登場了。在夢中，亞榮是一名落塵時代的旅人，是在圓頂外頭打點照料庭園的人。後來，當亞榮稍微睜開眼睛時，看到李熙秀在床鋪前的躺椅上打瞌睡，整個人卻不像是在這間屋子，而像是在極其遙遠的地方。亞榮再度閉上眼睛，但這次她沒有作夢，而是進入了深沉的夢鄉。時光荏苒，關於那天兩人的對話細節，亞榮多半都給忘了，但那個夜晚卻長久駐留在她的心中。

「大概是奶奶說的植物故事，在我心中留下了深刻的印象。那個閃閃發光的午夜庭園，還有那幅風景，帶領我走到了這裡。我總想著，植物的身上原本就懷著許多奧祕，它們如同機器般精密，同時卻又具有柔韌的力量。」

直到午後的咖啡時光結束，亞榮的分享才畫下句點，大家都帶著略帶感動的表情邊聽邊點頭。有人問：

「妳現在還有跟那位奶奶聯絡嗎？要是她知道你在這工作，一定會很高興。」

「喔，那個，李熙秀奶奶她……」

亞榮一時語塞，這才領悟到，本來以為自己早已忘卻這件事，但其實一直都擱在內心深處。「奶奶突然消失了，一下子不知道跑去了哪裡。我也不知道她現在人在哪，是否還在世上，或者已經與世長辭，也沒有任何聯繫管道。」

李熙秀不時就會說要去找機器零件，經常一出門就是好幾天，也曾經很長一段時間都沒回來。當一週過去，接著是長達一個月都沒看到李熙秀，亞榮為此感到不安時，社區的人卻都不當一回事，還說：「那個老人家啊，以前還曾經連著好幾個月無消無息，後來又突然冒出來了。」

就在素妍被派到其他分部擔任經理，必須帶著亞榮搬家時，亞榮每天都到李熙秀的家探頭探腦，看她回來了沒有。直到搬家的行李都收拾妥當，亞榮又跑到李熙秀的家門前來回踱步。庭園的植物生長得益發張狂，幾乎把整排籬笆都緊緊包裹住，更試圖竄到馬路上。亞榮再也沒見過那些植物散發藍光，它們似乎只對亞榮展現一次真面目，接著便永遠隱藏起來。

李熙秀沒對亞榮留下隻字片語就離去了。雖然李熙秀對亞榮來說，是她憧憬的對象，但對李熙秀來說，亞榮似乎就只是經常來家裡玩的鄰居小孩。明知如此，李熙秀什麼話都沒說就離去，依舊令亞榮傷心不已。好歹她也能對亞榮說一句「以後再見」啊，要是就這樣離開溫流，就再也見不到她了。

「走吧，亞榮，李熙秀奶奶沒事的。我已經交代鄰居轉達，等奶奶回來時，亞榮會很想見到她，所以請她跟我們聯絡。」

素妍將懸浮車停放好之後，在一旁催促著，亞榮最後一次轉過頭，希望把李熙秀的家和庭園珍藏在心中，永遠都不要忘記，但她總覺得，也許這幅畫面會在記憶中逐漸模糊。

亞榮離開了溫流，自此再沒聽到李熙秀的任何消息。

就在亞榮進入大學的第二年，收到要選專業領域的通知書時，毅然選了最不受學生青睞的生態學領域。根據同學的說法，亞榮是那種專找無聊玩意的類型，像是眼睛看不到的微生物、四處挖地的蟲子、大海和湖泊的潮流，以及潮濕處會長出菌絲的菌類。亞榮很喜歡觀察移動緩慢的生物擴散到遠處的過程，像是那種會用難以察覺的速度緩緩蠶食，具有強大力量的東西，以及要是不好好照料庭園，就會長得到處都是的植物。亞榮從小就知道，那類生物具有不容小覷的力量和驚人的生命力，也蘊含了各種奇妙的故事。

就在亞榮即將結束在大學研究室的實習課程時，她從別人分享的論壇中得知，落塵生態部門從原本隸屬的國立生物資源館獨立出來，成了附設的研究室。該論壇批判，把經費投資在落塵生態學，等於是把人力浪費在無謂的往事，以及做表面功夫的行政工作。當亞榮讀到「這是執迷於過去，不懂得正視眼前重要的現實問題，簡直無藥可救」的句子時，她認為這就是自己夢寐以求的工作。

毀滅與重建改變了地球的樣貌。落塵生態學是捕捉其轉變的一門學問，有哪些生物消失了，有哪些新物種出現了，還有哪些生物適應變化後成了地球的一員，均是其研究對象。

就在世界各地紛紛建造起躲避落塵的龐大圓頂時，人類並沒有替森林或田野上的生物打造圓頂。許多品種面臨滅種危機，但其中也有快速適應落塵並產生變異的植物。學者推斷，是落塵本身引發基因的突然變異，加速了植物變異的速度，有些植物褪去大片飄揚的寬葉，變異成能過濾落塵的長型皺褶葉片，有些原本挺拔參天的樹木，則是壓低了身段。在落塵的摧殘下死去的森林，也出現了有新森林物種的生態系統。落塵消失之後，這些變態物種仍一度支配著大自然，創造出前所未有的風景，直到二十一世紀後期，落塵的適應種再度順應無落塵的環境演化，改變了生態界的風景。

地球的變化極為快速，而生物則是快馬加鞭地想辦法趕上。亞榮很欣賞生物的大膽果斷。

碰到必須徹夜觀察植物標本的日子時，亞榮就會想像這些植物的身上蘊含著多麼漫長的歷史、多少故事，但她偶爾也會想起童年的那幅風景。被不知名植物覆滿、令人眼花撩亂的庭園，從空中緩然飄降的夜幕與藍光微塵，以及老奶奶在庭園的中央凝望前方，彷彿在追尋某樣已然消逝之物的視線。

〔歡迎蒞臨「怪奇傳說」！〕
〔不為人知的真相、神祕怪談、被掩蓋的不可思議事件，應有盡有〕
〔貢獻故事〕

〔標題：求惡魔植物的八卦〕

我是正在研究惡魔植物的學者。最近韓國正為了異常繁殖的莫斯瓦納傷透腦筋，因為這種植物徹底吞噬了一座廢墟城市，無論怎麼樣都無法斬草除根。大家都忙著漏夜調查，為什麼莫斯瓦納會突然出現？又為何如此難以根除？

但在這，我想問的是別的。

有沒有人聽說過莫斯瓦納會散發藍光？

有人提供情報，表示在廢墟城市的莫斯瓦納群落棲地見到藍光，但問題在於沒有正式的現場紀錄。莫斯瓦納的種子小到足以隨風飄散，但並不會發光，而長出莫斯瓦納的土壤也一樣。

但在我的記憶中，我確實見過，是在鄰居奶奶的庭園見到的。

不瞞各位說，因為記憶久遠，我不敢確定那座庭園的植物就是莫斯瓦納，但我記得它的藤蔓蠶食整座庭園後，沿著籬笆竄至路面的成長速度驚人。

事實上，庭園是無人打理的，遍地雜草叢生，不過奶奶不時會待在庭園。有一天晚上我偶然看見了，奶奶坐在躺椅上時，臉頰旁有無數藍光微塵四處飄浮。

那個畫面猶如童話故事的場景。

那會是什麼呢？那些雜草會是莫斯瓦納嗎？

可是，奶奶為什麼偏偏要栽種莫斯瓦納呢？畢竟這種惡魔的植物會把庭園搞得一團亂。

我在這個論壇翻遍了過去所有發文，卻沒找到有關藍光的故事。

我真正好奇的是，還有沒有人也見過這個場景。

〔來自「怪奇傳說」的訊息〕

〔確認〕

你看看這篇，雖然是很久以前上傳的文章，不過我保證這會是你感興趣的故事。

〔確定要前往該連結嗎？〕

〔連線中〕

允才在全像投影螢幕前眉頭深鎖，她把在海月採集的莫斯瓦納樣本拿去進行全基因體定序，螢幕上顯示了結果，分析程式正與現有的莫斯瓦納基因體進行比較分析。

「怎麼樣？有什麼特殊之處嗎？」

「這個，定序好像有問題。」

「怎麼了？」

「結果很不尋常耶。」

亞榮並不像允才一樣精通植物遺傳學，只看定序數據就能知道哪裡不對勁，因此只靜靜地聽允才說明。

「先看這裡，海月的莫斯瓦納與目前國外發現的野生型莫斯瓦納，也就是 Wild Type 的基因體有許多分歧。因為植物在擴散過程中會產生自然變異，所以事實上野生型植物之間出現歧異是很正常的，可是這個變異簡直是天差地遠。最重要的是，在海月擴散的莫斯瓦納，個體之間的基因太過相似了，一般來說，一旦形成自然的群落，個體之間不可能這麼雷同。」

「也就是說，這很可能是人為的現象吧？」

「對，還有憑我的直覺……海月市的莫斯瓦納基因體太乾淨了，這麼說吧，它們太工整了。」

「基因體很工整？」

「以自然存在的植物而言，它們毫無任何累贅的瑕疵，就像設計精良的機器，只保有必要的部分，而每個部分都配合得天衣無縫。野生型的莫斯瓦納不會發生這種現象，自然植物也不可能。」

雖然亞榮不是植物基因體的專家，不過她能理解允才此時想說的是什麼。換句話說，這種植物是有人蓄意培育出來的。允才將雙手交叉於胸前，目不轉睛地盯著螢幕。

「所以，姊姊妳的意思是，有人為了進行生物恐攻，所以才刻意製造出這種植物嗎？把自己親手打造的植物大片種植在土地上？」

最先冒出腦海的，果然還是生物恐攻的可能性。假如有人蓄意製造出具有強大繁殖力的莫斯瓦納，並把帶有相同基因的單一幼苗集中種植在海月……那就與此時允才的簡報內容吻合了。

「這可能是其中一種假設，但老實說我也弄不明白。如果想進行恐攻，多得是遠比莫斯瓦納優秀的選項，為什麼要特地選這種植物，甚至還要大費周章地改造基因，結果也只小家子氣地折磨到山林廳的職員與附近居民。我無法猜到肇事者背後的動機，究竟是哪個瘋子……如果只是惡作劇，倒還說得過去。」

亞榮也同意地點了點頭。雖說這件事可能是有人預謀，可是卻完全想不出那個人是基於何種動機，才做出這種事來。

「我得把樣本寄給其他廠商再確認一次，還要多收集各種樣本進行交叉比對。真的很不對勁，假如這真是人為的現象，究竟……」

亞榮也知道允才最感到納悶的是什麼。究竟會是誰做出這種缺德的事？

她的腦中驀然想起了什麼，卻與現在允才所說的事毫不相干。童年在李熙秀的庭園看到的藤蔓植物與藍光、李熙秀最後說要去找某樣東西之後便一走了之的身影、海月的莫斯瓦納群落報導中提到的藍色光體，以及昨天在「怪奇傳說」收到的可疑匿名訊息……抽象卻又模糊的線索、無法掌握全貌的拼圖片紛紛從空中灑落。

難道這一切均有關聯？但就算是這樣，又該如何查明真相？究竟這植物的真面目是什麼？

各種想法跳來跳去，沒有方向。允才見亞榮呆呆地站著，抬起手在她面前輕輕地晃了一下。

「沒事吧？太難懂了嗎？看妳突然發起呆。」

「允才姊，我們這次去衣索比亞，應該沒有個人行程吧？」

亞榮的問題沒頭沒腦的，允才不解地側著頭。

「當然沒有啦。這次是參加正式的學術會議，至於觀光的時間，頂多只會以文化探訪的名義安排一天左右，分開行動也不能幹嘛。又不是什麼知名的觀光地點，團體行動時應該就逛完了。」

「我們只會在阿的斯阿貝巴的市區活動，對吧？」

「應該是吧，舉辦學術會議的飯店也在市區。怎麼，妳對哪個地方感興趣？我看還是團體行動比較好，省得為了私事單獨行動，事後必須接受調查，那就麻煩了。」

「假如是有學術目的的個人行程呢？」

「喔，如果是那樣，只要事前收到許可就行了吧。妳跟組長談一下，如果是安排自由活動時間，搞不好就沒問題。不過為什麼要以個人行程的名義？只要排進觀光行程不就好了嗎？」

亞榮思考著該如何解釋在「怪奇傳說」上收到的訊息，猶豫了半晌，最後說：

「因為事實上，我也不確定這算不算學術目的。」

阿的斯阿貝巴是落塵時代結束後最早重建的城市，不但是將世界滅亡前的自然景觀保存得最完善的地方，也是落塵生態學相關研究最蓬勃的區域。重建六十週年的生態學國際研討會之所以在此地舉辦，也有這層因素。

下了飛機，生態研究中心的植物小組隨即前往舉辦學會的凱迪斯飯店卸下行李，他們決定在附近享用午餐，並等待下午到來的開會典禮。

即便距離市中心有段距離，但街上依然熱鬧非凡。就重建的城市來說，算是人口相當多的罕見例子。這個與滅亡前同等喧鬧的高原城市，受到獨特氣候的影響，火辣的陽光十分螫人，但空氣中卻透著一股寒意。走在街上時，會聽到安哈拉語與英語兩種語言，但偶爾也會出現耳朵戴著的翻譯器無法翻譯的語言。在活力四射的街道上，處處都有人在進行喝咖啡的日常儀式，露天咖啡廳的主人紛紛打出手勢，招攬組員們走進自家的店內，而每個街口也都能見到把種類不同、顏色鮮豔的水果打成果汁，再裝成漸層果汁來兜售的攤販。

「那個叫做斯普利思茲馬基，把酪梨和芒果、木瓜加在一起超好喝，妳一定要喝喝看。」

旁邊的允才賣弄了一下知識。有別於先前就來過阿的斯阿貝巴參加學術會議的允才，亞榮這次是初次參加，她的視線先被具有異國風情的美食、色彩鮮豔華麗的工藝品吸引，接著又不自覺地沉浸在其他思緒之中。在這裡真的能見到「蘭加諾的魔女」嗎？要是被假情報欺騙了，那該怎麼辦？腦中的雜念接連出現，幸虧秀彬把冰涼的咖啡裝在盒子內，拿過來分給大家，這些念頭才得以暫時消散。直到一路顛簸地搭車返回飯店的路上，雜念才又如雲朵般緩緩飄升。

亞榮雖是初次來訪衣索比亞，但她從以前就知道，這裡等於是落塵生態學的發源地。發生落塵浩劫之前，此地的植物學名不見經傳，但經歷落塵時代的同時，衣索比亞的藥草學者對民間療法與重建做出巨大貢獻，因此備受人們敬仰，而這項傳統延續至今，就連政府也投資許多經費在植物學領域上。同時，衣索比亞也是最積極培育過去植物品種與野生植物的國家。亞榮對此地的了解，大概就是這些。

過去在衣索比亞的研討會資料集上，也曾刊登「終結期之後的民間藥草學者」之類的文章，那時雖然在收到資料集之後翻閱了一下，但因為不是亞榮平時會感興趣的主題，所以她並沒有仔細閱讀。亞榮讀到上頭邀請了某些具知名度的治療師分享了重建期栽培植物的故事，但並不記得詳細寫了些什麼，頂多只覺得「大概衣索比亞有這樣的傳統吧」、「身為備受冷落的生態學者，這樣的傳統真令人欣羨呢」罷了。

可是，她怎麼也沒想到會在「怪奇傳說」看到那個名字。

匿名者傳來的訊息中附了一個連結，是將近十幾年前上傳的文章。看了一下發表日期，似乎是「怪奇傳說」剛創立時撰寫的文章。

那篇關於莫斯瓦納的發文，訴說了令人難以置信的故事。

「亞榮，妳週末真的要跑私人行程嗎？這樣好嗎？這裡治安很亂，一不小心就會迷路，加上我們一看就是外國人。」

朴素英組長向亞榮搭話。說實在的，要在人生地不熟的異國隻身行動，確實讓亞榮很有壓力，但她同時又說服自己，這就和一個人旅行沒有兩樣。

「不要緊的！就算是蒙古沙漠，我也能獨自穿越呢。」

「今天要接受妳訪談的人，是對莫斯瓦納無所不知的專家吧？真有趣啊，我還以為那麼有分量的大人物會來參加生態學研討會呢……畢竟這次舉辦得非常盛大隆重，就連相關領域的眾多學者也都會出席嘛。」

「好像退休很多年了，因為年紀也大了。」

「這樣啊，妳都特地帶了禮物來，可別忘了帶去，每隔一個小時就告訴我有沒有狀況，可別因為通訊費很貴就捨不得喲。」

朴組長或許是到現在還把亞榮當成研究員中的菜鳥，一臉擔憂的表情。

「對方自稱是退休的莫斯瓦納專家？」

植物組中唯一知道真相的允才忍俊不住。

「那人到底是給妳看了什麼資料？」

亞榮偷偷跟允才透露「怪奇傳說」網站內容的時候，她很爽快地說，如果亞榮能順利約到採訪，自己會一起前往，但亞榮並不想輕易剝奪允才參加高原之旅的難得機會，所以執意要隻身前往。

爆料者說自己曉得莫斯瓦納的真相，並且稱呼它為「散發藍光的藤蔓」，而這正是亞榮去見那個人的原因。

學術會議開幕式舉辦得非常盛大，亞榮先是在貼滿海報的展示場逛了一圈，接著和來自世界各國的研究人員交換社群帳號，下午則是聽了場講座，主題是《孤立區域形成的自然圓頂與物種的變異：島嶼與廢棄場的生態分析》。這場講座談的是落塵時代南太平洋區域的孤島上，憑藉自然條件形成某種扮演圓頂角色的氣流，使得落塵時代以前為數眾多的物種得以保存下來，讓人聽了興致盎然，只是亞榮的心思卻不斷飄向週末約好的採訪。假如真的見到那個人，真的能見到的話……究竟該從什麼問題下手好呢？

第二天，亞榮也針對韓半島野生植物的植被變化發表演講。現場反應算是熱絡，但也沒有引起太多關注，因為那天眾人矚目的焦點，是北歐出現的新型生態系統。心中的惋惜是難免的，不過相較於占據亞榮腦海中的問題，這只是樁小事。

翌日，在飯店別館舉辦的重建六十週年紀念展覽，除了生態學之外，還規劃了各種五花八門的主題館，但唯獨落塵分解劑開發過程的展示品特別多。亞榮興致缺缺地環顧那些展示品，雖然大家都把落塵分解劑視為人類的一種勝利，但亞榮無法苟同這種言過其實的讚美之詞。這無疑是造成地球滅亡的肇事者，在地球即將滅亡的前一刻才急忙收拾殘局，是有什麼好大肆稱頌的？……不過，幸虧主要展場的落塵生態學展覽內容是亞榮感興趣的。亞榮的海外研討會初體驗，就在心思都被突來的莫斯瓦納情報占據之下，不知不覺地過了三天。

週日早晨沒有舉辦任何學術活動，部門的人都乘車前往恩托托山勘查。這座山距離市中心不遠，能夠觀察到海拔三千公尺的熱帶高山植被。儘管亞榮對於無法親眼看到在韓國時難以接觸的生態植被感到扼腕，但此時她有更重要的任務在身。

與爆料者路丹約定見面的場所，是在阿的斯阿貝巴市區的娜塔莉咖啡廳。亞榮提前二十分左右抵達，直到稍微過了約定時間，路丹才現身。雖然兩人只透過訊息交談，但倒是一眼就能看出對方東張西望在找人的樣子。路丹是個身強體健的男人，雖然難以估計他實際年齡，但從外貌看來，最多不會超過四十歲。

「哇，沒想到妳真的來了，直到五分鐘前為止，我都懷疑是不是有人惡作劇呢。」

剛開始寒暄時，他顯得有些興奮浮躁。亞榮先表示用安哈拉語對談也無妨，但對方說自己本來是使用奧羅莫語，但翻譯器在翻譯這個語言時經常出現錯誤，所以還是用英語交談好了。

路丹是多年前在「怪奇傳說」上傳文章的當事人。他說自己與植物學或生態學毫無關係，也與研究學問是八竿子打不著，但二十幾歲時曾協助荒蕪地帶重建作業，後來與人稱「蘭加諾的魔女」的阿瑪拉與娜歐蜜姊妹倆關係很親暱。

「不瞞妳說，我真沒想到妳會來到這裡，就連我也不禁懷疑這會不會是在浪費時間。但我讀了妳的電子郵件，發現這件事似乎對妳極為重要，加上身分也很明確。最重要的是，我感覺到妳是真心想相信我的故事。過去也有不少記者找來，想把這對姊妹的故事寫成報導，但大家親耳聽完後，或許都覺得這是天方夜譚，所以只在地區性的小雜誌刊登過幾次而已。尤其科學家都不把我當一回事，雖然準確地來說，是不把阿瑪拉的故事當成一回事。親自找上門來的科學家，妳還是第一個。妳說自己是名生態學者，所以我也曾想過，妳怎麼會找上這種網站並與我聯繫呢？……但我在線上發表的生態學研討會論文真的找到了妳的名字，所以我認為這次是真的，如今我總算能證明阿瑪拉與娜歐蜜的故事了。」

就在亞榮聽著故事，同時試著對路丹興奮的情緒感同身受的那一刻，他換上了不同表情。

「不過其實目前狀況有點尷尬，因為我們現在要見的娜歐蜜，她討厭與人見面。」

根據路丹所說，原本兩姊妹之中熱絡談論往事的人是身為姊姊的阿瑪拉，可是她被多次的無視與嘲弄傷透了心，從許久前就打死不肯多談了。儘管路丹這次也抱持著一絲希望聯繫阿瑪拉，卻遭到無情的拒絕。

「所以我把這件事傳達給娜歐蜜了，畢竟不能錯過這難得的機會。」

「娜歐蜜有聯繫你嗎？」

「娜歐蜜自然讀了郵件，但沒有回覆，我打的電話也沒接。不過還請妳別擔心，因為娜歐蜜很信任我。我已經留了訊息給她，說今天會登門拜訪。」

亞榮變得極度焦慮不安。

「抱歉……但今天真的有說好要見面嗎？聽起來娜歐蜜似乎也不怎麼歡迎我們耶。」

「亞榮，偉大的故事都是始於失敗，怎能為了這點小事就卻步呢？」

路丹聳了一下肩膀，真不曉得是該說他理直氣壯，還是說他厚臉皮，總之有點騎虎難下。沒想到事情會演變成這樣……

亞榮猶豫不決地說：

「也沒事先說一聲就跑去太失禮了，還是你現在說給我聽比較好。路丹你不也說自己知道莫斯瓦納的真相嗎？」

「不行，我又不是當事人，這件事非得聽她們姊妹親口說不可。」

路丹沒有事先約好，卻依然堅持要去找娜歐蜜，亞榮實在沒辦法說服他，只好無奈地跟著走了。

娜歐蜜的家位於阿的斯阿貝巴的郊區。住家櫛比鱗次，一戶挨著一戶，巷弄也十分狹窄。他們側著身子勉強通過巷子後，爬上了鐵梯。住家的外牆漆成了明亮的薄荷色，但處處是油漆脫落的斑駁痕跡。兩人的面前是一扇彷彿只要輕推就會倒下的破舊深褐色木門，就算環視四周也找不到可按的門鈴。路丹貌似對這地方熟門熟路，舉起手敲了敲木門，空氣中響起了鈍重低沉的聲響。

「娜歐蜜，我是路丹，我帶那位生態學家來啦。」

無人回應。路丹將耳朵貼在門上，想聽出個所以然，這時亞榮也聽到有人在屋內拖動重物卻突然停下動作的聲音，但時間過去了，依舊沒人回應，看來娜歐蜜是故意不理睬路丹。

「妳看到郵件了吧？妳開開門啊，證明妳故事的機會終於來了！」

亞榮和路丹又等上了許久，但屋內的人似乎是吃了秤砣鐵了心。

「娜歐蜜，娜歐蜜！妳得改改妳那頑固的老毛病。」

就在亞榮看著路丹低聲嘮叨個不停，心想再這樣下去也無濟於事，這時大門卻冷不防地開啟，眼前出現了一位老人，腳下踩著灰色軍靴，倚靠在門邊站立，個子有些嬌小，但眼神十分炯炯有神。亞榮正打算開口打招呼，娜歐蜜的聲音便打斷了她。

「路丹，你怎麼能隨便就跑來？我現在得搗磨藥草，要是現在不趕緊處理，它們就會全部腐爛。你要支付這些藥草的錢嗎？廢話少說，回去吧。」

娜歐蜜的態度十分冷淡，甚至讓人不禁懷疑，路丹說自己和娜歐蜜交情甚篤是不是也在扯謊，但路丹似乎早已對這種情況司空見慣，露出了可憐兮兮的表情。

「娜歐蜜……妳忍心這樣對我嗎？」

娜歐蜜瞇起眼睛注視路丹，接著一言不發地關上了門。

再這樣下去，是不會有任何結果的。

「路丹，等一下，讓我試著跟她說說看。」

亞榮要路丹到鐵梯下待著，再次敲了敲門，然後又在門前聽見了拖動物品的聲音。雖然不知道娜歐蜜何以這麼做，但總之她應該不是完全避而不談。亞榮做了一次深呼吸，開口說：

「娜歐蜜，我是亞榮，來自韓國的生態學家。我是為了聽有關莫斯瓦納的故事才登門拜訪的。真的很抱歉，因為我沒有其他管道，所以才會透過路丹與妳聯繫。妳方便撥出一點時間嗎？不會耽擱太久的。我想從妳口中聽到那些故事，我非得從妳口中聽到不可……」

雖然早有心理準備，這次也會被當成空氣看待，不然就是聽到娜歐蜜大肆抱怨，卻沒想到大門再次打開了。亞榮緊張兮兮地看著娜歐蜜，但她的表情倒是比稍早前要緩和許多。

「路丹這臭小子，最近越來越討厭看到他啦。都已經嫌他煩了，還三天兩頭就跑來找我，擺明了就是把我當成一腳踏入棺材的可憐老人，我可不喜歡這樣。」

娜歐蜜聳了聳肩。

「要是妳自己來，我早就讓妳進門了，讓別人進門又沒什麼大不了的。」

說話的同時，她輕輕地往屋內揮了一下手。

「進來吧。」

屋內有別於殘破不堪的外觀，給人很溫馨的感覺。儘管先前想像，既然這是知名藥草治療師姊妹的家，會不會散發出濃濃的藥草味，但別說是藥草味了，就連藥草治療師該有的物品也沒看見，看來剛才說自己在搗磨藥草，不過是為了趕走路丹才編出來的說詞。

娜歐蜜端出咖啡的時候，亞榮將自己帶來的禮物擱在桌面上，環顧了一下周圍，掛滿某面牆的眾多相框尤其吸引她的目光。相框內出現了年輕時候的姊妹、她們有了些歲數的模樣，以及圍繞在她們身邊的親朋好友，大概都是娜歐蜜與阿瑪拉姊妹受世人稱頌為「蘭加諾的魔女」時的照片吧。上頭寫的是安哈拉語，所以沒辦法得知寫什麼內容，但玻璃收納櫃中陳列了好幾面贈與「蘭加諾的魔女」的表揚獎牌。娜歐蜜把咖啡杯裝在托盤上端出來，亞榮向她搭話：

「久仰兩位的大名。參加學術會議的學者都知道，現在衣索比亞的植物學能如此蓬勃，都是帶頭重建的藥草學者的功勞……」

「他們是這樣說的嗎？」娜歐蜜瞥了一眼相框說道：「我倒是很想把這些事都抹去呢，但看在阿瑪拉的面子上才忍了下來。也沒人想好好聽我們的故事，只會給我們那種表揚獎牌來封住我們的嘴。」

亞榮面露驚慌，娜歐蜜將咖啡杯放在亞榮的面前。

「相框也就罷了，但說要把表揚獎牌擺在收納櫃的是阿瑪拉。直到十年前，阿瑪拉還不是這種態度的……如今阿瑪拉把我們的真實身分、做過什麼都慢慢忘了，轉而把那些虛構的名字擺在記憶中，像是治療師啦、魔女啦，還有什麼重建的英雄啦。嗯，比起我們曾經面臨的惡劣處境，或許現在能稱得上是太平盛世吧。」

娜歐蜜一下說東，一下說西，讓亞榮聽了是丈二金剛摸不著頭腦。亞榮思考了一會，問：

「冒昧請教，請問阿瑪拉現在在哪裡呢？」

「姊姊現在人在醫院。雖然以這把年紀來說算是健康的，但現在記憶已經不行了。姊姊把那些相框拿出來掛上的時間點，也是在她和我的記憶開始出現分歧的時候。無論是姊姊或是我，身心狀態都會隨著不同時期或季節而反反覆覆。狀態好的時候，我們會在這個家中一起生活，但碰上霧氣濃厚的季節，阿瑪拉總是待在醫院。」

「霧氣？」

「因為我們對霧氣存有心理陰影，包括我也是，但阿瑪拉要嚴重多了。」

娜歐蜜喝了口咖啡，接著說：

「亞榮小姐，妳說自己是植物生態學者吧？我大概沒辦法提供妳什麼情報。我對植物是一知半解，實在有愧於藥草學者的封號。比起我，阿瑪拉懂得更多，但遺憾的是現在時機點不對。如果妳是在阿瑪拉在家的時候前來，好歹還能得到一點有用的情報。」

亞榮對娜歐蜜以韓國的說法稱呼自己為「亞榮小姐」感到神奇，雖然也很想問問這件事，但她毫無頭緒，不知該從何說起。

「那個……娜歐蜜，我不曉得路丹是怎麼傳話的，但我不是來問妳如何防治莫斯瓦納的。關於莫斯瓦納這種植物的資訊，當然如果能聽到會更好，但這並不是我前來的主要目的。」

亞榮囁嚅地訴說來意。她說自己是研究滅亡與重建期之後自然生態的學者，研究對象是受到落塵的影響改變形貌的植物，最近在韓國一個叫做海月的地方調查異常繁殖的莫斯瓦納，因此開始尋找這種植物的起源。

「我想知道的，是這種奇特植物的歷史。我想聽聽這種植物的隱藏版故事，而妳是與這種植物歷史劃上等號的人。我經常在重建初期的口述歷史中看到妳的大名。儘管當時大家很少將這種植物稱為『莫斯瓦納』，但各地區的人都為它取了個代表『榮耀』的名字。妳與阿瑪拉是因為使用藥草進行治療，特別是利用莫斯瓦納的民間療法才聲名大噪的吧？根據口述歷史的見證人說法，衣索比亞的人民會積極栽種莫斯瓦納，妳是主要的推動者，因此拯救了非常多人。」

「看來妳確實是如假包換的學者。」

娜歐蜜露出了微笑。

「所以說，亞榮小姐妳也應該查到莫斯瓦納不具任何治療效果了吧？畢竟這在植物學界已是人盡皆知的事實。」

亞榮沒料到娜歐蜜的口中會說出這番話來，於是一時語塞。以莫斯瓦納民間療法而打響名號的藥草學者，正在探問她是否早就知道莫斯瓦納毫無治療效果。這究竟是怎麼一回事？

亞榮稍作遲疑，然後開口：

「明明……是的，我讀了相關論文，上面說莫斯瓦納並沒有藥效，反而具有毒性。但我也無法妄下斷言，因為不是所有論文都能得出接近真相的結論……妳真的有用莫斯瓦納來治療吧？所以報導與相框內的照片才會出現莫斯瓦納。」

「是這裡的人至今仍如此深信不疑囉。就算把再多科學證據拿到他們面前，他們仍相信自己親眼見到的。實際上在幾十年前，也確實有許多人接受治療。」

「那麼，莫斯瓦納真的具有藥效嗎？」

「怎麼可能，把它當成藥來使用，就跟灌下劇毒沒兩樣。莫斯瓦納會嚴重危害人體。」

「那娜歐蜜妳……」

對話逐漸把亞榮引入了走不出的迷宮。亞榮竭力不要表現出批判納歐蜜的樣子，但最後還是單刀直入地問了：

「妳明知真相是什麼，卻還是把莫斯瓦納當成藥草來使用嗎？」

娜歐蜜笑了。

「我確實想讓大家這麼以為，因為我有非這麼做不可的理由。」

亞榮更無言了，但娜歐蜜看著面露驚慌的亞榮，似乎覺得很有趣。

讀過各種論文之後，亞榮也確定了莫斯瓦納並沒有任何療效，但沒想到娜歐蜜會坦白說自己早已知情。娜歐蜜與亞榮的想像天差地遠。報導中的娜歐蜜是一名魔女，是受到眾人讚揚的聖人，也是衣索比亞人的救世主，但此時此刻，娜歐蜜卻說自己早就知道莫斯瓦納不具任何療效。她是在親口承認自己至今都在欺騙大家嗎？但為什麼偏偏選在此時，還是在素昧平生的人面前坦承？

「可是究竟為什麼……」

「妳仔細觀察過莫斯瓦納嗎？」

娜歐蜜開口說：

「莫斯瓦納可說是一種專門為生存、繁殖與寄生設計出來的植物。該說它是集落塵時代的精神於一身嗎？它執拗不屈地存活下來，吸收死去的生物為養分逐步茁壯，一旦在土地上生根，就會搞得天翻地覆。它的生存目的，並不是在原地生生不息，而是盡可能將自己的手腳蔓延到最遠處……這種植物本身，與落塵十分相似。」

確實如娜歐蜜所說，莫斯瓦納與落塵相似，都具有吞噬土地上的一切並逐漸擴大自身勢力的特性。

「沒錯，娜歐蜜，但我知道，莫斯瓦納並非只是具有劇毒的植物，而這正是我想見妳的真正理由。」

聽完亞榮的話後，娜歐蜜的表情起了些微變化。

「我們接到線報，指出有人在莫斯瓦納異常繁殖的海月目睹奇異的藍光，於是我開始調查關於藍光的事，因為我小時候，也偶然在某個奶奶的庭園中見過那種光。我必須找到那彷彿魔法般的現象是怎麼來的，後來也才因此認識路丹。路丹說妳知道那種藤蔓植物散發藍光的真相。」

亞榮說完之後，略顯緊張地等候娜歐蜜的反應，而這些話是路丹建議她這麼說的。娜歐蜜被亞榮的話撩起了好奇心。

「那座莫斯瓦納庭園的主人是誰呢？」

路丹說，只要提起這件事，娜歐蜜肯定會好奇是誰栽種這些散發藍光的莫斯瓦納。亞榮按捺住想談論李熙秀的衝動，反倒說：

「娜歐蜜，如果妳告訴我關於莫斯瓦納的起源，我也會把自己知道的，全部都告訴妳。」

短暫的沉默在空氣中流淌，亞榮無法猜出娜歐蜜此時在想些什麼。娜歐蜜直視亞榮說：

「假如妳的話屬實……那可真是一件稀罕的事呢。藍光莫斯瓦納如今已不存在了。莫斯瓦納在數十年間擴散到全世界，但如今莫斯瓦納的特性已與當年的植物相去甚遠。」

娜歐蜜站起身，走向那面掛滿相框的牆，並打開牆面前的收納櫃，花了點時間在尋找某樣東西。亞榮在一旁靜靜地等候，感覺到時間彷彿靜止似的。娜歐蜜把每個抽屜都打開看一次，最後才拿出一張照片。

「阿瑪拉想將真相公諸於世，而路丹是唯一相信我們的朋友，但阿瑪拉在過去幾年卻轉變了立場，說自己可能是記錯了，還有普林姆村之類的玩意根本就不存在。如今我也能明白阿瑪拉何以如此，因為反覆說著誰也不肯相信的過往，只會顯得自己更加悲慘。」

娜歐蜜放在桌面上的照片，乍看之下只有一片漆黑，但定睛一瞧，就能發現照片的角落拍到了微弱的光團。

「好，我就再說這麼一次吧，說不定妳所說的庭園主人恰好是我認識的人。雖然妳還不知道答案，但至少知道該上哪兒去尋答案，也有意前往那個地方探尋真相。」

此時此刻，亞榮的直覺告訴她，關於莫斯瓦納，還有很長的故事要說。她將筆記本、筆和錄音機放在桌面上，倘若娜歐蜜願意，她打算一字不漏地全部抄寫下來，無論娜歐蜜的說詞可不可靠。

娜歐蜜再次翻找照片，那上頭印著日期。

二〇五九年，十月。

「亞榮小姐，妳的推測沒有錯，莫斯瓦納並不是什麼萬靈丹，甚至還稱不上是正式的藥草。不過，我們必須讓人們相信那是一種藥。正如妳的推斷，莫斯瓦納與滅亡時代緊密相關，但並不是以妳所想的那種方式。」

娜歐蜜說完之後，露出了笑容。

第二章　普林姆村

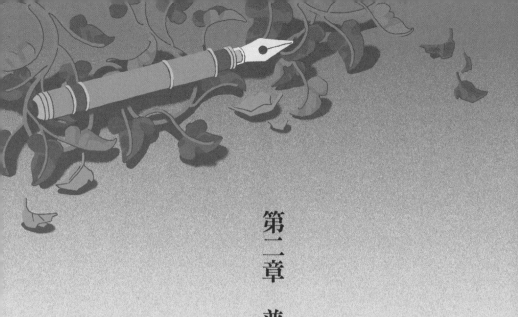

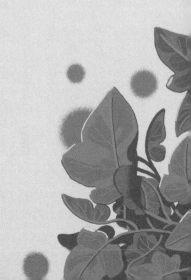

新山的圓頂城市看起來像早在數個月以前就已走向毀滅的結局，圓頂牆面傾頹，鐵橋斷裂，椰子樹全數乾枯焦黑，阿布巴卡爾寺的外牆也沾上了褪色的血跡。曾幾何時，無數人民前來觀光勝地參拜的痕跡已消失得無影無蹤，街道上的屍體並未腐敗，所以還能認得出臉孔。而這一切，似乎是因為圓頂遭到破壞後，落塵濃度依舊很高所導致。或許是為了趕緊逃離倒塌的圓頂，這些死去之人多半揹著大型背包。我也在幾具屍體身上仔細翻了一遍，但我的希望落空了，因為其他浪人早就將這些人洗劫一空。

過去幾天，我和阿瑪拉在市區四處尋找食物。我們一邊小心地避免踩到屍體，一邊在市場地攤和店鋪東翻西找，卻幾乎一無所獲。這對我和阿瑪拉來說是幸亦是不幸。雖然無法解決餓肚子的問題，但也因為這是座空城，很少有到處走動的獵人。我們決定在此稍作停留，好讓阿瑪拉能歇息幾天。

我們在這間暗巷的屋子暫居一週了。這棟雙層建築固然破舊不堪，但用來藏身卻再適合不過。我們在櫥櫃發現了放置多時的零食、巧克力和茶，但它們吃起來的味道實在太過嚇人，所以我們決定還是吃隨身攜帶的營養膠囊就好。儘管加工食品十分珍貴，甚至能拿來當成貨幣使用，但要是不管三七二十一就吃下去，吃壞肚子可就麻煩了。我們多帶上了幾罐止痛藥和消化劑，只是，肚子撐到得吃上消化劑的日子，果真會再次到來嗎？不過，反正這藥品的價格高昂，往後總會有以物易物的機會。

我們不能毫無盤算地在此地逗留。在麻六甲，我們得到了一個慘重的教訓——無論在任何地方，都不能停留超過十天以上。人呢，凡走過必留下痕跡，如此一來就會成為獵人眼中的標靶。但阿瑪拉的狀態實在太糟了，每當看到阿瑪拉在凌晨時分狂咳不止，簡直快把肺給咳出來似的，就不免對蘭卡威研究人員感到怒火中燒。當初有機會時，我就該好好報這個仇的。

臥病在床的阿瑪拉顯得疲乏無力，我坐在地板上，背倚靠在床邊。填滿這間閣樓斗室的，就只有阿瑪拉急促的呼吸聲。為了打破這份靜寂，我開始向阿瑪拉搭話。

「妳知道明天就是我們離家兩年的日子嗎？原來時間已經過這麼久了。」

「妳有數日子啊？我們又沒月曆。」

「剛才去拿膠囊時，海豚號告訴我的。看來那個喇叭還有很多奇奇怪怪的功能，我也沒開口問，它就突然自個兒告訴我日期和地區天氣了。」

「所以今天是幾號？」

「今天是十一月七號。」

阿瑪拉認真地想了想，又問我怎麼記得我們是在十一月八號離家的。姊姊最近對記憶很敏感，似乎也隱約察覺到自己的記憶沒有過去那麼完整。雖然無法準確地指出是失去了哪些記憶，但阿瑪拉不時就會忘記某些事，像是把我們路過的地方、遇見了哪些人等細節一點一點地忘了。如果只是不小心忘了還不打緊，我只擔心這是經歷蘭卡威實驗所帶來的後遺症。

「先吃這個吧，我可不打算挑戰那個包裝紙已經變質的巧克力。」

我從箱子內拿出營養膠囊遞給姊姊。阿瑪拉斜靠在床上，把我給的三顆營養膠囊全放入口中。我確認了一下箱子的日期，發現膠囊已經過了食用期限，但還是比什麼都不吃來得強。姊姊吞下膠囊的時候，我接著說：

「十一月七號，也就是說今天是佩娜的生日。我們舉辦了兩次生日派對，生日當天在佩娜的家，隔天則是在我們家。所以佩娜也跟我約好，說要替我舉辦兩次生日派對。」

「啊，對耶，我在凌晨跑去接妳回家，卻發現滿地都是紙牌和籌碼。當時我還想，才十一歲的小朋友就已經在玩有害身心健康的遊戲了，但那時實在不是指責別人的時候。就在那天凌晨……」

「是啊，因為世界末日來臨了。」

我們相視而笑，這次換我把箱子內剩下的兩顆膠囊放入口中。味道感覺怪怪的，既像是在咀嚼變質的橡膠，又像是陳舊的紙張味道。自從逃離蘭卡威，我們的主食就一直是營養膠囊，但從來都沒覺得它美味。

「妳過去也吃過營養膠囊嗎？落塵浩劫發生以前。」

「有想要嚐嚐看，但媽媽阻止了我，說小孩子不能吃。」

「不知道是本來味道就這麼奇怪，又或者是變質了。應該是變質了吧？畢竟如果營養膠囊本來就是這種味道，也不可能賣得出去嘛。」

「可是，娜歐蜜，世界上刻意去找難吃的東西來吃的人，要比想像中多喲。搞不好那種人會在這種世界過得比較開心。」

「啊，這倒是，在耶加雪夫過暑假時，我就看過姑丈公把針樹和藍色金龜子熬成補藥來喝，說是有益身體健康……」

喀嚓。

我們同時都閉上了嘴巴，因為窗外突然傳來金屬聲。周圍的靜寂令人窒息，接著又是一陣金屬裝置互相碰撞的聲響。

阿瑪拉試圖下床，但我搖了搖頭。我趴在地面上匍匐前進，將身體緊貼在閣樓牆面的窗戶旁。雖然光線很暗，所以看不太清楚，但依然能知道有好幾個人聚集在巷子前。我讓耳朵緊挨著窗戶，聽見了一群女人七嘴八舌的聲音。

她們說的是馬來西亞語，語速快到無法完全聽懂。就算插上翻譯器，以這樣的距離也肯定聽不清楚，所以我盡可能集中在我所知道的字彙上頭。她們似乎是在討論先該調查哪棟房子。拜託，千萬要避開這裡。儘管已事先在一樓的入口堆放家具，通往二樓的階梯也都堵起來了，但還是不能掉以輕心。阿瑪拉以嘴型問道：

「是獵人嗎？」

我搖了搖頭。看她們直接通過圓頂入口的落塵警報器進入，而且也沒穿上防護衣，想必和我們一樣是耐性種人的廢墟浪人。儘管如此，既然無法準確得知來者何人，就不能掉以輕心。上個月我們也曾被其他耐性種人奪走身上所有的物資，要是能夠不打照面，還是盡可能避開為妙。

原本拉高嗓門爭辯的那些女人突然安靜下來，腳步聲朝四面八方散去，稍後聽見了車子發動的聲音。阿瑪拉和我屏氣凝神許久，直到引擎聲逐漸遠去，感覺所有人均已離開巷子，我才從窗戶旁退開，而阿瑪拉也如釋重負地大大鬆了口氣。

「她們大概走掉了。畢竟這些房子破舊不堪，也撈不到什麼好處。」

砰、砰，說時遲那時快，我們聽見有人猛力拍門的聲音。阿瑪拉的表情瞬間凍結，聲音是從下方傳來的。

「沒關係，對方很快就會離開了。」

我悄聲說道，但聲音卻越來越響亮。

就在我評估從閣樓的窗戶跳下去，以及與耐性種人交手，哪一個會更危險的時候，緩慢的步伐聲逐漸逼近。我再次將手伸向窗戶，但阿瑪拉搖了搖頭。阿瑪拉究竟有什麼打算？我以顫抖的手在背包中摸索，取出刀子。

閣樓的門砰地一聲發出巨響，讓我懇求對方離去的期望頓時成空。在接二連三的撞擊下，小小的門閂輕而易舉地就脫落了，被撞開的門板幾乎解體了。站在最前方的，是一名乾癟削瘦、頭髮自然捲十分嚴重的女人，後面還有其他女人，總共是四個。捲髮女嘻皮笑臉地問道：

「哎喲，小鬼們，我們是不是打擾到妳們啦？」

捲髮女手持著槍，想必並沒有清閒到跑來這寒暄。

「我們一無所有，如果要求我們出去，我們會照辦。」

我低聲說道。捲髮女快速地掃視閣樓一圈。這些人是就連空氣隔絕器也沒戴的耐性種人，和我們是同類，但看起來來意不善。

「巷子後方有一台懸浮車呢。這麼棒的玩意，對小鬼來說太奢侈了吧？要是肯交給我們，我們會妥善利用的。」

我使勁抓緊了刀子。我是不可能交出海豚號的。失去海豚號，就等於失去了一切。阿瑪拉似乎也抱持相同的想法，轉眼間也舉起了手槍。

捲髮女似乎覺得這場面很有趣，笑咪咪地說：

「別這樣嘛，有話好好說，我們一塊喝杯茶吧。」

這次找上門的耐性種人，很快就發現位於新山圓頂入口的「障眼法」。認真說起來，我們之所以能躲避獵人的耳目長達一週，都歸功於故障的警報器。位於圓頂城市入口的巨型警報器，原本是為了防止落塵流入，但在圓頂成為斷壁殘垣之後，自然失去了這個目的與功能。不過，此時警報器是顯示落塵濃度達到最高數值的紅色，加上尾數持續在數字七和九之間擺盪，所以看起來就像還在運作一樣，想必任何人都不會去懷疑測出來的數值。

當然了，我和阿瑪拉都知道那數值是錯誤的。阿瑪拉並非純正的耐性種人，所以待在落塵濃度高的地方時，健康狀態會急遽惡化，但在這裡的狀態卻堪稱良好。經過幾次測試，我們做出了那個警報器故障的結論——這點對我們來說自然是非常有利。

幸運的是，闖進閣樓的這些女人並未趕我們出去。

「不過，那台引人注目的懸浮車最好還是想辦法藏一下吧。否則下場只有兩種——被獵人發現之後，妳們倆死在他們手中，再不然就是被我們偷走。」

這群女人和我們一樣，都對故障的警報器很是滿意，她們眉開眼笑地說，在其他廢墟停留時，不時就會有獵人闖進來，拿著生命感測器靠近，光是聽到那個超音波的聲音，就已經覺得神經衰弱了，但在這兒，想必連半個獵人的人影都不會見到。

她們在某棟房子的二樓找到適合待下的地方，就在距離我們約兩個街口的巷弄。儘管屋主把所有緊急糧食全都掃光了，一丁點也不剩，但用來當作睡覺的地方倒也足夠。那些女人分別介紹自己的名字是塔蒂亞娜、瑪歐、史黛西，至於最後的那個，怎麼樣都不肯說出自己的名字，而她就是摧毀閣樓房門的乾瘦捲髮女。其他女人也不知道她的名字，平時都只管喊她「瘦皮猴」。

幾天後，塔蒂亞娜在距離巷子稍遠的空地升起了營火。剛開始因為散發出焦味與熱氣，我以為會引來獵人，所以嚇得魂飛魄散。這些人，當真不知道害怕兩個字怎麼寫嗎？本以為這些女人是漫不經心，後來知道其中兩人是警察出身，而且武器應用自如，我這才恍然大悟她們的冷靜是其來有自。當阿瑪拉取出手槍時，那畫面看起來想必很可笑。

坐在營火前，感覺就像是來露營的，但我對自己這麼想感到有些吃驚。在化為廢墟的城市裡露營？我和阿瑪拉壓低音量，小聲聊天，但她們的聲音要比我們大一些。為了今天，史黛西取出了自己珍藏許久的兩罐餅乾。餅乾品牌是初次見到，但吃起來有微微的鹹味，而且表面上有讓人不太放心的斑點，不過還滿好吃的。

她們都是麻六甲瓦解時離開該地的耐性種人，而我們也曾為了取得膠囊去過好幾次，所以我們聊了許久關於麻六甲與鄰近廢墟的事。雖然懷疑她們是不是想趁機從我和阿瑪拉身上挖掘什麼情報，但聊著聊著，這種想法也就自然消失了，因為她們知道的事要比我們多上太多。

隔天，腹瀉差點讓我丟了小命。我以為她們是為了欺騙我們，把我們賣給獵人或搶走海豚號，所以才故意給我們吃變質的餅乾。可是走進位於巷子內的老舊公廁後，卻看到塔蒂亞娜哭喪著臉，整個人有氣無力地癱在門前。

「史黛西……我非殺了史黛西不可，她一定是蓄意謀殺我們，好減少一張吃飯的嘴。」

我和塔蒂亞娜露出痛苦的表情，在廁所前擺了張戶外摺疊椅，一整天抱著疼痛不已的肚子哀號，但真正在營火前大口嗑掉一整罐餅乾的史黛西卻好端端地現身，讓我們都快氣炸了。在我身旁吃了幾片餅乾的阿瑪拉也沒事，所以大概只有本來胃腸就很弱的人成了犧牲者。

我們決定再與她們多待上幾天。雖然我們各自使用不同的房子，但到了晚上都會確認彼此是否還活著。他們時而在營火前，時而在露營提燈前訴說在廢墟闖蕩的故事，而我和阿瑪拉通常是靜靜地當聽眾。因為好久沒遇到善良的人——說明白點，是不打算殺我們或把我們抓去賣掉的人——我開心得想要把各種事都一股腦地與她們分享，但每次阿瑪拉都會朝著我偷偷使眼色。我能理解阿瑪拉何以戒備心這麼強，所以我主要只是講些說出來無傷大雅的話題。

「不過，那台懸浮車是哪裡弄來的？」

「喔，那個啊……」

瑪歐問完之後，我倒是閉口不說話了。因為阿瑪拉的表情瞬間僵住，顯然是起了戒心。瑪歐這才突然驚覺自己說錯話，輕輕拍打自己的嘴脣。史黛西撞了一下瑪歐的肩膀，說：

「妳問這種事，聽起來就像我們企圖搶劫她們啊。」

「不是啦，因為懸浮車很難弄到手啊，覺得她們應該是很有兩把刷子。」

瑪歐傻傻地笑著，但臉上依舊充滿好奇。

「真的是偶然得到的，我們碰上了絕妙的時機點。」

我一邊觀察阿瑪拉的眼色，一邊回答，不過阿瑪拉並沒有阻止我說下去。

「反正研究室已經不在了……」

我說起幾個月前我們被囚禁在研究室的事。在麻六甲的避難所時，研究人員說要確認健康狀況，於是替我們抽了血，接著某一天我們就突然被移送到蘭卡威的研究室去了。剛開始他們說會善待我們，但那全是謊言，接著，我也說了他們對我們進行殘酷實驗的事。

「某一天醒來之後，我發現四面八方都有機器人警衛走動，蘭卡威的研究室在入侵者的摧毀下一片狼藉。我們認為這是絕無僅有的機會，於是拚命逃跑……海豚號也是在那場混亂之中找到的。」

雖然我幾乎省略了所有細節，但她們已對我們的遭遇心裡有數。

瑪歐說：

「我們原本輾轉於各個圓頂村，史黛西過去是小兒科醫師，因為能力很強，所以剛開始要留在村子裡完全不成問題，直到被人發現她是耐性種人之後，醫師執照什麼的都沒用了。那些該死的獵人對耐性種人是殺紅了眼，每到一座村子就當起大爺橫行霸道、無惡不作。我們本來只是希望來廢墟躲一下避人耳目，但如今已成了不折不扣的浪人。若是以現在這副德性再次前往圓頂村，人們搞不好會當著我們的面吐口水，更別說接納我們了。」

我懷著驚訝的心情瞅著完全不像醫生，而更像木匠的史黛西。察覺到我的目光後，史黛西不以為意地聳了聳肩。假如她真的是醫生，能不能向她請教一下阿瑪拉的狀態？她會不會早已看出阿瑪拉身體不適？假如能夠拿點藥物服用……就在我暗自盤算這些事的時候，阿瑪拉率先開了口。

「不是圓頂城市，而是圓頂村？還有留下來的村子嗎？」

「是啊，那些模仿圓頂城市的村子，都只是鋪設簡陋寒酸的圓頂，規模非常小。其中有不過才三、四棟房子的村莊，也有布置得有模有樣，足以讓一百人左右生活的村莊，但即便在那些地方，也不能完全脫下防護衣生活。畢竟落塵會持續鑽入圓頂的縫隙，還得全天候啟動品質不佳的淨化裝置。要是安全面罩稍微出現裂痕，肺部整個硬化的情況所在多有，因此比起圓頂城市，在村裡的生活算是很糟的。

「聽說還有些村子根本沒蓋圓頂。」

說這句話的是阿瑪拉。我很驚訝阿瑪拉居然會提起這件事。我們曾經在麻六甲與蘭卡威聽說過這些村子的傳聞，但聽起來就像是什麼童話故事或天方夜譚。剛開始被迷惑的人是我，而二話不說就斷然否定「這不可能」的人則是阿瑪拉。

瑪歐和史黛西互相對看，接著開始咯咯笑了起來。

「我們也聽說過那個傳聞。住在那裡的人叫那地方『普林姆村』，據說裡面有一個巨大的溫室。」

「知道那個村子在哪嗎？」

聽到阿瑪拉這麼問，這次換捲髮女插嘴說：

「最好別想去找那個村子。」

「……」

「耐性種人全都在一個宛如天堂般的村莊生活，不覺得一聽就很可疑嗎？我是說，不覺得這是一個陷阱嗎？想必那裡就和地獄沒有兩樣。大家都是被逼到了絕境，所以才會被那種幻想矇騙。妳們兩個純真的小鬼，可別被那種話術迷惑了，還是想想怎麼聰明地好好活下去吧。」

阿瑪拉顯得有些難過。

「我……只是想確認傳聞的真相是什麼而已。」

「那可不，在妳提出這種問題的時候，等於是在對方面前暴露出內心的打算。妳們真的太嫩了。把懸浮車停放在引人注目的地方，就算下一秒被誰偷走也不意外。好歹也開個隱形模式吧，如果電力還沒耗光的話。」

我先是瞪著捲髮女看，但在一陣沉默後，也不免同意地點了點頭。我們儼然被當成了不懂世間險惡、天真無邪的孩子，不過我也知道她們沒有惡意。儘管她們並沒有分我們任何食物或藥品，但至少同是天涯淪落人，她們釋出了最大的善意。

那天晚上，阿瑪拉躺在床上悄聲對我說：

「別輕信那些人，說不定她們會反咬我們一口。」

我明白阿瑪拉何以這麼說，並回想起在這之前經歷的種種。他人不會沒來由地對你好，一切善意都要付出代價，因此，當她們將善意的價值榨乾，開始要求什麼作為回報時，我們就必須當機立斷逃跑。

抵達新山前，我們遇見了一位好心收留我們的青年，他讓我們在自家的倉庫待了四天。後來他說自己的母親快死了，拜託我們抽點血給他。我明知我們的血液不具任何療效，但他的神情看起來是如此迫切，於是一時心生動搖。他是如此深信不疑，加上又是幫助我們的人，所以應該不打緊吧？

就在那時，阿瑪拉直視我的眼睛說：

「要是把血給了那男人，但人還是死了，到時他會如何處置我們？」

他朝著摸黑逃跑的我們射了好幾槍，同時像是狂吠的野狗般破口大罵。儘管我們搭著海豚號勉強逃了出來，但要是稍有耽擱，我倆早就沒命了。不過，有段時間我很後悔沒有事先抽出一點血備用。好歹也得多給他幾天懷抱希望的機會，畢竟即便是虛假的善意，願意花這點功夫的人也不多。

偶爾我會想，擁有耐性這件事，如果能與強悍畫上等號就好了。起初在避難所接受診斷時，我和阿瑪拉雖然表面上沒有表現出來，內心卻欣喜若狂。擁有耐性，就代表我們在所有人逐漸死去的外頭世界得以安全無虞，也意味著存活的機率更高，所以我們以為，至少我們姊妹倆能存活下來。但那個判斷只對了一半。落塵並沒有使我們死於非命，而在接受那該死的實驗之前，阿瑪拉的狀態也很良好。不過，其他人卻張牙舞爪地撲上來，想置我們於死地。儘管如此，我們的狀況還稱不上是最糟的，因為有更多非耐性種的人類、年幼脆弱的人類死去。那一切，那些讓我別無選擇的現實，我都恨之入骨。

兩天後，我們聽從了那些女人的建議，到新山的近郊一帶探查。她們說要劃分區域，避免路線重疊，並說她們會仔細搜查內部區域剩餘的物資，要我們到外圍進行勘查。聽到這個建議，阿瑪拉的心情從一大早就很惡劣。

「她們一定是看我們年紀小好欺負，還有想霸占內部區域才這樣。外圍能有什麼？那個區域從一開始就沒有受到圓頂庇護，老早就一團糟了吧。」

我的想法不太一樣。與其在同個區域為了一丁點資源爭得你死我活，還不如事先達成協議，大家井水不犯河水。畢竟先前連商量的餘地都沒有，就先威脅我們、奪走物資的耐性種人可不在少數。

不出所料，新山的近郊果然慘不忍睹，但我們找到了好幾箱未受損的營養膠囊，而且最棒的是，我們發現了食品原料倉庫。仔細查看後發現，倉庫內側成了落塵過度飽和區，所以才沒人敢踏進這裡一步。我讓阿瑪拉在外頭等著，獨自到倉庫裡頭去拿食品原料。先把表面凝結的落塵粒子拭去之後，我和阿瑪拉逐一檢視食品原料的狀態。儘管大多數都遭到高濃度的落塵汙染，失去了作用，但密封的罐頭應該可以打開看看。阿瑪拉很開心地說，假如運氣夠好，說不定還能做罐頭料理來吃。

我們一大早就四處奔波到傍晚，找到了足以撐上十天的膠囊和淨水器。先把物資全放進海豚號之後，我指著一棟從稍早前就念念不忘的建築物。那是一間小小的書房。

「在這休息一下再走吧。」

人們在逃亡的時候，幾乎不會去碰任何書籍，只有幾本書掉落在地面而已。我把書本撿起來翻閱，但上頭都是我看不懂的馬來西亞語。雖然阿瑪拉懂馬來西亞語，但她似乎對書本不感興趣。一具貌似書房主人的屍體倒在通往二樓的階梯上，就在阿瑪拉欣賞牆面裝飾品的同時，我悠哉地靠坐在書房角落的躺椅上。

現在該來想想下一個目的地了。其他耐性種人會跑來新山，就表示隨時都會有其他人跑來，但是，該上哪兒去好呢？還有地方可去嗎？各種無解的問題嗡嗡作響，在腦中轉來轉去，最後我緊緊地閉上了眼睛。

正當我從小盹中醒來時，察覺到一股奇怪的氣流，阿瑪拉則是狂咳個不停。窗外一片火紅，還以為是天空的晚霞所致，可是等我站起身一看，才發現似乎是霧氣。那是落塵急劇增加的信號。

「回去吧，姊姊，這裡很危險。」

考慮到阿瑪拉的身體狀況，我們將閣樓房的每個角落都徹底封好，就算外頭的落塵濃度升高也能支撐下去。雖然也可以待在海豚號裡頭，但車內空間狹小，無法讓阿瑪拉好好休息。最重要的，是我很放心不下那些女人。大家都擁有百分之百的耐性嗎？假如她們的耐性也跟阿瑪拉一樣不健全，我必須在落塵的濃霧侵襲新山內部區域之前盡快警告她們。

但是，等到我們回到新山殘破的圓頂入口時，隨即發現事態不對勁。向來顯示高濃度落塵數值的警報器呈現關閉狀態，有人把旁邊連結的太陽能發電機拔掉了。

阿瑪拉將海豚號停放在警報器旁，我一臉不安地注視著這座萬籟俱寂的城市。儘管遭到破壞的圓頂形體並不完整，但似乎仍具有防風的效果，所以內側的霧氣不算太濃。

「姊姊，我過去看看，妳待在這。」

「不行，我們一起去。」

阿瑪拉咳嗽不止，看起來連走路都有困難，但她堅持不肯讓我一個人去。我們憋著氣往前走，一股不尋常的靜寂盤踞四周，就連腳步聲都顯得過於響亮。就在我們經過殘留營火痕跡的空地，走進窄巷，已經快到我們住的那棟屋子時，一群舉著槍的獵人冷不防地現身了。

「那些耐性種人，看來沒說謊嘛。」

以防護衣掩住自己臉孔的男人不懷好意地笑著說：

「她們說了妳們的事，還說，二十歲更年輕，能賣個好價錢。」

阿瑪拉看著我。儘管腦袋瞬間一片空白，但我仍小心翼翼地在口袋中摸索，接著我們同時從懷中掏出落塵炸彈，扔了出去。落塵炸彈是從研究室偷來的，那群獵人不停咒罵，在後頭追趕我們。我們飛也似的跑過一條又一條巷子，也故意弄倒垃圾桶，妨礙那些獵人。回到廣場上，發現紅霧已經來到圓頂入口了。一見到濃霧，他們稍微遲疑了一下，其中三名停下了腳步，但一名身穿厚重防護衣的獵人依然繼續跟著我們。阿瑪拉再次扔出落塵炸彈，獵人頓時嚇得蜷縮起身子，我也將手放入口袋，但落塵炸彈已經全用光了。

阿瑪拉以遙控器解除了海豚號的車門鎖，而我經過阿瑪拉的身旁，往其他方向跑。

「娜歐蜜！妳要去哪？」

我必須確認一件事。阿瑪拉在後頭聲嘶力竭地大喊，要我回去。我跑過兩個街口，在那些女人的屋子前停了下來。我使盡全身的力氣推門，門卻沒辦法輕易打開。裡頭是女人們的屍體，不必再多看也知道發生了什麼事。我好想大吼，想把心中的怒氣宣洩出來，但眼下我必須克制住自己。我從地上撿起史黛西的外套。

就在我離開巷子的那一刻，一名獵人追了上來。儘管他的身上罩著要比其他獵人更厚的防護衣，所以行動很笨重遲緩，但以他的體型來說，要抓我是易如反掌。就在他幾乎要抓到我的那一刻，我將史黛西的外套拉開來，蓋住了他的視野。他不斷地揮舞掙扎，而我趁勢用刀子劃破了他的防護衣。他一邊慘叫，一邊破口大罵：「瘋女人」，並以粗暴的手勁抓住我，這時我用刀子再度刺了他一刀，然後滾落在地上。他試圖從懷中掏出手槍，眼睛卻直盯著出現裂痕的防護衣，臉上寫滿了驚慌。落塵曾令我深惡痛絕，但至少在此時此刻，我恨不得它替我了結那個渾球的性命。

「娜歐蜜！」

阿瑪拉呼喊我的名字。就在狂咳不止的獵人倒下的同時，他以單隻手臂壓住了我的身子。我被壓在地面上動彈不得，肋骨像是斷裂似的劇痛不已。我死命地掙脫出來，將刀子刺向獵人的眼睛與出現裂痕的安全面罩。刀子在安全面罩的表面上滑開了，獵人慘叫一聲，並朝空中揮舞拳頭。我打算再刺一次眼睛，但這次還是刺偏了。我直接壓坐在他身上，朝他的眼睛用力一刺，終於聽見他發出痛苦的哀號。

「夠了，快過來！」

聽見阿瑪拉的吶喊，我這才彷彿大夢初醒，察覺自己此時並不是為了逃亡，而是為了宣洩怒氣才持續朝著那獵人的防護衣亂砍。獵人出現了急性中毒的症狀，安全面罩內側布滿了紅色的氣息，而他正不停打著哆嗦，咳出了鮮血。我朝著他猛力踢一腳，站了起來，接著穿越紅霧瀰漫的廣場，回到阿瑪拉身邊。

阿瑪拉啟動了海豚號，我抓住她的手腕說：

「阿瑪拉，讓我來。」

「妳到後頭坐著，拜託冷靜一點。」

「那些敗類說謊！他們說那些女人出賣了我們，而我差點就信了。她們是我們這一路上唯一遇見的好人，我卻差點就被騙了！」

「所以那些獵人最後不是死了嗎？」

「他們還沒死。就只有一個傢伙而已，而且還沒斷氣。」

「娜歐蜜，閉上嘴，上車吧。」

「給我點時間，我就能殺了他們全部。」

直到阿瑪拉不再說話，改以發怒的表情盯著我，我才乖乖閉上了嘴。我實在搞不懂，為什麼阿瑪拉能冷靜到這種程度。

但是，就在海豚號駛離廢墟時，阿瑪拉卻抓著操控器哭了起來，所以我也默默不語，而是努力記下那些死去之人的容貌，努力記住她們對我說的話——無論是什麼，都別把心交出去，能逃去哪就逃去哪。還有，如果哪天突然產生了想扎根的念頭，那就真的是死期到了。

最後，我暗自在內心低喃她們的名字，塔蒂亞娜、瑪歐、史黛西，還有……我搖了搖頭，反正，遲早這些名字都是要遺忘的。

離開新山後，阿瑪拉的狀態明顯惡化。儘管每次抵達另一個廢墟時，我們都會找出最不起眼的屋子，然後用布膠帶將所有能稱得上是縫隙的地方全都封好才入睡，但不消幾天，我們又得再度離開。因為一旦停留的時間拉長，自然就會留下人的痕跡。如今我們茫然不已，不知道該上哪兒去才好了。我總不禁懊惱，早在那些女人遭到襲擊前，就該請史黛西幫忙檢查一下阿瑪拉的狀態，並為此感到愧疚。

抵達蘭卡威時，我和阿瑪拉原本想在麻六甲附近尋找媽媽的下落。落塵浩劫發生之後，我們去的那間避難所就位於麻六甲，可是我們至今仍找不到媽媽的行蹤或任何蛛絲馬跡。我迫切地想要知道她是否活了下來，也想像過也許她回到了自己的故鄉衣索比亞。我無法拋下也許親人還活在世上的希望，但眼下卻無法靠著這台小型懸浮車到千里之外的地方。在名為落塵的巨大災難之前，我們曾經居住的故鄉不可能會安然無恙。

偶爾我們會接收到廣播的電波，聽到來自圓頂城市傳送出來的節目，但那個聲音所傳遞的，就只有死亡的消息，像是寮國的圓頂城市因內部紛爭而瓦解，外頭的野蠻人攻擊圓頂城市等。直到有一天，我們聽到播報者朗讀遭到破壞的避難所名單。

——推斷數月前就已失去功能，同時根據線民提供的情報，無任何生還者……

我內心盼望阿瑪拉沒有聽到那間避難所的名字，但在我身旁的阿瑪拉睜大眼睛、豎起耳朵，很認真地聽廣播說了些什麼。儘管如此，我們也沒有掉淚，或許是因為我們早就料到會有這種結局。我們需要的就只是一個目的地，可是如今就連這個目標也一併失去了。

我很擔心阿瑪拉會從此離開我。假如在這駭人的世界上，就連阿瑪拉都離我而去，那我絕對活不下去。然而，阿瑪拉似乎認為自己是牽絆我的累贅。我就曾經在某一天目睹阿瑪拉揹著小小的背包，趁著凌晨時分悄悄出去，於是出手抓住了她。

「妳要去哪？」

聽我這麼問，阿瑪拉什麼話也沒說，只是呆呆地看著我。

「要是妳這麼走了，就等於是拋棄我，是背叛了我。」

我瞪著阿瑪拉許久，最後她才再次回到床上，闔上雙眼，但我從阿瑪拉粗重的喘氣聲就能知道，她徹夜都沒有睡著。

海豚號的狀態也越來越糟，只要一天駕駛約兩小時左右，剩下的時間就得拿來充電，所以我們只能縮小活動範圍。如果能找到品質較好的電池，就能跑到更遠的地方去了，但成天在廢墟的廢鐵堆中東翻西找的活兒，對阿瑪拉來說也很吃力。

就在我們悲慘的旅程持續一個月左右，某天阿瑪拉碰也不碰我給她的營養膠囊，只露出一臉疲態說：

「不是有個大家提到的地方嗎？」

「哪裡？」

「庇護所。」

我意識到阿瑪拉想說什麼，卻不敢相信她會說出這樣的話來。

「我們去找那個地方吧，有耐性種人活著的地方……」

我一方面能明白阿瑪拉的心情，但另一方面又想逃避這話題。如今阿瑪拉已經被逼到了絕境，甚至必須把希望寄託在那種傳聞上頭。就算傳聞中的村子真的曾經存在好了，八成也早就化為荒蕪之地了。無論是圓頂城市或小型村莊，所有共同體都走向滅亡。安全無虞的地方、能帶來希望的地方，那種玩意根本就不存在。

但明知如此，我卻只能回答：

「好，姊姊，我們去找那個地方吧。」

要獲取庇護所的情報並不容易，不過我們一開始也不覺得這項任務會有多簡單就是了。畢竟假如這種庇護所當真存在，沒有人會輕易將機密洩漏給外人。我們竭力避開獵人的同時，也沒有停下移動到其他廢墟的腳步，若是遇見了耐性種人，就拿我們手頭上的物資交換情報，只不過大部分情報都沒什麼用處。

有一次，我們甚至找到了與人們口中的庇護所很相似的地方，那是在梅爾巴遇見的耐性種人，他們從我們手中拿走一個月份的營養膠囊後告知了地點。從吉隆坡甲洞區往西北方外圍走，會看到一座森林，據說那裡有棟十年前作為山林研究室的建築物和一個小村莊。我們徘徊了好一陣子，終於抵達了推斷是那個村莊的地方，但研究室空無一人，附近的建築物也只剩下斷壁殘垣。雖然研究室前面有個三角屋頂的溫室，但裡裡外外長滿了雜草，也全數乾枯了。不過我們不想遺忘走進那片森林時那短暫安心的瞬間，因此仍在殘破不堪的溫室待上了一天。

經過打聽，我們遇見了得知溫室真正座標的耐性種人，代價卻是必須交出海豚號。假如阿瑪拉有一丁點的遲疑，我也會在那個當下打退堂鼓，但阿瑪拉非常堅決，而我認為，那是因為阿瑪拉放棄了希望。

我沒有刻意點出這個事實，而是攙扶阿瑪拉離開了廢墟，並駕駛四輪的舊式車輛前往座標位置。舊式車輛的體積過於龐大，與地面不太貼合，所以一路上很辛苦，但就算是這樣，也不能中途停下來。阿瑪拉在後座翻來覆去，偶爾會聽見她咳個幾聲。

我們與絕對不會歡迎我們的圓頂城市保持遠遠的距離，也經過了欺騙我們、把假藥賣給我們的圓頂城市。在全然荒涼之地的城外奔馳許久，最後我們進入了放眼望去全是枯樹的森林。

即便驅車朝著座標位置前進，我也並不相信庇護所真的存在。明明這樣想，卻依然走進森林，是因為我有一種預感——也許這是我與阿瑪拉一起度過的最後時光。

那些人告訴我們的地方曾是一座國家公園，過去雖時而有登山客出入，但如今已成了毫無人跡的森林。山路的坡度並不陡，只是群樹密布雜沓，難以一眼就望進森林深處。走入森林的同時，能察覺到有一股不尋常的氣息，我們看見了僅有局部腐敗的大猩猩屍體，以及彷彿仍具有生命力的奇異植物。就在夜幕降臨，我們正打算放棄一切時，我發現了溫暖的暈黃光源，那團光輝是從叢林最深處透出來的。

我們發現了希望。

但這個念頭要不了多久就幻滅了。一群怪異的傢伙將我們團團包圍，手中的武器直逼向我們，我忍不住放聲呼喚阿瑪拉。生死就在一線之間。至少，當時我是這麼認為的。

黑，最深沉的黑在我面前，我眨了眨眼，察覺是什麼東西緊緊掩住了我的雙眼。那是一條黑布，或者是類似的東西。

「報上名來。」

一名女人壓低音量說道。

「給我回答。」

「娜歐蜜，娜歐蜜．傑妮。」

「妳們是從哪裡聽到關於這裡的事？」

她想從我們身上得到什麼？

「快回答。」

冰冷的金屬壓著我的額頭，我不禁心生恐懼。

「對不起，我們是從其他耐性種人口中得知的，是在廢墟遇見的耐性種人。請救救阿瑪拉，我……我具有很強的耐性，可以把血液給你們，我能忍受兩天抽一次血，只要你們開口，我全都能給你們。」

「妳們的血有什麼用途？」

「耐性種人的血具有落塵的抗體……只要輸血的話……」

「嘖，真是胡說八道，看來外頭那些愚蠢的傢伙連這種下三濫的手段都使出來了。」

「我姊姊，阿瑪拉上哪去了？」

「小鬼，其他耐性種人還說了什麼？」

「姊姊她……」

「快回答。」

「我們聽到了傳聞，在麻六甲……還有在蘭卡威的研究室也聽說了庇護所的事，說耐性種人都住在這裡。告訴我們座標的是在附近遇見的耐性種人，他們並沒有說得很詳細，只說是國家公園……所以我們繞了好久。」

我語無倫次地說了一堆話，而且每次停頓下來，就有一股令人窒息的寂靜從空氣中流過。是誰在聽我說話？此時這裡有幾個人？我忍不住乾嘔起來，要是誰在此時碰我，我真的會吐出來。

「蘭卡威的研究室？」

女人的口中嘀咕著研究所的名字，語氣聽起來似乎很不爽。

「小鬼，抱歉囉，我們無法收留妳們。這裡的規定就是這樣，但如果放妳們走……又擔心妳們會到處亂傳這裡的座標。那群傢伙也是藉著販售情報，從妳們身上得到好處吧？而妳們也會跟他們一樣，拿著我們的座標到處兜售吧。這下該怎麼辦呢？難道抽妳們的血，妳們就不能說話了嗎？不過，妳這小丫頭看起來很精明，應該知道怎麼寫字吧？哎呀，這件事可真難辦，也不能消除妳們的記憶。」

我很害怕她會說要立刻抽我的血，也擔心抵在額頭的槍隨時會射出子彈，但我必須請求他們最後一次。我將口水嚥下乾澀的喉頭，問道：

「這裡有醫生嗎？」

「……」

「你們要怎麼處置我都沒關係，但請檢查一下阿瑪拉姊姊，因為研究室在她身上做了殘酷的實驗，後來健康狀況就惡化了……不知道發生了什麼事，說不定需要某種藥物治療，我只想知道她是否沒事。」

「我們為什麼非得這麼做？」

「我一定會派上用場的，因為我的耐性很強，要對我進行實驗也沒關係，只要不是太恐怖的，我都能撐得過去。就連蘭卡威的研究人員也說這麼強的耐性很罕見，所以請您替我看一下阿瑪拉的狀況，拜託了……」

「哈，真是的。」

女人咂了咂舌，後頭又聽見另一個人的聲音，但因為不是英語，而是其他語言，所以我聽不懂。喀噠喀噠的腳步聲逐漸靠近。

他們替我的雙臂鬆綁，但雙眼依然被蒙住，所以看不到前面，加上全身有氣無力，想動也動不了。有人掰開我的嘴巴，將溫熱的液體倒入我的口中。我無法知道那是什麼，也嘗不出它有什麼味道，他們沒有多加解釋，只是讓我倚靠著牆壁坐著，然後就轉身離去了。而我則是直接倒在地上睡著了。

我昏過去之後，依然能感覺到有人把我移到了床上。在半睡半醒之間，我心想著，這下一切都完了。他們要麼殺了我們，要麼把我們驅逐到森林外頭。要是乾脆把我們驅逐出去，至少還能保住小命，但那和死路一條也沒有太大分別。為了找到這裡，找到庇護所，我們賭上了一切……如今我們已一無所有了。

說不定阿瑪拉已經死了。一想到這，我的心臟疼痛欲裂，就像有人把它猛力往下扯似的。明明之前就有人告訴我們，這是陷阱，絕對不能相信這種無憑無據的謠傳，但我們卻置若罔聞。

我睜開眼睛時，眼前看到的卻是意想不到的景象。

高聳的天花板，是由樹墩組成的三角形，而我身在一個整齊潔淨的木屋之中。涼颼颼的寒意襲來，我忍不住縮起身子，同時環顧周圍，身上的外衣已不知去向，只剩下貼身衣物。

一旁的床頭櫃上頭放了一張紙條。

——浴室有乾淨的衣服，穿上後在裡頭等著。

我懷疑自己不是看錯了，但我再次確認，那的確是阿瑪拉的筆跡。

雨聲滴滴答答地敲打在屋頂上，阿瑪拉雖然要我待在裡面，但我沒辦法不去確認外頭有什麼，這裡又是哪裡，光這麼傻傻地等著。我走進浴室，穿上放在木製置物架上的衣服。那是由一塊質地柔滑的布做成的連身服，腰部則用細繩繫住。我沒看見鞋子，於是赤腳走到通往外面的門前，接著，我做了一次深呼吸，打開門。隨著嘎吱聲響起，門開啟了。

最先感受到的是飽含水氣的空氣、氣勢磅礡的雨聲，以及潮濕森林的清涼空氣與泥土味。

在略顯灰暗的天空底下，有一條眾多房子列隊成排的山丘路。這些木墩建造的屋子以柱子托著，與地面拉開距離，雨水則在這其間的空隙嘩啦嘩啦地流動。椰子樹群高聳入天，將細長的葉片垂掛在三角形的屋頂之上。我剛邁出步伐，腳下隨即響起木頭受擠壓後所發出的嘎嘰聲，接著我又多走了幾步，抓住了木製欄杆。我全身上下都沉浸在沁涼又帶著些許寒意的森林空氣中，就像突然走入了另一個世界。

「怎麼樣？這裡就是妳們在尋找的地方。」

我轉過頭。我記得這個聲音，是雙眼被蒙住時聽到的其中一個聲音。有個高大的女人站在通道前，她將雙手交叉於胸前，雙眼定定看著這片雨景。

「我們稱之為『普林姆村』，比妳們期待的要小巧雅致吧？不過就是個小村莊罷了。」

普林姆村。在新山遇見的女人也說了類似的名字。那麼，此處就是阿瑪拉和我苦尋多時的那個庇護所了。我俯瞰欄杆下的風景，雨水順應山丘路流淌而下，雨滴也沿著細長的椰子樹葉滾落至尾端，一名女人正在水坑旁欣賞落雨的風景，還有一群人將水桶蓋在頭頂上奔跑著。

即便風吹雨淋，眼前的一切也不會讓人想到死亡。落塵並沒有破壞這座村莊，這裡……就像是完美適應落塵的世界，而且不單是人類，還有這片風景中的所有生物。

我突然覺得自己好像被徹底欺騙了，我並沒有覺得高興或欣喜若狂，反而沒來由地怒火中燒。過去怎麼會不知道有這種地方存在？實在太奇怪了。

我親眼目睹了不該存在的村莊，看著落塵時代壓根不可能存在的風景。

「到底為什麼會有這種地方？」

女人默不作答。

「我以為都死光了，以為在圓頂外頭的一切全都死了。」

我說出的這些話，就像是在興師問罪。

「為什麼大家什麼事都沒有？怎麼會只有這裡沒事？這是在變什麼把戲嗎？外頭的人一個接一個死去，這裡怎麼會……」

女人轉過頭，目不轉睛地看著我。經過短暫的沉默，女人再次將目光轉回前方並說：

「是啊，全都死了，就只有這座森林活著，的確是很不尋常。」

我在屋內聽著雨聲並等待阿瑪拉回來。一名個子嬌小清瘦的女人跑來找我，說目前還沒決定我們的去留，要我在阿瑪拉與村莊的領袖談完之前在屋內等著。那女人自我介紹說她叫亞寧，給了我一個拳頭大的麵包，以及不知內容物是什麼的飲料。

「麵包剩了沒關係，但飲料最好全部喝完。」

亞寧以毫無情緒起伏的語氣說完後就離開了屋子。

我盯著放在籃子內的麵包和飲料，感覺到一股難以忍受的飢餓感。在我眼前的不是營養膠囊，而是飲料。本以為麵包吃起來會很硬，但咬了一口，發現要比想像中柔軟多了。轉眼間我就把麵包吃個精光，飲料則是散發出難以言喻的味道，感覺像是混合了藥草和水果。那名女人還特地強調要喝完，讓我不禁疑心可能是毒藥或安眠藥，但我還是將飲料喝得一滴不剩。

這時，我又想起了阿瑪拉。姊姊有沒有吃點東西？我應該留點給她的。她去了哪裡？為什麼只帶姊姊走？這座村莊的真面目究竟是什麼？

亞寧說，目前還沒決定是否要讓我和阿瑪拉留在這裡。畢竟我們就是兩個沒什麼用處的小女生，所以很可能會遭到驅逐。不過，假如我們能派上用場，只要他們一聲令下……

我看著已經空無一物的籃子，心想道，反正這搞不好是最後一餐了，早知道就多再要點食物。

過了許久，我聽見阿瑪拉開門進來的聲音，頓時精神全來了。

「阿瑪拉！」

剛開始阿瑪拉面色凝重，因此我的心也跟著往下沉，但坐在我面前一言不發的阿瑪拉，表情卻開始有了變化。

「娜歐蜜，這裡真的太令人意外了。」

阿瑪拉的臉上充滿了興奮。

「這些人，這些人之中有耐性種人，也有非耐性種人，但總之大家都成功地在圓頂外頭活下來了。雖然我也不懂這件事是怎麼辦到的，但總之妳出去看就能立刻明白……」

「姊姊，我聽不懂妳在說什麼，妳先冷靜點。」

聽我這麼一說，阿瑪拉做了一次深呼吸，而我的緊張感也跟著減緩了一些。

「經過討論，這裡的人決定接納我們。」

「不是討論，是拷問吧，他們蒙住了我的眼睛，說話時還很嚇人。」

我不滿地嘟囔，阿瑪拉輕輕聳了一下肩。

「也是啦。按照這裡的人所說，他們幾乎有半年沒有接納新的入住者了，加上這裡嚴禁情報外流，所以當他們知道我們是在外頭聽到傳聞，還查出座標找來這裡，才會覺得備受威脅。」

「那我們是獲得許可了嗎？」

「已經說好會協助他們了。這裡的人想要防止情報洩漏出去，也就是說，我們必須把如何獲得情報告訴他們，甚至可能是我們的整趟旅程……他們好像想知道這些事。另外還有一個條件，就是我們從今以後無法離開這裡，因為他們不希望離開的人把情報洩漏出去。」

「假如這一切都是謊言呢？萬一他們把情報弄到手之後殺人滅口呢？」

「我也想過這件事。是啊，那也不無可能。」

阿瑪拉再次沉著地說道：

「我們沒有選擇，就算真的碰上那種下場。」

聽到這句話，我的表情也瞬間凝結，但隨後我也不得不點頭同意。阿瑪拉說的沒錯，就算他們說要讓我們活命只是個幌子，我們也沒有任何選擇餘地。既然知道這個地方真的存在，就不可能繼續在外頭生活，與其出去，還不如死了算了，我從阿瑪拉的眼神中讀出了決心。

「娜歐蜜，妳相信嗎？在這裡，就連我也能自在地呼吸。他們似乎把落塵的濃度維持在低水平，而且還有許多植物生長。這座村莊的山丘上有個巨大的溫室，那裡……雖然那些人沒告訴我名字，但總之有位植物學家住在那裡。她不會在村子現身，而是在溫室研究對落塵具有耐性的植物。」

「是那些植物養活了這個村莊嗎？」

「準確地來說，是植物學家提供種子，村民再種植，以維持整座村莊的運作。我也不太清楚這種關係是如何形成的，跟我談話的人之中，有些女人甚至把那位植物學家當成神崇拜了……但假如這一切屬實，或許那人真的很值得崇拜。居然能有植物抵擋得住落塵的侵襲！她為何在這種森林中獨自研究呢？圓頂城市的人應該會想把她帶走才是啊。」

阿瑪拉一股腦地分享了太多資訊，讓我覺得頭好痛。我不禁想，我們在森林中徘徊時所看到的暈黃光團，說不定就是從溫室透出來的光芒。

「協助這些人，不過也不要完全相信他們。我們已經說好，只跟村莊的領袖智秀和戴妮分享情報，其他人目前還沒摸清楚底細。」

「知道了。」

「我們必須證明自己是有用處的。」

阿瑪拉看似找到了希望，同時又顯得十分急切。光是稍早前看到的雨中風景，就讓我理解阿瑪拉何以如此，這座村莊是世界滅亡之後碩果僅存的庇護所。這裡並不是什麼環境惡劣的避難所，或者把我們當成實驗對象的研究室之類的，而是在圓頂之外，人類能正常生活的世界。這一切依然像場夢，但敲擊在屋頂上的雨聲再次將我拉回現實。我必須振作起來，無論如何，我都要在這裡活下去。

隔天我們倆一起前往會館。這是個封閉的村莊，所以本來我還繃緊了神經，以為會舉辦什麼隆重的入村儀式，結果只是我想太多。村莊是沿著有坡度的森林組成，會館則位於坡道下方能俯瞰溪谷之處。帶領我們走到會館的是在木造房子前見到的女人。她自我介紹說她叫做戴妮，負責協調村莊的各項業務。在會館工作的人全都轉頭看向我們，看他們的態度，可知戴妮在這座村莊位高權重。她臉上的深刻傷痕及高大的身軀，確實都給人一種壓迫感。

我環顧會館內部一圈。雖然雨勢在凌晨時分停歇了，但森林至今依然充滿浸濡在雨水中的氣味。在略為潮濕的地面上，桌椅毫無秩序地擺放著，有三、四名女人將籃子放在入口附近的桌面上，正在將食物分給順道來會館的人，食物就是昨天亞寧給我的麵包和飲料。領取麵包的人都分別瞄了我和阿瑪拉一眼，而在會館的最內側，聚集了一群與我年紀相仿的孩子，他們正把蔬菜切細了放進籃子，或是在處理食材，每種蔬菜都像是剛摘回來似的新鮮無比。

由於有來自世界各國的人，很難猜測大家的國籍。就座標上來看，國際城市吉隆坡與森林最為接近，因此我猜想可能是各種來歷背景的人從吉隆坡來到了這裡。雖然女性占了多數，但其中也有單憑外貌難以辨別性別的人。傳入耳中的語言主要是英語，但也有人說馬來語、印度語或中文。有許多人和戴妮一樣，耳朵戴著翻譯器。

「雖然很突然，我們有新成員加入了，這是和領袖商議後做出的決定，往後不會再有這種事。我會在村民會議上再次詳細說明。」

聽到戴妮的話後，大家紛紛點了點頭。

「就像昨天說的，阿瑪拉會負責栽培作物，並從今天開始學習。」

阿瑪拉點點頭之後，加入了在會館角落整理菜園工具的那群女人。

「妳叫做娜歐蜜吧？妳會負責其他工作。正好有個孩子能和妳配成一組。之前就要她早點過來了……怎麼這麼晚才來？哈露，過來這邊。」

這時有個孩子打開會館的門進來。她的個子比我高上一些，擁有一頭黑髮、象牙白的肌膚與渾圓的眼睛，給人很可愛的感覺，可是卻一臉氣呼呼的。

「還不是因為太突然了！我可是忙著在巡視邊界呢。」

「不是要妳別去森林邊界了嗎？」

聽到戴妮的話後，孩子不悅地嘟起了嘴，但沒有回答。

「妳應該聽說了，這是新進來的孩子，往後妳就和娜歐蜜一起偵察。兩人一起行動，要是碰到意外狀況，也能應付得更好。妳負責帶娜歐蜜熟悉環境。」

哈露很明顯並不歡迎我加入這個村莊，但似乎是顧及戴妮，所以竭力避免形之於外。等到戴妮離開去找其他女人，沉默便籠罩在我與哈露之間。哈露用正在鬧脾氣的小臉瞪著我，而我已許久沒遇到打從初次見面就對我充滿敵意的同齡孩子，所以顯得不知所措。

「還在拖拖拉拉什麼？快點跟上來啦。」

我又沒有拖拖拉拉，所以覺得很委屈，但我還是靜靜地跟在哈露後頭。

哈露隔著幾步之遙走在前頭，同時一直用生悶氣的語調說明村莊的每個場所。辦公室、餐廳和醫療室位於會館附近的平地，而住家則是沿著山丘零星坐落。公用建物多半是以磚頭建造，住家則是木造為主，但所有建築物均被高樹環繞。先前是被蒙上眼睛帶到村莊，所以目前還無法得知我的確切位置在哪，但至少知道這裡是森林極深處，還是海拔極高的地區。村莊的幅員要比想像的更為廣闊，雖然人數並不多，但以目前看到的住家數量來看，容納數十人綽綽有餘。

哈露沿著山丘往上走了許久，接著在與會館規模相仿的建物前停下腳步。單憑外觀難以看出這棟建築物是什麼用途，雖然有一塊像是作為運動場的空地，卻不見有任何孩子在上頭跑跑跳跳。

「這裡是學校和圖書館。未滿十六歲的孩子們每三天要上一次課，碰到上課的日子，就能免除各自的任務，所以到時妳最好還是參加，要是翹課溜去玩，妳就有更多工作要做了。」

「妳口中的任務，是戴妮剛才說的……偵察森林嗎？」

「除此之外，要做的事還多著呢，現在沒辦法一一說明給妳聽。」

我忍不住想，阿瑪拉害我必須和這個不友善的夥伴搭檔行動，她可要好好給我說說有關村莊的詳細情報了。

哈露朝著在住家外頭的人揮手問候。這些人停下手邊的工作，在看到我之後大吃了一驚，但他們與周圍的人竊竊交談，後來也朝我揮了揮手。看來村子有新入住者的消息即時散播了出去。有些人在一旁操控無人機，有些人則在設置作業用的機器人，讓我不禁好奇他們是怎麼把這些機器人帶到深山來的。既然村裡有電燈和小型電子產品，想必在這能使用電力。

哈露介紹了某些人的名字，但某些人卻略過不提，說明建物時也一樣。簡言之，就是她毫無誠意。要是她說明時肯親切一點，要把先前那些接二連三的資訊塞進腦袋也會容易得多，但哈露似乎真的是迫不得已才會接下這門差事。總之人在屋簷下，不得不低頭，我也只得乖乖閉上嘴巴跟著走，而這似乎惹得哈露更加不爽。

接近傍晚時分，哈露一屁股癱坐在椅子上，而我不知道自己能不能坐在她旁邊，於是像根竹子似的靜靜站在她前面。哈露瞪著我說：

「妳到底是怎麼收買戴妮的？」

「什麼收買？」

「偵察是件大事，必須經手重要機密，可不會隨便找個人來做。把這種任務交給妳這種外來的，誰知道會惹出什麼事。」

我覺得哈露只是像其他同儕孩子般在虛張聲勢，但至少她的眼神看起來非常認真。雖然我不認為村裡的人會把機密交給乳臭未乾的孩子處理，但說不定過去真的有人將情報轉手賣出。那麼，哈露這麼具攻擊性的態度也就能說得通了。我雙眼注視著哈露，無奈地說：

「妳好像誤會什麼了，我並沒有收買戴妮，反而還被拷問了一番。」

「少扯謊了，戴妮幹嘛拷問妳啊？」

「真的啊，他們綁住我們的手腕、蒙住眼睛，一開始我還以為他們要殺了我們，突然就拿出武器……簡直是生死一瞬間。我也不知道為什麼戴妮要把偵察的工作交給我，我才想問好嗎？」

哈露聽到我略為誇大的說詞後，似乎感到很驚訝，不過她稍作思索，隨即像是理解了什麼，將雙手交叉於胸前說：

「那樣就叫拷問？村子的規則是很嚴格的，想要存活下來，就非那樣做不可。」

雖然很討厭哈露說變就變的態度，但同時又覺得她就像是有些不懂事的妹妹。我冷靜地回答：

「我知道了。既然接受了我們，我就會好好做。」

聽到我的回答，哈露顯得很意外。我將視線從她身上移開，並說：

「就算妳看我不順眼也沒辦法，如果要回到外面的世界，我還不如死了算了。」

像哈露這樣的孩子鬧脾氣根本不算什麼，無論如何我都會賴在這裡不走，不過我似乎沒必要說得太過直接，讓哈露的心情變得惡劣。見我一言不發，哈露倒是突然失去了挖苦的興致。她問我：

「妳和阿瑪拉是怎麼找到這的？之前是待在哪裡？」

我冷靜地說：

「那……是機密。」

哈露正視著我，似乎一時沒聽懂，但很快就咯咯笑了起來。

「妳覺得我現在是在開玩笑吧？」

「也不是那樣，這真的是機密。我們說好只跟幾個大人說。他們想知道我們在哪兒獲得這個村莊的情報，還有怎麼找到這裡的。」

聽我說話時，哈露依然將雙手交叉於胸前。

「那當然啦……不過我可先說囉，一旦戴妮知道，接下來我也會知道，因為我們之間沒有任何祕密。」

戴妮和哈露是什麼關係呢？她們兩個一點都不像，所以應該不是家人，但就在我暗自納悶的時候，哈露突然轉過身說：

「走吧，我帶妳去看這村子最酷的地方。」

我和哈露踩著猶如階梯般的扁平木塊爬上山丘。一來到後山丘，眼前隨即出現了驚人的景致──是一大片沿著緩坡開闢的農田。哈露稱呼這個地方為菜園，但這個說法實在太小看這個面積了。

究竟他們是如何把這麼多樹木砍下來，打造出這麼大一塊地的呢？有一側全是進行室內栽培的塑膠溫室，裡頭栽培了芋頭、地瓜、香蕉、薏仁、山藥和香草。發生落塵浩劫之後，我不曾在圓頂外頭看到如此生機盎然的植物，所以看著這幅景象感覺就像在看資料畫面，或已有多年歷史的風景畫，感覺很奇妙，沒有半點真實感。

「不可以靠近作物。要是隨便走來走去，踩爛了那些作物，妳就吃不完兜著走了。」

哈露悄聲警告我，但正在菜園工作的亞寧倒是朝著我大力招手，吆喝我走下去。

「娜歐蜜，妳來這邊看也沒關係。」

我偷偷地觀察一下哈露的反應，然後小心翼翼地走下斜坡。

我很尷尬地站在壟溝之間欣賞高及腰部的作物。這些植物是如何在落塵的侵襲下還能存活，還長得如此茁壯呢？我們看見一群人站在茂盛的作物之間，正在用耙子將草聚攏在一塊，跟在我後頭下來的哈露沒好氣地說：

「這些全都是芮秋在溫室改造的。從溫室帶來的植物，即便外頭有落塵也能生長得很好。」

「改造？這些植物全部嗎？」

「我也不知道她是怎麼辦到的。我也很好奇，不過我們幾乎沒人見過芮秋本人，我也只有在偵察森林時，偶然見過幾次她在溫室玻璃牆內的身影而已。除此之外，我對她一無所知，所以只能相信智秀小姐說的，這一切都是出自芮秋之手。」

哈露聳了聳肩。

「每到了要種植作物的時候，智秀小姐就會到溫室領取植物幼苗，然後用手推車帶回村莊。因為現在季節變化不顯著，所以是由過去有園藝或種菜經驗的大人依照氣溫來判斷何時該種植。雖然我也不太懂，不過會先把嫩芽分裝在數十個淺碟中，再把它們種到土壤裡。雖然工作很繁瑣，但因為落塵的緣故，幾乎沒有蟲害，照顧起來並不困難。雜草不具有落塵耐性，所以幾乎看不到，到了採收期，村民都會一起來幫忙，把東西儲存起來，並做成料理分給大家吃。」

「那這裡就不需要吃可怕的營養膠囊囉？」

我問完之後，哈露噗哧笑了出來。

「我們主要還是吃營養膠囊啦，再說了，要取得香辛料或油之類的也很困難，畢竟沒辦法在這變出所有食材。不過，作物的收成慢慢增加了，而且大人們打算擴大菜園的規模。雖然溫室旁的研究室都已經荒廢了，不過他們好像打算整修之後拿來當栽培室，那麼，說不定以後就不必再吃營養膠囊了。」

哈露不動聲色地觀察我的表情，看起來似乎有些洋洋得意，又好像在等待我的感嘆之詞。

我懷著些許哀傷的心情說：

「我……在外面的時候，那小小的膠囊對我們的性命很重要。真的餓到不行時，我甚至還想直接把泥土或磚塊拿來嚼。不管是野生動物、蟲子或路邊的雜草，只要還活著，我肯定就會全部吃掉，可是外面那些動植物也都死光了……」

這裡卻迥然不同，這裡有許多植物生長，人們也不必穿防護衣，還能活蹦亂跳地四處走動。外面的世界被死亡盤踞著，這座村莊卻有令人無法理解的奇異魔法庇護。

哈露瞥了我一眼，接著轉過頭對我說：

「我在外面的時候也是這樣。」

哈露和我每週會去偵察森林四次。雖然哈露說偵察是處理村莊機密的重大任務，但在我看來比較像是跑跑腿而已。像是把大人交付的物品從村莊的這一端運送到另一端，將電力耗盡後墜落的無人偵察機從壟溝或溪谷裂縫救回來，溪谷水位降低時向大人報告，還有確認山丘後頭的發電廠是否正常運作等各種雜事，全都包含在我們的「偵察」範圍內。若是具有相當危險性的工作，則交由智秀小姐管理的無人偵察機解決。

有些任務無法靠無人機處理，像是在森林四處走動、觀察植物變化的工作。哈露不時會從智秀小姐那兒帶回檢查清單。據說在森林的特定區域，有著具指標性的樹木，它們多半是在落塵摧殘下死亡的樹木，但有些植物卻罕見地顯現起死回生的可能性。不畏落塵，堅毅地撐下來的植物生長到菜園以外，對整座森林造成了影響，因此偶爾會看見停止成長的植物突然冒芽生枝的現象。慢慢地，這座森林描繪出一幅非常獨特的風景。在落塵的摧殘下死亡的森林多半乾癟發黑，葉片全數掉落、枝幹嶙峋，但這座森林的一草一樹均綠意盎然。它們雖沒有持續生長，但也沒有變得乾巴巴的，而是呈現靜止狀態。最重要的是，在這座森林中可以見到黴菌或腐朽木墩等微生物的痕跡。就算沒有風兒吹拂，也能時而目睹窸窣搖曳的落葉，或是懸掛在樹枝上的蜘蛛細絲。

碰到不必去偵察的日子，我就會去幫忙把分解劑分給大家。來到普林姆村的第一天，亞寧給我的那罐飲料就是能分解體內落塵的藥物。雖然我對於它的療效是似懂非懂，不過來到這座村莊並開始飲用分解劑之後，阿瑪拉的健康狀況確實改善許多。分解劑是維持村莊運作的魔法之一，僅有極少數的大人知道製造方法，當然也嚴禁外流。

我曾不經意地說：「村莊外頭逐漸死去的人也應該很需要分解劑吧……」結果哈露一副覺得我不諳世事似的斥責我：

「萬一真的給了他們，妳覺得他們會輕易放過這個村子嗎？用於製造分解劑的植物只有這裡有耶。」

大人們每三天就會在會館集合，將分解劑分裝到小型水桶中，而哈露和我就負責搬運水桶給住在距離村莊中心較遠的人，或是凌晨就開始上工的人。戴妮得知我具有完全耐性，告訴我可以不必另外飲用分解劑。

出乎意外的是，全體村民齊聚一堂的情況並不常見，只有一個月兩次正式召開的村民會議，其他頂多就是隨時集合起來做各自的工作。不過，戴妮倒是常常號召大家一起分享晚餐。雖然沒辦法打造出落塵浩劫前的豐盛菜餚，但村裡有不少人對烹調充滿了熱情，只要是吃的，都會想拿來料理看看。

除了馬來西亞當地的作物之外，芮秋也改良了各式各樣的品種，所以我們有幸能欣賞來自世界各地的食材。當然，主要栽培的品種是固定的。我們是以黑豆、小扁豆、能磨成粉的穀物嫩芽與馬鈴薯等為主食，也曾經在廢墟找到辛香料與食用油，但卻因食用變質的油而吃壞了肚子。食材是由所有人共同管理的，而在廢墟找到的營養膠囊依然是主要的營養攝取來源。不過，碰上作物大豐收的日子，我們就會烹調添加香草的新鮮食物來吃。

我們每三天會上一次學。阿瑪拉已經超過十六歲，因此可以自行決定要不要去學校，但她喜歡聽課更勝於在菜園工作，因此都會坐在教室的最後面聽課。學校是以從前用作幼托機構的空間改造而成，圖書館內則有以入門馬來西亞語和英語寫成的書籍。那些大人會輪流以自己最拿手的主題準備課程，曾擔任護士的夏安就教我們如何在受傷時做緊急處置，亞寧則傳授山林藥草的相關知識及十種馬鈴薯的料理方法，這些對生活都非常有用。可是，有些大人卻準備了馬來西亞的鄰國歷史，或是基礎微積分等當下看似毫無用處的課程，導致哈露每次上完課都會不滿地嘟噥：

「世界都要滅亡了，大人卻老是教我們一些沒用的東西。」

聽到這句話之後，我忍不住思考，大人為什麼要刻意在走向滅亡的世界打造學校這類地方呢？包括我在內的孩子們多半都是邊打著哈欠邊上課，但站在黑板前的大人卻總是幹勁十足。我不禁覺得，這或許是他們寥寥無幾的樂趣之一吧。經營學校的原因，不是因為孩子們需要學習什麼，而是因為教導的行為本身賦予了大人存在的價值。

初次在近處見到智秀小姐，也是在學校上課的時候。阿瑪拉說，和大人一起栽培作物時，偶爾會見到智秀小姐這位領袖，但我都來快兩個月了，也沒親眼見過她本人。由智秀小姐負責上課的那天，她用手推車裝了各種保管於地下倉庫的無人機和機器人零件過來，讓我們有機會親自摸摸看。智秀小姐的課程很受大家歡迎，雖然我在偵察時就經常看到無人機，但其他孩子不同，所以他們興致高昂地在機器周圍東看西看。

「不過，這些無人機沒有武器耶。」

「這些是非攻擊用的。地下倉庫也堆了很多會使人致命或受傷的機器人喲。」

智秀小姐說話時，我從她的臉上同時讀出了自信與苦澀，也因此對露出矛盾表情的她產生了興趣。我很好奇，看起來並不怎麼喜歡接觸人群的智秀小姐是怎麼成為這座村莊的領袖，還有很少下來村裡的她，成天都在山丘上做些什麼呢？

大家都稱呼身為領袖的她為「智秀小姐」。聽其他孩子說，是因為同是韓國出身的哈露這麼喊她，後來這個稱呼就如流行般傳開來了。智秀小姐是個各方面都引人好奇的神祕人物。無論是她機器維修人員的身分，把任何人都不得接近的溫室當成自家出入，又或者是她彷彿罩上一層面紗的過去。儘管各種傳聞滿天飛，包括說她是圓頂城市的逃兵啦，又或者迄今仍是遭到通緝的殺人犯等等，但也無從得知真相是什麼。要是從遠處看到智秀小姐那冷漠無情的表情，就算有人跟我說她過去殺了好幾個人，我也不會覺得奇怪。

在學校遇見的孩子們各自說了自己的故事。哈露是在韓國出生，但跟著從事貿易的父親輾轉於各國，後來在馬來西亞住了幾年。米麗兒來自山西省，瑪樂蒂來自雅加達，雪莉說自己從小生長在距離普林姆村不遠的吉隆坡近郊，卻從頭到尾對這個村莊的存在一無所知。孩子們是跟著家人來到這裡，但因為種種原因，最後被獨自留了下來，所以很少有人是和家人住在一起。

我則是說了落塵浩劫爆發之後，我跟著父親前往地下避難所，接著某一天突然被押送到蘭卡威島嶼研究室的經驗。雖然有很多耐性種人的孩子差點被抓去研究室，但他們說，這還是頭一次見到有人成功逃離那個地方，因此聽到我訴說自己的逃脫記時，個個都瞪大了眼睛，同時專注地邊聽邊點頭。儘管我是碰到入侵者攻擊蘭卡威的情況才獲得逃生機會，但孩子們似乎覺得故事因此更加驚險刺激了。

雪莉從小聲帶就受傷了，所以無法發出聲音。雖然有時會用筆談，但平時她會交錯使用馬來式手語與家人之間常用的手勢。哈露和我向雪莉學習如何用手語對話，偵察時也會用上。儘管野生動物都因落塵死光了，森林內實在沒有什麼能造成威脅的生物，但我們認為，一旦發現入侵者時，彼此就能用手語溝通。

慢慢的，我也喜歡上與哈露一起偵察的工作。雖然哈露並沒有表現出來，但似乎也在我面前越來越放鬆了。當哈露急忙做出手勢，說自己發現重要的玩意，要我趕快過去時，我就會迅速跑到她那邊。碰到這種時候，我就會覺得我們好像真的在進行什麼機密任務。雖然所謂「重大發現」不過就是森林的指標性樹木樣貌有些異常、樹木底下長出了蘑菇之類的雞毛蒜皮小事，但是在這座村莊外頭時，我們從來都沒被賦予過這樣的任務。因為再也不必抽血，因為每天晚上不必緊張兮兮地入睡，所以我很喜歡這裡的生活，但我最喜歡的，還是自己有要完成的任務，就好像這個村莊很需要我似的。

偶爾，阿瑪拉會在入睡前對我說悄悄話。

「娜歐蜜，就算要死，我們也死在這裡吧，我們永遠都別離開這裡。」

儘管我經常會想像遲早必須離開這裡的那天，但內心深處卻很能理解阿瑪拉的心情。

「娜歐蜜，妳看那邊，那棵樹的上頭。」

剛開始我還沒看出來，所以哈露很沉不住氣地用手指了椰子樹的扇葉中間。過了一會兒，我才看出哈露想要我看什麼。原來是樹上掛著嫩綠色的椰子啊，幾天前經過時還沒看到有任何果實呢。哈露看著我說：

「戴妮說，如果在森林發現任何果實就要帶回去。」

雖然我很懷疑那句話是要我們親自把掛在那麼高的果實摘回去，但總之哈露顯得躍躍欲試。哈露和我試著扔擲地上的石子，想要把椰子給擊落，也嘗試用長長的木棍晃動樹枝，甚至還操控經過的無人偵察機試著摘下果實，但最後都以失敗收場。哈露評估了一下從地面到果實的高度，然後說：

「我們要不要爬上去？要是妳在下面幫忙，應該能更輕鬆地摘下來。」

「不行啦，戴妮要我們把果實帶回去，一定是說如果看到地面上有掉落的果實再撿回去，不是要我們冒著生命危險去摘。」

「哎唷，妳果然很膽小耶。要是只會張大嘴巴在樹下等果實掉落，妳很快就會餓死了，只有攀爬到樹木上頭爭取果實的人，才能在這險惡的世界存活下來。」

聽到哈露這番突如其來的說教，我忍不住皺起了眉頭。

「總之……我反對，這太高了啦。」

哈露聳了一下肩，接著說要自己去把果實摘下來。儘管我一再勸阻，但她似乎什麼也聽不進去。她都說到這個份上了，我也不能不幫忙，所以我就在樹下鋪好落葉，並設置了一張安全網。我提心吊膽地看著哈露爬上椰子樹，但她的身手倒是十分敏捷，甚至讓人感到訝異，她這種看起來像是在城市裡長大的孩子，怎麼這麼擅長爬樹。

直到哈露爬到樹頂，以非常穩定的姿勢抓住樹幹，並笑嘻嘻地看著我時，我這才稍微安下心來。但，意外在轉瞬之間發生了。就在哈露將手探向樹枝尾端要去摘取果實時，一隻腳踩著的樹枝應聲斷裂了。

哈露的身子隨即往下墜落，而我驚慌地大叫著跑向哈露。我的心臟彷彿瞬間停止了。真是謝天謝地，哈露沒有掉落在堅硬的地面，而是掉在成堆的鬆軟落葉上頭。但她好像摔斷了腿，因此只聽見她不斷呻吟，卻怎麼樣都站不起來。

我還來不及喘口氣，就立刻跑回村子裡去找大人過來。大人們面露訝異地看著氣喘吁吁的我，接著聽到我以氣若游絲的音量說出：「請、請幫幫哈露……」之後，整個村子也跟著掀起一陣騷動。

夏安提著急救箱跑來，以非常凝重的表情檢查哈露的傷勢，接著說哈露的腿骨嚴重骨折，並恐嚇她往後一個月別想要踏出家門。戴妮則是問完哈露受傷的原因之後大發雷霆：

「這個村子沒有醫生，妳明知道這樣，還做出這麼愚蠢的行為？妳竟然以為自己爬到那麼高的地方還能平安無事？這是妳的錯。」

哈露看到戴妮不僅不擔心，反而還責怪自己，更加生氣了。後來阿瑪拉跟我說，自從那天之後，住在同一個屋簷下的兩人超過一個禮拜都沒跟對方說話。

「戴妮也真是的，平時總是以隊長自居，可是碰到該拿出大人的樣子時卻又很孩子氣。哈露會做出有勇無謀的事情來，還不是為了想獲得戴妮的認可嗎？」

接著，阿瑪拉對我說：

「娜歐蜜，不如妳去照顧哈露一下如何？」

我很不情願地答應了阿瑪拉的提議。雖然我不覺得哈露會歡迎我的到來，但想起哈露的腿已經腫了好幾天，還一臉失魂落魄地坐在家門前的椅子上，不免覺得她有點可憐。

隔天站在哈露的家門口時，我覺得有點緊張。我先是猶豫了一會兒，然後才敲了敲門。過了一會兒，哈露從開啟的門縫探出頭來，一臉迷惑不解地問我：

說：

「喔……妳怎麼來了？」

「阿瑪拉要我拿東西過來給妳。」

我一拿出點心籃，哈露便輪番看著我和籃子，然後接了過去。經過短暫的沉默，哈露對我說：

「謝謝妳拿來給我，那拜拜。」

「等一下。」

「……」

「我可以進去嗎？」

哈露嘆了口氣，說：

「好啊，進來吧。」

哈露和戴妮的家是一間木屋，有個小巧玲瓏的客廳、兩間寢室和洗手間。客廳的角落放了一張木床，而房門前則用白色膠帶擋著。雖然我覺得那很容易就撕下來了，但我並不想這麼做。

「那個房間是戴妮的房間，她絕對不讓其他人進去。因為裡面塞滿了畫作和美術用品，所以戴妮是睡客廳的床。雖然自從對我發火之後，她好像就窩在自己的房間角落睡覺了。」

哈露的房間要比我和阿瑪拉一起使用的房間要小多了。一張床，還有一個衣物亂成一團的籃子就是全部了，而床與牆壁之間幾乎沒有任何空隙。哈露說我可以坐在床上，所以我很扭捏地坐在床沿，而哈露則是坐在地板的草蓆上。哈露解開自己腿上的繃帶確認傷勢，接著又一邊發出悶哼聲，一邊重新覆上繃帶。我不確定哈露是不是想和我對話，所以默默地待在一旁。哈露稍微瞪了我一下，最後臉色才緩和下來，問我：

「果實怎麼樣了？」

「妳摘的那個已經摔得稀巴爛了，無人偵察機飛上去摘了別的果實回來。以防萬一，我試著剖開來看，結果發現都已經腐爛了。不過，我可以確定果實是最近才長出來的。大人們說這種現象從來沒發生過，所以會試著分析看看。」

「那……戴妮現在還在生我的氣嗎？」

我怔怔地看著哈露，碰到這種情況，她就像是個不懂事的小妹妹。

「她沒說什麼。她本來就不會跟我們說妳的事，也不是會說別人壞話的類型，這妳不也知道嗎？」

「戴妮老是過度保護我，她本來也反對把偵察森林的任務交給我，因為擔心我會碰上還活著的野生動物或入侵者。這話不是很好笑嗎？那由其他人負責偵察就不危險喔？」

「她是在擔心妳，因為阿瑪拉對我也是這樣。明明擔心得要命，可是表面上卻凶巴巴的。」

哈露聽了我說的話之後再度安靜下來。我問哈露她是怎麼和戴妮認識的，因為我很好奇非親非故的兩人何以形成如此複雜的關係。哈露則是很反常地用略為氣餒的口吻回答：

「因為我住在吉隆坡的時候，很想參加音樂劇的演出，我每次都會跑去劇場，所以自然而然就認識了戴妮。當時我只覺得她是個很可怕的人。」

戴妮在哈露經常跑去的劇場擔任舞台管理人員，也與劇團一起負責舞台設計，再靠這些收入來支撐個人作品的創作。哈露跑遍了整個吉隆坡，對在舞台上表演的音樂劇演員充滿了嚮往，所以也曾參加童星的甄選，但受到國籍的限制，要加入劇團並不容易。儘管如此，哈露仍一有空就往劇場跑，而演員和工作人員也都覺得這樣的哈露很是可愛。戴妮看到哈露時也會露出莞爾一笑，但她的身材高大，加上天生一副凶神惡煞的長相，所以哈露還滿怕她的。

從劇場的工作人員口中聽到戴妮即將舉辦個人畫展的消息後，原本哈露還很苦惱該不該去看展，這時落塵浩劫卻驟然降臨。一轉眼，演出和展覽會全都取消了。原本生機盎然的吉隆坡街道頓時充滿了逃難之人的哀號，而後則由靜寂填補了其空缺。

落塵浩劫爆發後，軍人挨家挨戶進行耐性測試的傳聞四起，哈露的母親帶著她去了劇場。無處可去的演員、躲避測試的女人，全都聚集在遭到封鎖的劇場與火勢撲滅後的休息室內。

「大家知道劇場不是搜索對象，所以才會跑來，可是也沒有撐太久，因為那些軍人破門而入了。聽說當時戴妮的妹妹也被抓走了。因為我陷入了恐慌，所以戴妮抓著整個僵住的我往外逃，直到我們離開吉隆坡，才又遇見了其他耐性種人。」

哈露與戴妮、亞寧、米麗兒和其他人在圓頂的外頭四處漂泊，最後找到了遭到封鎖的研究室村莊。我原本以為哈露與戴妮兩人在一起的時間很久了，但她們擁有的，是更近似共患難的革命情感。

我思索著兩人之間那種我無法理解的複雜情感，接著想起我對阿瑪拉的矛盾情感。我對阿瑪拉感到愧疚、感激，但偶爾也怨恨她。想必這種錯綜複雜的心情，也在戴妮與哈露之間日積月累、逐漸滋長。

「妳知道不久前無人偵察機常常在森林邊界發現外部人士的蹤跡嗎？我也很好奇是發生了什麼事，可是大人都不把詳情告訴我們。戴妮也老是支支吾吾的，所以我在想，說不定爬到高處會看到什麼線索。

「所以妳看到了什麼？」

「沒有，就只看到無人機飛來飛去。」

「爬到那麼高，結果卻一無所獲嘛，而且果實最後也是無人機摘回來的。」

聽到我酸她，哈露不滿地嘟起嘴巴問：

「不然妳會爬樹嗎？」

「不會，也沒想過要為了摘果實而爬到樹上。」

「妳在這森林中過了一無是處的人生耶。」

「妳自己還不是從樹上掉下來……」

哈露用斜眼瞟了我一眼，最後咯咯笑了起來。真是個情緒反覆無常的孩子啊，不過我並不討厭這樣的哈露。

哈露的心情似乎好轉了一點，而我的內心也平靜許多。不過，就在她把裝在圓罐內的硬餅乾遞給我時，我不禁想起了那群在新山遇見的耐性種女人，心頭也跟著一沉。

我拿起針線，把被哈露丟在一旁的破褲子和 T 恤縫好。哈露說自己的手很不靈巧，完全不知道該怎麼做針線活。這倒也是，畢竟落塵浩劫爆發之前，要是有簡易縫補的工作，也都是交由機器人處理，所以也沒什麼好奇怪的。看到我把縫得工整的衣服遞了過去，哈露忍不住讚嘆，不過見到我露出了笑容，隨即又把那表情從臉上抹去。

回家之前，我不斷用眼角餘光偷瞄堆放戴妮的畫作和美術用品的房間。面向客廳的牆面有一扇窗戶，但那上頭也拉上了窗簾，所以看不到內部。哈露聳了一下肩膀。

「要是別人看到自己的畫作，戴妮就會大發飆，能看到畫作的人就只有我。」

我曾在會館看過戴妮在紙張上素描的模樣。本以為她是在描繪工作用的示意圖，但她會不會是在作畫呢？哈露說，戴妮經常會使用在廢墟找到的美術材料描繪村莊的景致或人臉。

「等落塵完全消失，就會舉辦戴妮的特別展覽。那些都是具有重大歷史意義的畫作，換句話說，人類將會知道，這個時代並不是只存在著不幸，我們也有日常生活，有平凡的人生。」

哈露帶著彷彿已在欣賞展覽般的作夢表情說道。

聽說哈露的傷勢最少要一個月才能完全恢復。我很喜歡偵察的任務，所以很想獨自前往，大人們卻擔心我會像哈露一樣發生意外，所以再三勸阻。不過，我們說好了要讓我在村子裡做些簡單的跑腿工作，而觀察森林變化的工作，則由其他大人分組負責，同時會再增加一台無人偵察機。雖然我為短時間無法自由地在森林穿梭感到惋惜，但戴妮答應我，只要等哈露的傷勢好轉，就會允許我們去進行偵察任務。

開始獨自行動之後，我對先前很少去的後山丘產生了興趣。山丘上有芮秋的溫室，但我從沒在近處看過溫室長什麼樣子。哈露相信大人的說法——如果跑到那附近，就會因為可怕的植物噴出的毒而中毒喪命——所以很害怕靠近溫室。

但我一直都對這個說法存疑，加上我知道自己耐性很強，所以好奇心最後戰勝了恐懼。聽說那個地方有各種奇花異草和機器設備，但為什麼有那些東西？芮秋成天在溫室裡做些什麼？她管理有劇毒的植物卻能安然無事，真面目又會是什麼？

獨自行動約兩週時，我爬到了能仰望溫室的山丘上，結果發現了某樣東西。那是台遭到廢棄的無人機，卻和哈露與我經常在森林撿到的機型不同。我伸手碰了一下，似乎啟動了它，但隨後它又發出啪的一聲關閉了。這會是從外頭飛進來的無人偵察機嗎？

我把無人機帶去給哈露看，但她馬上就露出「這沒什麼」的樣子搖了搖頭。

「妳看這邊不是有畫兩個三角形嗎？據說只要有這個標誌，就是屬於我們村子的無人機。除非是故障，不然把它重新放在原本的位置也無所謂。因為放著無人偵查機不管，它就會自行靠太陽能充電。」

「一定要放在原來的位置上嗎？」

「嗯，稍微偏離沒關係，但還是放在差不多的位置上比較好，這樣才不會脫離固定的偵察路線。如果不太清楚，也可以拿去給智秀小姐。」

一聽到智秀小姐的名字，我突然很好奇她用這台無人機做什麼，不過我還是沒有親自去找她的勇氣，所以我決定按照哈露說的，把無人機放回原來的位置上。

隔天早上我帶著無人機來到了山丘上，卻想不太起來原來的位置，所以徘徊了好一會兒，最後發現自己跑到了意想不到的地方。在我面前的是坐落在參天高樹之間、反射著陽光的溫室。那是個沿著層層銀色框架往上鑲嵌大片玻璃的溫室，而噴水器、燈光和通風裝置就掛在挑高的天花板上。我停下腳步，注視著玻璃屋頂下目不暇給的植物——沿著牆面擺放的眾多巨大花盆、形形色色的果實、香草、插在土壤中的白色名牌、灰白的枝幹蔓延到天花板的橡膠樹、纏繞其上的紫色藤蔓，以及掌狀葉片足以包住一整個人的不知名植物。

我頓時精神為之一振。我竟然跑到距離溫室這麼近的地方，要是再靠近一些，搞不好會被臭罵一頓。我開始往後退，可是卻感覺腳邊撞到了什麼，原來是一台小巧的機器在地上打滾。我撿起了這個有著小狗模樣的玩具機器人。

「你為什麼在這裡呢？」

只是個機器人，而且又是不小心踢到的，但我還是對小狗感到有些抱歉。可是，待我定睛一瞧，發現小狗的腿不斷地動來動去，好像想跑到哪去，應該是因為有隻腿掉在地上，所以才沒辦法行動自如。

「是受傷了嗎？」

我檢查了一下機器狗的腿，把它插進原本應該在的位置上。我施了點力道按下去，小狗的腿便發出喀噠一聲，順利接了上去。

我將機器狗放在地上，它便朝著某處開始奔去，而我也跟在小狗的後頭走。過去因為這條路與溫室相通，所以我和哈露偵察時總會避開。機器狗來到了一個破舊不堪的小屋，跑進了屋內。

透過整個敞開的木門，我看見智秀小姐就在裡頭。她站在工作台前，將頭髮盤成高髻，戴著護目鏡，雙手則是拿著工具，似乎正在修理無人機。

智秀小姐轉過頭來，輪流看著機器狗和我，還有拿在我手上的無人機，接著再次看著我。

「嗨，娜歐蜜，我還是第一次在這見到妳呢。」

我正想要出聲問候，但見到智秀小姐如此陌生的模樣，一時說不出話來，反而咧嘴露出了傻笑。智秀小姐呵呵笑著說：

「那個無人機，妳可以幫我拿進來嗎？」

每朝小屋內跨出一步，就能聞到濃濃的機油味。置物架上堆滿了機器零件，地上則是有圓滾滾的機器人在原地打轉，四處撞擊不知用途的機器。鐵鎚、老虎鉗、螺絲、釘子、鐵絲等混雜在一起，散落在桌面和地上，掛在牆面上的收音機則輪流發出了嘰嘰的噪音與難以聽懂的馬來語。

「怎麼？妳喜歡嗎？」

智秀小姐用一副饒富趣味的表情看著我，而我則是無法將目光從小屋的一切移開。這裡被施了有別於外界的魔法，假如森林是芮秋的實驗室，這間小屋就是智秀小姐的實驗室。

那天晚上，阿瑪拉聽著我嘰嘰喳喳地說著關於小屋的一切。

「智秀小姐說啊，通往村莊地下倉庫的通道也在裡面，裡面有好多第一次見到的無人機……」

關於智秀小姐的機器狗，我不費吹灰之力就修好受傷的小狗，還有智秀小姐稱讚我的手藝，這些事我全都很驕傲地說給了阿瑪拉聽。就連智秀小姐說只要我想去，隨時都能在進行偵察任務的途中過去小屋玩，還有警告我說，如果隨便亂碰作業用的機器零件，可能會被截斷手指的事也都說了。

阿瑪拉細細咀嚼智秀小姐給我的陌生果實，說：

「我們是負責栽培的，所以經常會去小屋見智秀小姐，但從來都沒被邀請到裡面去，因為她討厭別人看到自己在工作。」

「真的嗎？可是她直接叫我進去耶。」

「那是因為妳還是個孩子。智秀小姐對待大人和孩子的態度不同。她經常和戴妮起爭執，特別是溫室設備沒有得到妥善維護時，她的態度就會變得相當犀利尖銳。根據戴妮說的，領袖是個難以捉摸的人。她看似敦厚親切，但需要做重大決定時，卻又冷靜到近乎無情。」

無論是犀利尖銳或是冷靜到近乎無情，我都完全無法從今天見到的智秀小姐身上感覺到，所以只覺得阿瑪拉說的話聽起來好奇怪。阿瑪拉對一臉不可置信的我說：

「不過，她除了對待孩子親切，也是個深思熟慮的人。」

「姊姊好像在說自己不是孩子一樣。」

「我和妳不一樣，是個大人啦。智秀小姐會讓妳進入小屋，多少也是因為妳年紀還小，娜歐蜜。」

阿瑪拉邊說邊聳肩。雖然阿瑪拉是十七歲，只比我大上三歲，但主要都是和村裡的大人一起工作、同進同出，所以好像在短短幾個月突然變成了大人似的，而且，她也比在外面漂泊時看起來要健康多了。這樣的阿瑪拉給我很可靠的感覺，但也有點陌生。阿瑪拉雖然是我獨一無二的姊姊，但在村子的大人眼中，卻是個做事全力以赴、表現出色，因此備受疼愛的老么。這讓我見到了阿瑪拉有別於過去的一面。

雖然我只覺得自己的個子矮了一點，從不覺得自己年紀還小，但總之如果能進入智秀小姐的小屋是孩子才有的特權，那就算把我當成小不點也無所謂，因為那間小屋實在是太迷人了。

那天之後，我就開始往智秀小姐的小屋跑了。雖然巴不得每天都去，但我擔心智秀小姐會嫌我煩，所以決定一週只去兩次。當我去小屋時，智秀小姐多半都在工作，但也有許多時候是坐在椅子上呆呆地沉思。無論手邊在做什麼，只要發現我，她就會朝我揮揮手。智秀小姐會詢問我村裡的人過得如何，給我看她用廢墟帶回來的零件組成的機器，或者要求我說些有趣好玩的事情，接著一邊用繩子打磨金屬表面，一邊聽我說過去一週發生的瑣碎日常。後來她還會拜託我幫點小忙，像是要我從置物架上拿各種零件，或者替她把掉在森林的無人機撿回來，我覺得自己彷彿成了智秀小姐的得力助手，所以心情很好。

某天我跟著智秀小姐來到距離溫室非常近的地方。進入溫室之前，智秀小姐先穿上了防護衣，我則站在玻璃牆前，結果碰巧與正在替植物澆水的芮秋四目相交。我整個人都嚇呆了，但芮秋卻只是目不轉睛地看著我，然後移開了視線。聽說她是個植物學家，所以我原本想像她應該會穿著白袍，可是她的全身上下卻被暗色的連身長袍包住，整個頭部也遮了起來，除了眼睛之外，幾乎看不到身體的其他部位。很奇怪，那雙眨眼時總會散發奧妙光彩的淺褐色瞳孔，倒是在我腦中縈繞不去。

聽到我說看到芮秋時嚇了一大跳，智秀小姐噗哧一笑。

「那丫頭有點怪吧？我第一次見到時也嚇到了。」

聽到智秀小姐稱呼芮秋為「那丫頭」也令我吃驚。兩人究竟是什麼關係呢？智秀小姐和芮秋為何會在這個村莊定居？是誰先來到這裡？為什麼會決定保留這個村子？雖然內心好奇得要命，但另一方面又覺得，隨便過問就連村民都不太清楚的細節，這樣太失禮了。

智秀小姐也講了和村民一樣的話，說進入溫室會非常危險。

「溫室內的落塵濃度非常高，甚至普通的耐性也難以承受。我們很小心不讓落塵外洩……但誰知道呢？最好別走進溫室。」

我漫不經心地想著，反正我具有完全耐性，所以應該沒關係，但還是點了點頭，說自己絕對不會進去。因為在蘭卡威時我們就已充分上了一課，就算具有耐性，暴露在高濃度的落塵環境中也不是個好主意。不過，芮秋成天待在那麼危險的地方，難道她具有超級無敵的耐性嗎？

我試著想像芮秋和我是同一類的人，好比說像我一樣是被研究室當成實驗品，後來逃了出來，又或者是在外頭遭到獵人追殺。雖然滿腦子都是好奇的事，但芮秋不會走出溫室，而我又不能進去，所以也沒有交談的機會。每當我問起關於芮秋的問題時，智秀小姐好像都會迴避。我不禁心想，溫室內的世界似乎是個與外部世界徹底隔絕，擁有專屬運作規則的地方。

智秀小姐經常會和大家分組前往鄰近的廢墟。在村子裡四處偵察的無人機，都是用從廢墟帶回來的故障機器人或者廢棄機器改造而成。

「能看到的都已經全被浪人掃光了，所以我們就只去剩下廢棄品的地方。因為要是有人察覺普林姆村的存在，事情就難辦了。在廢墟走著走著，就會產生非常奇怪的想法，覺得自己好像在挖掘他人的墳墓，在上頭建立自己的人生。自從發生落塵浩劫之後，世界上的矛盾好像比從前更多了。」

我表示同意地點了點頭，馬上就理解了智秀小姐說的是什麼。生與死並存，或許普林姆村正是這樣一個奇妙的場所。每當發現疑似昔日居民的痕跡、老舊的衣物或生活用品時，我都會忍不住猜測他們去了哪裡，現在是否還活在世上。

就在哈露幾乎痊癒，輕鬆散步也不成問題之際，智秀小姐很難得的來到山丘下的會館。她從籃子內取出了什麼，結果聚集在一起的大人都發出了驚嘆聲。我探頭一看，原來是咖啡豆，只見夏安大呼小叫：

「哇，這是哪裡找到的？」

「當然是芮秋在溫室裡栽培的。因為我說想喝新鮮的咖啡，幾乎是跪下來求她呢。」

就在大家忙著湊熱鬧、讚嘆不已的同時，阿瑪拉拿來了不銹鋼水壺和有缺角的杯子，說要表演煮咖啡的儀式給大家看。這是我們兒時在故鄉時經常見到的儀式。當故鄉的人邀請客人來訪時，總會先擺桌設席，之後花上幾小時煮咖啡，再將爆米花等零食放在盤子上，拿來接待客人。雖然這裡既沒爆米花也沒有瓷壺，不過看到阿瑪拉生起火，將咖啡豆放在平底鍋上烘炒，再用衣索比亞的方式煮出咖啡分給大家，莫名地想起了過往，心情也變得怪怪的。

不幸的是，咖啡難喝得令人皺眉，但阿瑪拉泡咖啡的實力不太可能這麼快就退步，所以問題應該是出在咖啡品種或栽培地點。但是，能在這種地方喝到剛泡好的咖啡，而不是即溶咖啡，大人們依然心懷感激，沒有人表達任何不滿。我把難喝的咖啡當成寶貝般小口啜飲，再次對芮秋充滿了好奇。聽到智秀小姐說要在這種地方喝新鮮咖啡的荒謬請求之後，她卻想盡辦法達成了。這位植物學家究竟是什麼樣的人呢？

從一大早村裡的氣氛就很不尋常，聽說凌晨時無人偵察機在森林附近發現了可疑的人物。幸好煙霧彈及時啟動，所以那個外部人士再度離開了。假如不是一開始刻意來尋找村子，是很難發現這裡的，所以聽到有人跑來打探，心中仍不免會產生疙瘩。哈露說，以前也偶爾有獵人聽到關於村子的傳聞後找上門來。因為已經好一陣子沒有任何人跡，所以大家都很安心，可是他們又出現了。

「戴妮說以後絕對不要去森林的邊界，已經下令讓無人偵察機去巡視森林的邊界了。」

哈露邊說邊聳肩。

「不過，無人機是懂什麼啊？這可是守護村子的機會。從今天開始，我們的邊界偵察工作要執行得更加徹底。」

「然後妳又會摔斷腿。」

「妳果然是個不折不扣的膽小鬼。」

哈露雖然嘴硬，卻掩藏不了自己緊張兮兮的神情。

我能感覺到村裡的氣氛開始有些人心惶惶。雖然眼下不會發生什麼事情，但我聽到大人們在商量，如果有入侵者跑到村子附近時該如何對應，是不是應該從現在開始配置作戰武器，所以我也開始感到不安。雖然並沒有寄望這個村子能成為無懈可擊的庇護所，卻也沒想到危險會直逼眼前。

我和哈露重新開始執行森林偵察任務之後，依然有空就往智秀小姐的小屋跑。很奇怪，在村子時所感受到的那股不安感，在我走進小屋的那一刻就消失了。我開始有些明白了，為什麼智秀小姐很少和大家打成一片，又對機器以外的事物不怎麼感興趣，卻能成為這個村子的領袖。智秀小姐是給人安定感的人，是發生問題時，無論如何都會替你想法子解決的那種安定感。

智秀小姐基本上從一大早就開始上工，但偶爾也會很晚才回家。碰到她外出的日子，我就會在小屋的周圍散步，欣賞位於山丘上的溫室。即便是在明亮的大白天，溫室也隨時燈火通明。我在觀賞攀爬溫室牆面生長的奇異植物時，不時會碰見在玻璃牆另一邊的芮秋，雖然我能看到的，永遠都只有她的一雙眼睛。

「芮秋，妳好嗎？」

我試著透過玻璃牆面向她搭話。我曾經看過智秀小姐站在溫室門前，透過喇叭與芮秋對話的樣子。因為最外層的玻璃門很薄，所以就算沒有開啟喇叭，聲音也能穿透。芮秋只簡短地回了句「嗨」，但聲音給人一種低沉文雅的感覺。第一次聽到芮秋的聲音時我嚇了一跳，因為總覺得她不像是這個世界的人，而是屬於其他世界、宛如魔法般的存在。芮秋和我呼吸著相同的空氣，擁有透過空氣傳遞過來的聲音，讓我覺得好神祕。

有一次，我讓透過小門進出溫室的機器狗咬著一張紙條送去給芮秋，上面寫著「不久前菜園種植的香草香氣真是棒呆了」。後來我才知道它本來是兒童用的玩具機器人，是智秀小姐從廢墟撿回來並加以改造的，用來與芮秋互相傳遞簡單紙條。原因就在於如果要親自進入溫室，要穿上防護衣，還有很多需要注意的繁瑣細節。每當小狗往返溫室內外時，都必須經過兩次空氣浴（air shower）。我就經常撫摸小狗沐浴過後光滑的背部。

智秀小姐說我可以替小狗命名，所以我看著狗兒已經磨損到透著黃銅色的鼻子，替它取了個名字叫做「草莓」。我很好奇機器狗能不能聽懂自己的名字，但我看它剛開始幾次都沒反應，直到某一天開始，只要我喊一聲「小莓！」它就會用銀色的小短腿從草地上飛奔到我面前。

我也曾在來到溫室附近時聽見智秀小姐和芮秋在對話。假如談話內容不能讓誰聽見，她們應該就不會那樣毫無顧忌地交談，可是聽到她們的談話內容後，我又覺得自己像在偷聽。兩人先是針對食用作物進行了熱烈的學術討論，接著又說要檢查溫度維持裝置和冷卻機，後來兩人又突然像被澆了盆冷水似的突然尷尬起來。我認為兩人之間關係不太平衡，芮秋對待智秀小姐的態度，以及智秀小姐對待芮秋的態度明顯有差異。每當智秀小姐離開溫室時，芮秋都會以意味深長的目光凝視她的背影許久，讓我覺得自己好像目睹了不該看見的場面。

「妳是怎麼和芮秋認識的呢？」

從溫室回到村子的路上，假如我這麼問起時，智秀小姐就會略顯慌張地說：「喔……妳為什麼好奇這件事？」然後試圖轉移話題，但見我鍥而不捨地追問，她就用平時俏皮的態度回應我。

「我們是偶然認識的。嗯，雖然很想再跟妳多說一些，但除了說是緣分之外，也很難多做解釋。那丫頭給人的第一印象真的很差，所以我本來覺得她性格很糟，是說現在好像也沒什麼變就是了。」

「那現在兩位是朋友嗎？」

「某種程度算是吧，怎麼了？」

「我很好奇妳們是不是朋友。」

「看起來有點怪怪的吧？」

我並沒有否認，而智秀小姐短暫陷入了沉思。看到智秀小姐一臉複雜的表情，我正打算轉移話題，這時她開口說：

「這個嘛，我對芮秋……該怎麼說呢？我們之間出了點差錯，可能是一開始就這樣了，又或者是某一刻才開始糾結起來。那大概是我的錯，但如今已經無法挽回了，只能在能力可及的範圍內負起責任。」

看到我露出不明所以的迷糊表情，智秀小姐咧嘴一笑。

「這是私事，跟村子一點關係都沒有。芮秋和我雖然是朋友，但也有某種合約關係。還能怎麼辦呢？芮秋負責照顧植物，而我以維修人員的角色協助芮秋，並且在發生糾紛時負責調停，各做各的事囉，這樣就夠了。」

說完之後，智秀小姐伸手撥亂我的一頭自然捲髮。這時她望著我的溫柔眼神，是她與芮秋說話時不曾流露的。每當智秀小姐看到芮秋，經常會露出好像被什麼所迷惑，但同時又帶著不安與混亂的表情，就像她恨不得當場逃跑似的。

看著她的表情，我忍不住胡思亂想。我眼中的好人，對他人來說可能不是。說不定智秀小姐就是這樣的人——在我眼中是好人，在芮秋眼中卻不是。

那天整個上午都在下雨，我和哈露原本要到森林地勢較低處去確認指標性樹木，但夏安說如果現在下山，雨水和泥濘會弄髒衣服，所以勸我們別去。我們就在會館的遮雨棚底下欣賞雨景，栽培組則是為了防止溫室漏水而到處跑來跑去，看起來好不忙碌。

落塵導致氣候發生劇變。這座森林原本是熱帶雨林區，並不適合栽培作物，但落塵造成了沙漠化，所以天氣和土壤都發生了變化。可是天氣的反覆無常出人意料，讓大家深感困擾。聽去廢墟探險回來的人說，村子外頭的天氣就更異常了。

記得在蘭卡威的研究室時曾偷聽到一些話。當時研究人員說國際協議組織正在研究降低落塵濃度的方法，既然全世界最傑出的一群人正在腦力激盪，想著要如何拯救世界，想必很快就會想到方案。那些方案後來怎麼樣了呢？全都失敗了嗎？又或者大家改弦易轍，把方向改成了竭盡一切保住圓頂內的生活？

天空像夜晚一樣幽暗陰森，雨滴如子彈般傾瀉而下。一股寒意襲來，我稍微縮了縮身子，而哈露靠在我身旁的椅背上睡著了。不管外頭是否下起傾盆大雨，哈露都靜靜地酣睡著，看起來就像在和煦陽光下午睡似的閒適自在，讓我看了也忍不住莞爾一笑。

到了下午，看到天空逐漸放晴，我和哈露從座位上起身。

因為地面很潮濕，每當抬起腳時，都有泥濘沾黏在鞋子上。就在我們距離今天要確認的指標性樹木越來越近時，哈露突然用手攔住我。

「妳看那邊，有腳印。」

從大小來看，應該是小型動物的腳印，但過去我沒有在森林見過任何動物，只有一開始四處徘徊尋找村莊位置時，曾看過動物的屍體而已。但動物的屍體不可能留下腳印，這就表示出現了某種生物。難道是因為這裡的落塵濃度下降，所以動物再次出現了嗎？

「噓——」哈露示意我別出聲，然後藏起了身子。我們聽見了某種沙沙作響的聲音。我也跟著哈露壓低身子，不敢發出任何聲響。哈露指著腳印延續的方向，是朝著森林地勢較低處，分隔祝福之森與外界的邊界。雖然腦中想起戴妮交代我們別去邊界的事，但我和哈露依然沒有停下腳步，持續往森林下方移動。我想立刻知道腳印是什麼動物的。哈露在腳印消失之處駐足，而我則是躲在樹幹後頭，並試著把哈露拉回來。

那裡有一隻長得像狐獴的動物。

哈露以向雪莉學的手語問我要不要將牠生擒活捉，帶回村裡去，我點了點頭。要是去叫大人過來或呼叫無人機，那隻動物肯定會逃之夭夭。哈露小心翼翼將背包往前拉，取出了網子，狐獴正在摳弄表面長了青苔的岩石。

就在哈露接近狐獴的那一刻，我看到狐獴的眼睛閃爍著異常的光芒，於是著急地大喊：

「等一下！小心那個……」

哈露慘叫了一聲並往旁邊滾落，我則晚了一步才撲向狐獴，但同時在泥濘上摔了一跤。我以為自己抓住了狐獴，手臂卻傳來一陣劇痛。狐獴豎起了腳爪，朝我的手臂猛力抓撓便逃脫了。我瞬間有種直覺，那並不是有生命的動物。

哈露跟著狐獴跑走，而手臂上鮮血流個不停的我也跟著哈露跑過去。我們越來越接近森林的邊界了，轉眼間狐獴卻消失了蹤影。我環顧周圍。

我長期在廢墟生活鍛鍊出來的直覺甦醒了——這裡有陷阱。某處傳來舊式車輛會發出的那種引擎聲，就在邊界的外頭，兩片森林之間的道路。我再次拉住哈露的手臂，藏身在樹木後頭。

這裡有人。除了我們之外，還有別人在。

有兩個身穿防護衣的陌生人在森林邊界移動，但因為他們戴著安全面罩，所以看不到長什麼樣子。他們究竟是從哪冒出來的？是來追捕耐性種人的獵人嗎？又或者……

我從口袋取出圓圓的煙霧彈，朝那些人的方向丟了過去，接著按下無線信號機的呼叫鈕。我得把無人偵察機叫來，拜託，現在立刻過來吧……

煙霧彈炸開的同時，周圍霧氣瀰漫，那些人不知對彼此呼喊著什麼，展開了行動。我聽見腳步聲，並暗自祈禱他們千萬別發現我們，但在一片煙霧之中，我卻和已經來到跟前的蒙面人對上了眼神。說時遲那時快，我趕緊抓著哈露的手臂沒命似的往上跑。這群入侵者大聲喧嘩，說著讓人聽不懂的話，在後頭追趕我們。

煙霧越來越濃烈，看不清眼前有什麼。我撞上樹木，整個人在泥濘裡滾動。全身上下都沾滿了落葉和泥巴，就連臉上也不例外，視線都被遮住了。我聽見喀啦喀啦的滾動聲與發射聲，噪音從四面八方襲擊耳朵，甚至無法分辨聲音來源，隨後則傳來了無人偵察機的射擊聲。

我抓著哈露躲在草叢後方，我們在煙霧中豎耳細聽腳步聲，並盡可能站在他們看不到的地方，然後我看到有隻小動物從我們身旁經過，正是那隻狐獴。

我正打算伸出手臂，哈露試圖抓住我的手腕。

「不行！」

我奮不顧身地一躍而出，抓住那隻狐獴，感覺到它身上金屬光滑的質感。它猛力轉了一圈並刺向我，隨即我發出了慘叫聲，肩膀被劃傷並大力撞擊到地面，劇痛無比。在煙霧中，砲火與雷射武器的射擊聲全部混在一起，就像置身在一場噩夢之中。

某些畫面與眼前的景象重疊了。我和阿瑪拉砸破研究室玻璃逃跑的那天，一群人潛入圓頂胡亂掃射……

我的眼前逐漸模糊，卻無法分辨究竟是煙霧引起的，抑或是我已逐漸失去了意識。

有隻帶著濕氣的手碰觸我的肩膀，我很費力地睜開了眼睛。此時震耳欲聾的噪音已經停止了，讓人感覺無比漫長的時間也結束了，迷濛的煙霧已經散去。

搖晃我肩膀的是阿瑪拉。我發現智秀小姐的身影就在阿瑪拉的肩膀後頭。智秀小姐拿著槍，一臉嚴肅地對周圍保持高度警戒。

「娜歐蜜、娜歐蜜！」

阿瑪拉一邊尖叫，一邊用雙手捧著我的臉，而我則是將狐獴緊緊地摟抱在懷中，出聲呼喚智秀小姐。

「智秀小姐！」

智秀小姐露出吃驚的表情，來到我的身旁。

「這個，是跟那群人一起來的。」

看到我的手臂被狐獴的刀刃劃得傷痕累累，阿瑪拉發出了尖叫聲，但我連呻吟的半點力氣都沒有。可能因為一直被我用全身壓住，所以狐獴現在一動也不動了。儘管智秀小姐看到我的傷勢後嚇到了，但她仍迅速地接過狐獴機器人，用繩子綁好之後，再將我攙扶起來。

那群入侵者被無人機的槍射死了，屍體的胸口上可以看到滿滿射穿防護衣的彈孔，安全面罩底下的皮膚也因為缺氧而變成紫色。智秀小姐思考著該如何處理屍體，後來說他們的體內也許有追蹤用的人工植牙，所以決定讓屍體隨著森林山澗漂流。夏安將屍體的臉毀容之後，同時移除了防護衣上的個人標誌。

哈露很擔心戴妮又會發飆，斥責我們做出了有勇無謀的行為，但戴妮倒是稱讚我們很勇敢。

「不過妳們還是別再跑到邊界附近了，往後會另外派偵察組過去。」

不出所料，狐獴是個間諜機器人。智秀小姐將機器人的晶片拆解之後，徹底關閉了電源。村裡的人都很驚訝我居然能看穿那隻狐獴的真面目，但這是因為我經常看到智秀小姐的機器狗，所以馬上直覺那不是一隻真正的動物。

「娜歐蜜，妳表現得很出色。多虧了妳，我們才能得知入侵者是什麼來歷，知道他們是來自哪裡，又帶著什麼樣的企圖。」

智秀小姐凝視著我的眼睛說：

「不過，我覺得最慶幸的還是妳活下來了。每件事都要靠結果來論斷，所以我得說妳做出了睿智的判斷，但我也不敢把話說得太滿。是因為狐獴的刀刃被磨鈍了，所以妳才能保住小命，假如刀刃很鋒利的話，妳早就上西天了。而且，它也可能是炸彈機器人。娜歐蜜，下次妳必須逃跑才行，知道了嗎？妳確實拯救了我們村子，只是……」

雖然我分不清楚這是不是在稱讚我，但至少智秀小姐在說這些話時是用溫柔且哀傷的神情望著我，所以感覺還算不壞。最重要的是，我幫助了整個村子和智秀小姐的事實令我開心不已。

大人們沒有把入侵者的詳細情報告訴我們。在開村民會議時，戴妮只說入侵者是偶然來到這座森林，不是一開始就知道森林的存在特地找來的。許多人認為她沒有說真話，認為戴妮隱瞞了什麼，孩子們也沒有盡信這番說詞。

「戴妮才不會說謊，她幹嘛要對我們隱瞞真相？」

「不是啊，她一定是不想給村子造成恐慌。要是大家嚇得離開村子，就不能繼續栽培作物了啊。況且調查入侵者的人是智秀小姐，搞不好戴妮收到的情報有誤。」

「那你覺得智秀小姐現在是在說謊嗎？」

「怎麼？難道智秀小姐說什麼，我們就必須傻傻相信？」

孩子們你一言、我一語，爭吵了好一陣子，但我覺得這些對話等於是在重複大人之間的爭辯。

根據哈露所說，人們剛開始在這個村子定居時，曾有些獵人偷聽到耐性種人之間的傳聞而跑來。儘管一場戰鬥就終結了這件事，但也有人因為當時的突襲而死亡。據說戴妮身上那些明顯的傷痕，也是當時交戰時造成的。哈露聳了聳肩說：

「那時戴妮把我關在家裡，但下一次我絕對不會坐視不管，因為我也會加入戰鬥。」

村子的氣氛再也不若以往。有人責怪那些去廢墟勘察的人，主張都是因為他們行事不夠小心，才會導致外人得知村子的存在，否則根本不可能洩漏出去。即使廢墟勘察組每次都會更換成員，村民還是在會館爭得面紅耳赤，非得要分出對錯不可，直到戴妮出面調停，整件事才勉強落幕。

有一天阿瑪拉帶著哭得紅腫的眼睛回家。亞寧和夏安為了溫室徹夜燈火通明會置村子於險境一事，起了爭執，後來夏安對阿瑪拉說，妳們姊妹倆不也是在森林徘徊時，看到溫室的燈光才找來這裡的嗎？原本阿瑪拉只在一旁靜靜觀戰，但畢竟她也不能說謊，於是便回答說是，結果亞寧莫名地對阿瑪拉發火。

「妳不也是因為那個溫室才活下來的嗎？妳的立場是什麼？現在才說要來關掉溫室的燈嗎？」

在此之前，我原本以為大家視溫室為神殿，但實情並非如此。大家雖然景仰溫室這個空間，但同時又對它非常反感。

哈露說了以前的事給我聽。在我和阿瑪拉來到這裡的幾個月前，曾經一連下了四天的暴雨。許多作物遭水流沖走，也有些住家的屋頂塌陷，而最大的問題就是發電廠停電了。儘管廢墟勘察組去找來了修理發電廠的零件，但復原進度緩慢，村民必須在完全不使用電力的情況下苦撐。不僅置身黑暗時無法開燈，食材也全數腐敗，加上幫浦無法啟動，所以每次都得去溪谷打水。

大家都沒辦法好好地洗個澡，所以每天看到徹夜開著燈的溫室，越來越多人心生不滿，甚至有人說植物難道比人更重要，這種作法根本是本末倒置。智秀小姐說這是村子與溫室之間所訂立的合約，斷然駁斥了人們的不滿。切斷溫室的電力是不可能的，即便村民餓著肚子入睡的夜晚，溫室也時時燈火通明。溫室給了村子希望，而村子必須為此付出代價，但並不是所有人都欣然同意這筆交易。

入侵者出現之後，我再次感覺到普林姆村並不是個安全的藏身處，但更讓我痛苦的，是小小的分裂使這個村莊瀰漫不安的氣息。儘管哈露像個小大人似的說：「沒事啦，以前也發生過這種事」，但我擔心這些分裂終究會留下不可抹滅的傷痕，並徹底摧毀這個地方。

每當感到痛苦不堪時，我就會跑去智秀小姐的小屋。即使各種內憂外患襲捲普林姆村，但智秀小姐的小屋和溫室卻像是另一個世界，與下方的村子拉開了些許距離，可是，就連這個地方的氣氛也發生了變化。小屋內開始逐漸堆滿眾多武器，擱置在工作檯上的機器，怎麼看都像是具有殺傷力的無人機，十分嚇人。

智秀小姐用收音機接收來自外界的訊號與消息，聽說有些圓頂城市或村裡的人會經營個人廣播頻道。有一天，因為收音機出現太多雜音，所以我完全聽不懂是在說些什麼，智秀小姐則是從頭到尾表情陰沉，後來站起身對我說：

「娜歐蜜，我們現在馬上到村子裡去，快點。」

在會館集合的人個個面露凝重地聽智秀小姐說明。聽說強勁的落塵暴風正朝著森林逐步逼近，強度將會越來越猛烈，但事前防範的準備時間至多也就十天。

「我計算過路徑，非常確定它會經過這片森林，從現在開始大家必須中斷手邊的作業，著手進行暴風防範工作。」

落塵暴風，是落塵達到局部飽和狀態時擾亂氣流的移動現象。無論風有多強或是否挾帶雨水，這種異常增生的落塵暴風，都會吞噬所經路徑上的所有有機體。暴風就是導致許多圓頂城市滅頂的罪魁禍首。我雖然沒親自體驗過暴風的威力，但透過周遭沉重的氣氛就能略知一二，那是無法阻擋的死亡暴風。

恐懼與不安開始在村子裡擴散開來。截至目前為止，村子都捱過來了。村裡有具有落塵耐性的植物、分解劑，也有帶有耐性的人，只是，誰也不知道村子能不能承受更強勁的落塵，還有這些宛如魔法般的植物，又是靠什麼樣的原理具有落塵耐性的。普林姆村是個無與倫比的奇蹟，但奇蹟二字也意味著無從得知其根源。這個庇護所，是建立在不穩定的地基之上。

村民放下了所有日常工作，進入封鎖準備狀態。窗戶和門縫全都用橡膠堵上了，整個村子成天充滿橡膠的焦味。有些人主張原本建來當避難所的地下倉庫應該會很安全，但也有些人說，要是外部空氣流入地下，所有人就會遭到殲滅，因此很難決定該怎麼做。我們採收了所有作物，包括未成熟的果實，並罩上了一層薄薄的防護罩，但面對來勢洶洶的落塵暴風，看起來實在太過不堪一擊。人們試圖盡一切努力來驅逐心中的恐懼，但這份迫切感反而增添了不安的氣息。

在智秀小姐的拜託之下，我將無人偵察機回收之後去了小屋，結果聽到山丘上傳來了爭執聲。聲音是從溫室那邊傳來的，智秀小姐就站在溫室的玻璃門前衝著芮秋發火。雖然無法聽到她們在爭執什麼，但光是看到這幅情景就讓我覺得渾身不自在，於是我把無人機放在小屋就趕緊逃回村子了。

兩天後，智秀小姐推著手推車出現，推車裡裝滿了從未見過的藤蔓植物。這種植物具有耙狀葉片、長有小刺與細長的線根，外觀上毫無特殊之處。旁邊還放著裝了手套的籃子。「現在要種這個？準備封鎖都來不及了，到底是在想什麼？」

夏安以不可置信的表情大肆抱怨，其他人也紛紛附和，但智秀小姐和戴妮兩人經過一陣激烈辯論之後，最後拍案增加了這個新的工作項目。

「人家說，這種心情就叫做『抓住最後一根稻草』，結果這長得還真像稻草啊。」

哈露戴上手套，用手捏起藤蔓植物，露出狐疑的表情說道。智秀小姐說明碰到這種植物很危險，一定要戴上手套才能觸摸。

剛開始僅以村子為主，到後來則是必須在整片森林大規模種植這種藤蔓植物。這項作業動員了全村的人，就連孩子們也推著小型推車，跟著在森林各個角落跑來跑去。

我戴上手套，將藤蔓植物搬運到森林時，偶然目睹了夏安與智秀小姐起口角的場面。

「我們總得知道原因才能做出決定吧？難道我們只能對芮秋言聽計從嗎？她是僱用了我們

嗎？就因為妳和芮秋說一句『它能保護村子』，我們就必須相信嗎？」

「我沒說它能保護村子，只說或許會有幫助。」

智秀小姐態度冰冷地接著說：

「夏安，我也不知道芮秋在想什麼。我也很想知道她究竟在想些什麼。她並沒有命令我們種植這種植物，是我提出要求才拿到的。這種可怕的植物靠著吞食死去的生物成長，瞬間就會覆蓋整片森林，可是眼下我們就只能仰賴它了，因為這座村子就是這麼不穩定。妳有其他辦法嗎？不然妳說說看。」

我還是第一次見到智秀小姐如此冷酷地談論普林姆村，也知道了她其實也對眼前的這些植物沒什麼把握。

「要是妳的判斷出錯了呢？到時妳打算怎麼辦？」

雖然夏安這麼問，但智秀小姐並沒有回答。夏安瞪著智秀小姐，說自己還不如將更多心力放在封鎖村子上頭，然後放下手推車，頭也不回地離開了森林。幾個村民見狀，礙於人情壓力，也跟著夏安回村子裡去了，但其他人則是留下來和智秀小姐一起種植藤蔓植物。我跟著大人們四處走動，將催化劑注入土壤中。阿瑪拉告訴我，普林姆村栽培的所有植物都需要芮秋製作的特殊催化劑，要是少了它，植物甚至根本不會發芽。

在智秀小姐和戴妮的指揮下，光是在森林每個角落種植藤蔓植物、注入催化劑的作業就花了整整三天。有別於在菜園種植作物的工作，這項作業感覺更像是用藤蔓植物覆蓋住整片森林。藤蔓以驚人的速度成長，第一天種植的藤蔓要不了幾天就攀著森林的樹木往上爬。

「我能感覺到一股異常的氣流，暴風很快就會來臨。」

從山頂上眺望森林外頭的阿瑪拉回來後說道。阿瑪拉能聞到空氣中的落塵濃度變高時，隨之而來的生鏽金屬味。

不過短短幾天，藤蔓就以驚人的速度成長，但這幅景象非但沒有讓人放心，反而更加劇了人們的不安。相較於即將襲來的暴風，它們顯得如此不堪一擊。眼見暴風接近的速度要比預期更快，智秀小姐先讓孩子們躲到了地下倉庫，大人們則是能自行選擇要待在封閉的家中或移動至地下倉庫。

可是溫室怎麼樣了？有人協助溫室進行防護措施嗎？移動至地下倉庫之前，看我望著溫室的方向，智秀小姐說：

「芮秋會沒事的，因為溫室的空氣本來就和外界不相通，在裡面也不需要擔心暴風。」

人們各自分散了，我則是跟著阿瑪拉來到了地下倉庫。關上鈍重的鐵門後，倉庫內的氣氛也跟著沉澱下來。緊急照明不停閃爍，所以有人乾脆把它給關掉了，只靠小小檯燈提供光線的地下倉庫顯得十分昏暗。我在倉庫的角落鋪上毛毯，躺了下來，阿瑪拉也在我身旁鋪了床，但她沒有躺下，而是倚靠著牆面。地面散發出一股悶臭霉味。

就算暴風過境，我大概也會沒事，因為我在蘭卡威進入高濃度的落塵實驗室時也安然無事。但一想到阿瑪拉和哈露，還有其他的村民……具有絕對耐性的我，卻連最親近的人都幫不上，這實在太令人沮喪了。

在通往地上的鐵門前聽廣播的米麗兒說：

「就快到了。」

不久後，就連廣播的訊號也完全中斷。狂風吹襲，大門開始哐啷作響，我整夜都沒有闔眼，怎樣也睡不著。大人們身穿防護衣，隨時在倉庫進進出出，而我對自己什麼忙也幫不上感到無力。見我在粗糙的毛毯上翻來覆去，大人們拿了睡袋過來替我鋪上，但身體卻因此更加緊繃，睡意也全跑光了。我將背部靠在牆上，持續盯著眼前的黑暗，阿瑪拉在我身旁睡著了，但呼吸聲很不規律，每當阿瑪拉停止呼吸時，我就覺得自己的心臟也漏了一拍。

暴風折騰了一整晚，直到凌晨時分與清晨，哐啷的聲響依然沒有止息。直到午後，風聲才慢慢平息下來，卻無法得知外面變成什麼模樣。在黑暗中，電燈接二連三地亮起，但大家似乎都很緊張，誰也沒有說話。所有人都口乾舌燥地吞嚥口水，盯著時鐘看，而我拍了拍彷彿睡死般的阿瑪拉的肩膀。雖然不覺得地下倉庫的落塵濃度有升高，但這只是我個人的感覺，無法確認阿瑪拉是否沒事。看到阿瑪拉沒有馬上醒來，慌張的我開始猛力搖晃她。當阿瑪拉睜開眼睛時，我因為如釋重負而想哭。阿瑪拉嚇了一跳，趕緊起身抱住了我。

「娜歐蜜，別哭，我只是睡著了，我沒事的，所以……」

阿瑪拉一邊安撫不斷哽咽的我，一邊向周圍的人詢問此時的情況。為了預防有任何意外狀況，戴妮與夏安等幾名大人穿上防護衣之後，到外頭確認落塵濃度了。一股寂靜再次籠罩地下倉庫，有人說：「會沒事的」，有人則說：「好擔心外頭的狀況」，但這些話都只擴大了不安。

直到開啟鐵門的嘰嘎聲響起，才打破了這令人難以忍受的靜寂。

「沒關係！大家都出來外面吧！」

雖然不知道是誰的聲音，但語氣中充滿了雀躍。

我和阿瑪拉一起走上階梯，來到了地面。整座村子被落葉和泥塵覆蓋，一片狼藉，但濃霧已經完全散去了，空氣中散發著濃濃的青草味。倒是有個異常處引人注目，那就是地面和屋頂，只要是平坦之處，都堆滿了由白色灰塵構成的巨大團狀物。

雖然無法得知發生了什麼事，但我可以肯定某些事——此時這個村子很安全，沒有任何人喪命。

夕陽逐漸西沉，覆蓋住森林的藤蔓透出熒熒光芒，原本徹底封死的大門陸續打開，泥沙和塵土紛紛從屋頂上墜落。大夥兒都花了點時間才真正感受到安然度過了這場暴風，在空氣中飄浮的藍光細塵象徵著某種奇蹟。

走到外頭的米麗兒撿起了落在地面的葉片，那是幾天前種植的藤蔓植物的耙形葉片。村民都朝米麗兒的方向望去，大家都見證了某件事。

倖存下來的村子、倖存下來的植物，以及兩者之間的關聯性。

米麗兒將藤蔓葉片舉高，藍光細塵輕悄悄地從葉片上灑落。

「這植物救了我們……」

人們都說，是芮秋拯救了村子。準確地來說，是芮秋創造的藤蔓植物守護村子免於落塵暴風的摧殘。誰也不知道這些植物究竟是如何辦到的，又是以何種方式運作，不過，無須複雜的說明，光是目睹眼前的景象和倖存下來的村子便已足夠。落塵暴風事件創造了某種近乎信仰的東西，慢慢的，人們口中的故事也跟著進化了。

芮秋正在進行拯救世界的實驗。

聽到這句話之後，我的心中卻產生了莫名的不安。我想起智秀小姐談起芮秋時總會露出冷酷的表情。芮秋果真在進行拯救世界的實驗嗎？那麼她為什麼光是成天窩在溫室裡？如果芮秋是另有所圖……大概就只有智秀小姐才知道這場實驗的真相了。

落塵暴風過境後，藤蔓的生長就更張牙舞爪了。讓人吃驚的是，短短幾天內，就在村裡各個角落彰顯其存在感，沒想到放任這些藤蔓不管之後，不僅是村子的建築物和設備，就連森林的樹木也全數被藤蔓覆蓋。它和菜園的作物不同，本身就具有野生的樣貌。雖然智秀小姐在人們行經的路面與菜園附近噴了除草劑，藤蔓依然沒有停止生長，持續將枝葉拓展至四面八方。

不過倒是有個奇怪的地方。就連這種深具攻擊性的藤蔓，也絕對不會跨越森林的邊界。這裡不僅作物不會跨越森林擴散出去，藤蔓也一樣。它是一種能瞬間占領整座森林卻絲毫不敢踰矩、恣意跋扈卻又步步為營的植物。

「這裡的植物為什麼不會跑到外頭？」

聽我這麼問，哈露回答：

「當然是因為這是一座受到祝福的森林囉。」

「那麼是誰祝福這座森林的？」

我問了之後，心中倒是莫名地浮現了某個答案。是芮秋。難道芮秋真的只對這座森林施了某種魔法嗎？

森林的光景更加奇異古怪了，纏繞住焦黑枯樹並往上攀爬的藤蔓，使森林再度染上玄妙的綠意。那是一種彷彿混雜各種顏料，其中卻不含有任何混濁雜質的濃綠色。原先毫無生機的森林上頭再度罩上了一層綠色植被。

當夕陽西沉，夜幕降下，藤蔓的葉片與其底下的泥土就會縈繞著一股不明的光芒，甚至有藍光細塵在空中飄揚。我坐在小屋前的椅子上，欣賞著它們所勾勒出的奇異景致。

這座森林一點都不像是在地球，反而更像異域風景，是有人刻意打造的模範庭園。就好像藤蔓植物徹底吞噬了普林姆村，將此地完全改造成只有那種奇妙植物能生長的空間。

村民現在不時就會起衝突。我無論是去跑腿或是去會館時，都能聽見大家爭執不休的聲音。一派人馬說要把植物帶到森林外頭，另一派則主張這麼做也無濟於事，誰也不讓誰。

「我們應該和圓頂城市達成協議，討論如何進行重建工作。只要親眼目睹這項奇蹟，任何人都會相信人類能東山再起。」

「沒錯，過去圓頂城市之所以大門深鎖，是因為認為圓頂外頭毫無機會可言，只要讓他們看見可能性，他們也會改變態度。」

特別是戴妮，她主要是替這派人馬說話。戴妮說，圓頂城市不會只有冥頑不靈的人，一定會有人願意傾聽我們的主張。

「他們也很絕望，怎麼可能會拒絕？」

夏安卻反駁了這種意見。

「反正植物只能生長在這座森林裡，出了森林之後就不會生長了吧？就算讓他們看到植物好了，圓頂城市那幫傢伙說不定會反過來奪走我們的森林。」

「妳以為祝福之森真的就是字面上的意思嗎？植物只能在這裡生長，一定是有什麼我們還沒查清楚的理由，但就算無法親自查明原因，只要和圓頂城市的科學家聯手研究，一定能揭開真相。」

「妳還是相信那些人會對外部人士釋出善意嗎？他們可是向來都把我們當成實驗資源！」

「我只是說，可以和他們協議。」

「協議也要找對人啊。那些住在圓頂城市的傢伙全是怪物！他們滿腦子只想著要活下來，想到都瘋了。」

「圓頂也不會都只有怪物吧，難道妳打算繼續被關在這裡直到老死？」

「被關在這裡？普林姆村可不是監獄，是我們胼手胝足開拓的生命基地。」

「妳當真相信這裡可以永遠持續下去？」

我無法判斷誰的說法才是對的，只覺得大家把這個世界說得太過簡單。我難以接受必須拯救普林姆村外頭的人類，以及考慮如何讓全人類東山再起的主張。這個世界拋棄了我們，他們無所不用其極地進行榨取，接著又狠狠地甩掉了我們。我絕對不會忘記這個不爭的事實。再說，為什麼被拋棄的我們非得重建世界不可？

當強勁的風呼嘯而過，密集群樹間的空白細縫就會染上藍光。每每看到這幅景象，就會覺得這裡猶如水晶玻璃球內的空間，縹緲而美麗，也彷彿下一秒就會碎裂般岌岌可危。

智秀小姐從溫室帶來新種子和幼苗後，由大人們帶到邊界另一頭的死亡森林去種植，而小孩子也帶著智秀小姐提供的催化劑跟了過去。大家都說，這次智秀小姐帶來的植物說不定真能跨越森林的邊界，就連智秀小姐也滿懷期待。就算無法將這些植物帶到外頭，至少也能壯大村子的領地。

但都已經過了十日，也不見死亡的森林發出任何綠芽，即使過了一個月，也沒有發生任何變化。

我趁戴妮不注意的時候偷偷溜到邊界去，看到只有邊界上的藤蔓長得十分茂盛。

那天晚上我去了智秀小姐的小屋，發現燈火都還亮著，但智秀小姐不在裡頭，只有機器狗在地上轉呀轉的。

「嗨，小莓，你好嗎？」

我蹲下來摸了摸機器狗的頭，看到小狗的嘴邊咬著一張紙條。小狗的嘴巴稍微打開一點縫隙，紙條也跟著掉到地面，於是我把它撿了起來。

——芮秋，妳到底想要什麼？

裡面還捲著另一張紙條。

——回答我。

我看見工作檯上的工具全都井然有序地擺放在原位，反而藤蔓植物散落在整個桌面。

來到外頭後，我看見智秀小姐站在山丘上，也聽見她在對芮秋說話。雖然沒辦法全聽清楚，但她似乎很急切地在勸說芮秋。

「芮秋，妳看著我。妳沒必要這麼做，真的沒必要做到這一步。妳真的想要永遠留在這裡嗎？還是……」

我看到連根拔起的藤蔓在小屋前堆成了一座小山，想起智秀小姐先前提醒我不能徒手去碰觸它的根莖。不過，我還是悄悄地伸出一根指頭，搓了搓莖表面上的小刺。我可以感覺到藤蔓粗糙又堅韌的觸感，但並不覺得痛，直到我將手指頭轉向自己，才發現指尖已經腫了個包。

守護村子的藤蔓植物並不全然是個祝福，大家很快就明白了這個事實，因為藤蔓導致菜園的作物變得一塌糊塗。耗費超過半年悉心栽培的作物全數死光，負責栽培的人因此傷心不已。藤蔓細長的根蔓延至地底下，使菜園的作物全部枯死了，同時它也用自己的根部牢牢纏住作物的根部，形成了令人作嘔的根部團狀物。幸好室內栽培的作物倖免於難，但藤蔓的根部也滲透到土壤裡，所以那些作物也岌岌可危。這個問題讓阿瑪拉繃緊了全身的神經。

菜園失去生機之後，為了取得營養膠囊和食材而到廢墟勘察的次數也漸趨頻繁，可是到最後就連這件事也成了導火線。原本經常去勘察的場所早已被浪人和圓頂派來的獵人洗劫一空，再也撈不到任何物資。夏安提議到更遠的地方，卻一再被拒絕，後來雖然去了需要花四天時間才能到的城市，可是卻幾乎一無所獲。「就算不顧生命危險去勘察，也沒有用啊」、「那不然先想盡辦法除掉那個藤蔓吧」，大家一來一往地說著尖銳的話。

過了很長一段時間，我才再次見到智秀小姐。有天我去替戴妮跑腿，回家後就看見她站在門前。

「哦，娜歐蜜，我在等妳。」

「在等我？」

智秀小姐點了點頭。我一時慌了手腳，因為從過去至今都是我主動去找智秀小姐，後來有段時間她很忙碌，看起來心煩意亂的，我也不好去小屋打擾她，真沒想到她會跑來找我。

「我要跟妳說些重要的事。」

智秀小姐就只說這些，然後快速地走向某處。她想說些什麼呢？路上碰見其他人時，都能感覺到大家好奇地在偷瞄我們。

智秀小姐帶我去的地方，竟是溫室旁封鎖的研究室。所有電燈都是關閉的，但稍微碰一下門旁的配電箱，一盞小燈隨即亮起。地面上滿是碎裂的磁磚和泥土，智秀小姐穿越凌亂不堪的走廊，在一間實驗室前面停下，但那裡面倒是收拾得非常乾淨整潔。桌面上放著玻璃燒瓶、燒杯和幾種在菜園看到的藥用植物。

「娜歐蜜，我現在要教妳製作分解劑的方法。」

聽到這突如其來的話，我的腦袋突然停止運轉。我輪流看著智秀小姐和桌面，接著結結巴巴地回答：

「喔……那個芮秋……製作的分解劑，可是，為什麼要教我呢？」

「因為必須預防萬分之一的可能性，還有，我感覺妳會是學得最好的人。」

我腦中頓時冒出了好多疑問。我猶豫不決地問道：

「如果我學得會，那其他孩子不也辦得到嗎？這件事太重要了，好像不該只教我。」

「我的處境有些棘手，因為我不能把分解劑的製作方法告訴妳，還有其他人。」

我聽得迷迷糊糊，智秀小姐觀察我的表情，露出淘氣的微笑。

「再說了，要是我教妳的事情傳出去，可能會在村子造成混亂。」

「那，呃……沒關係嗎？」

我呆呆地眨著眼睛，智秀小姐忍不住噗哧笑了出來。

「說來話長，不過妳聽好囉，分解劑是芮秋和村子之間的交易，就像你們想的那樣，村民並不是單方面地拿走好處。換句話說，分解劑的製作方法實際上是芮秋的獨家祕方。如今已經有些人對溫室懷有不滿，芮秋沒必要把自己手上的東西拱手讓人對吧？不過我的立場不同，假如芮秋無法把分解劑分給村民，那會怎麼樣呢？或是以後需要分解劑的人變多了呢？我必須為這種問題事先做好準備。」

雖然腦中一片混亂，但我仍緊緊地閉著嘴巴，繼續聽智秀小姐說話。

「但我沒辦法明目張膽地公開教大家，因為芮秋可能會察覺我在做什麼。我必須像個鍊金術士一樣，小心翼翼地將祕方傳授給弟子，而這裡就是傳授古代祕方的工坊。妳是我的第一名弟子，當然可能的話，也得教給之後的弟子們。」

我聽得似懂非懂，因此愣愣地看著智秀小姐的臉，

「芮秋無法再製造分解劑嗎？是生病了，還是……」

「不是的，娜歐蜜，芮秋好得很。」

「那芮秋說要去圓頂城市嗎？」

「不，也絕對不是那樣。芮秋沒有打算放棄這場交易。或許這會造成問題，又或者，是我太杞人憂天了。總之暫時不會有問題，不過世事難料，總要未雨綢繆，事先做好準備。」

雖然我還是無法理解，但智秀小姐好像不打算繼續解釋下去，將目光轉到桌面。我知道她向來都只說重點，所以也就乖乖地閉上嘴了。最重要的是，智秀小姐要教我如何製作分解劑，那我自然沒有理由拒絕。

「科學的原則，就在於準確地記錄製作時需要的材料、重量和過程，但這個不同，因為隱瞞的細節能救你一命。現在就是這種時代，原則會成為你的致命弱點，旁門左道則成為你的武器。直到這悲慘的時代結束之前，妳必須將製作方法完整地記在腦袋裡。絕對不要留下他人能

看到的紀錄，無論是再怎麼值得信賴的人，最好還是有所隱瞞。」

這次我還是聽得一頭霧水，不過我仍點了點頭。說到背誦，這件事我有信心。

但是開始實際學習製作方法之後，我的自信心很快就消失得無影無蹤。光是記住使用量或製造順序並不足以完成分解劑。包括從植物萃取需要的成分，將其加以混合、加熱冷卻及過濾的過程，都必須由我親手包辦，無人能代勞，而且需要持續不斷的練習。

智秀小姐甚至將缺少測量工具時的簡易測量方法告訴我。

「很困難吧？妳必須練習到妳能毫不猶豫地吃下自己製作的東西為止。」

我製作出來的分解劑和智秀小姐不一樣，不僅非常稀，色澤也呈現透明，別說有分解效果了，喝下之後沒掛掉就該謝天謝地了。

我和智秀小姐一週會在封鎖的實驗室見兩次面。普林姆村的衝突越演越烈，無論在哪裡大家都是針鋒相對，感覺只有來到實驗室的時候是唯一的和平時光。我對製作分解劑的方法越來越上手，後來就算沒有智秀小姐的指示，也幾乎能精準無誤地完成。我一邊用長棍攪拌著逐漸濃稠的液體，一邊不斷猜測為什麼智秀小姐要教導我製作分解劑，她非這麼做不可的原因是什麼；為什麼芮秋和智秀小姐的關係看起來一觸即發，還有她是如何看待村子的裂痕。

「大家都說芮秋在研究如何拯救我們。芮秋真的在做這件事嗎？」

聽到我的問題後，智秀小姐不禁笑了。

「大家都這麼說嗎？看來芮秋成了全村的英雄了呢。」

「不是全部的人都這樣想。雖然有人虔誠到像是在信奉『芮秋教』，但也有人懷疑她為什麼不把這麼了不起的植物帶到外頭。他們認為芮秋在打別的主意。」

聽到我的話後，智秀小姐想了一下，接著說：

「芮秋只是在做自己想做的事罷了，她沒有想要拯救世界的念頭，但也沒有想加害村民。芮秋之所以留在這……大概，是因為這裡是她感到最安心自在的地方吧。」

說起芮秋時，智秀小姐總是用這種態度，彷彿芮秋是自己最親近的人，但言談之中又帶點冷嘲熱諷。

「只要芮秋有意願，她就能成為全人類的救世主。畢竟她的手中握有情報，具有能力，運氣也不錯，但這並不是芮秋想要的。」

「那麼芮秋想要的是什麼呢？」

「這是我到目前為止都還沒解開的謎題。芮秋想要的是什麼？究竟得給她什麼，才能獲得我們想要的東西？」

智秀小姐一邊說著，一邊將剛製作完成的分解劑倒入燒杯。如今我製作的分解劑和智秀小姐的不相上下，但她的完成度還是比較高。

「芮秋有時會給我們有益處的東西，有時卻會製造足以毀掉我們所有人的東西。老實說，並不是芮秋故意這麼做，而是她的植物造成的。換句話說，問芮秋是好人還是壞人是沒有意義的。我們和芮秋簽下了合約，但這項合約不可能一直持續下去，因為它的基本前提……遲早都會結束。」

聽到智秀小姐的話後，我的心臟像是遭到重擊。「結束」二字指的是這個村子嗎？我知道大家都在談論這件事，說村子可能無法持續下去，還說村子可能已經走到了極限。

「那麼，智秀小姐妳也認為這個村子正逐漸走向終點嗎？所以才會教我製作分解劑的方法，對吧？」

智秀小姐並沒有回答我，而是稍微彎下膝蓋，視線和我相對。

「其他人這麼說嗎？」

「從藤蔓植物開始繁殖之後，這麼說的人就增加了。各種說法都有，好像大家的想法都不一樣，以前都沒看過大家吵得這麼凶。」

「是嗎？他們說了什麼，可以告訴我嗎？」

我把過去從村民口中聽到的意見選幾個告訴智秀小姐。自從大家親眼見證芮秋的植物不僅能抵抗落塵，還能保護村子免於落塵的侵害後，有些人就主張要說服芮秋，把這些植物帶到村子外。無論是要和圓頂城市進行交易，或者向圓頂城市的科學家提議進行後續研究與大規模栽培，都認為不能只限在村子內種植這些植物。戴妮強力鼓吹這種主張，說普林姆村在某種程度上只能算是臨時停留的避難所。但也有人說，一如往常在這裡生活才是上上之策。最近哈露和戴妮的意見不一致，所以一見面就會起口角。

聽完我的說明後，智秀小姐問：

「娜歐蜜，那妳怎麼想呢？」

「我的想法很明確。我們必須守護普林姆村，這個村子外頭太恐怖了。我親眼見到圓頂城市的人是怎麼對待彼此的，他們絕對不會為了弱者而讓位，也絕對不會有想要拯救人類的念頭之類的。如果我們把對抗落塵的植物帶去給他們，他們就會覺得自己發了橫財，進一步奪走所有植物，然後把我們全部都殺了。」

「是啊，沒錯，娜歐蜜，我也同意妳的想法。」

智秀小姐點點頭說道。

「圓頂內的人絕對不會做出為人類著想的事情來，因為能進入圓頂的人，都是那種能冷眼看著別人死亡的人。對人類來說最不幸的，莫過於這種敗類成為最後的人類。現在的我們已經走在滅種之路上了，這是注定的命運，就算圓頂的人能存活到最後好了，用膝蓋想也知道，那種人所打造的世界是撐不了多久的。」

我很開心智秀小姐同意我的說法，但她接下來說的話卻讓我有些意外。

「就算是這樣，我們還是必須把植物帶到外頭。」

「為什麼？」

智秀小姐陷入短暫的沉默，接著再度開口：

「來到這裡之前，我見過許多替代共同體。大家依循的模式都一樣，剛開始大家打著崇高理想的旗幟齊聚一堂，像是標榜烏托邦共同體啦，或者以宗教為中心，甚至也有以獵人為主的團體，再不然就是期盼和平共存的人。大家都是因為無法在圓頂城市內找到答案，才會編織起在圓頂之外尋找替代方案的美夢。但無論是哪一種，最後都瓦解了。圓頂外頭沒有什麼替代方案，但圓頂內就有嗎？不是的。正如娜歐蜜妳說的，圓頂內的世界更殘酷駭人，大家為了生存而封鎖圓頂，為了連塞牙縫都不夠的資源而屠殺他人。那麼，現在該怎麼做呢？」

我怔怔地看著智秀小姐，她也與我對視，一臉認真地說：

「就是剷除圓頂，讓所有人都以不完整的狀態在外頭生活。那麼，這是完美的替代方案嗎？當然也不是了，因為相同的問題依舊會發生。儘管如此我們也不能坐以待斃，我們非做點什麼不可。維持現狀是不可能的，我們面對的是早已注定的世界末日。不斷嘗試做些荒唐的事情，才能帶領我們前往更好的地方。」

我不懂智秀小姐究竟在說些什麼，到底該如何剷除圓頂，還有要如何讓所有人在外頭活下去……

「但是普林姆村沒有崩潰瓦解，這裡也是個替代方案啊。只要有芮秋的植物，我們就能平安無事，只要對抗來自外部的攻擊就行了，我也會一起作戰的。」

聽到我的話後，智秀小姐陷入了沉默。我帶著迫切的心情說：

「我喜歡這個村子，我從來沒有見過這樣的地方，以後也不會有。過去待過的每個地方都太嚇人了，只有這裡不一樣。」

智秀小姐露出五味雜陳的表情凝視著我。

「娜歐蜜，我很開心妳這麼說，但……」

她沒有把話說完，而是盯著我許久，接著突然伸手弄亂我的頭髮。

「是啊，娜歐蜜，妳說的沒錯，要是我們能永遠住在這裡，那該有多好呢？世界都還沒滅亡呢，就已經想到末日，的確是不怎麼恰當。」

說完後，智秀小姐突然轉移了話題。

「妳對製作分解劑有信心嗎？如果妳有信心能喝下親手製作的分解劑，那就等於大功告成了。」

「嗯……我挑戰看看。」

我把分解劑倒進杯內，至少表面看起來還算有模有樣，但等到我把杯子湊到嘴巴前，還是不免心生猶豫。

「算啦，今天就到這吧。」

智秀小姐笑嘻嘻地把杯子從我手上拿走了。

「下次再試吧，到時一定就無懈可擊了。」

直到藤蔓植物也不聽除草劑的使喚，大舉蠶食整片森林之後，村子內也跟著拉起緊急警報。如今不只是菜園，就連室內栽培的作物也奄奄一息。糧食配給縮減為兩天一次，村民必須靠營養膠囊維生才行。

無人戰鬥機成天警報聲大作，入侵者頻頻出現，每天夜裡村民都會把那些清除標誌後的屍體帶到溪谷，讓他們隨溪水漂流。有些人似乎認為，繼續維持現狀只是在做垂死的掙扎。剛開始只是有人小心翼翼地在村民會議上提起，後來這種想法卻逐漸在大家的心中紮根。雖然孩子們不會參與戰鬥，但大家都很敏銳地察覺到全村籠罩在不安與恐懼之中。如今，再也沒人開懷大笑。

智秀小姐和大人們每天都忙著用手推車搬運武器，後來很快地就出動所有停放於地下倉庫的懸浮車，接著靠駕駛懸浮車移動，在森林邊界埋下地雷。夏安低聲提出警告：

「大家最好別輕易想著要出去，地雷不長眼，可不會區分誰是入侵者，誰又是自己人。」

全世界覆上了一層死亡之塵。到鄰近廢墟去尋找物資的人說，人類能生存的區域已急遽減少。為了避免外部危及自身，圓頂城市以更加殘忍不人道的方式屠殺入侵者，就連小村落也遭到圓頂城市派來的機器人大肆破壞。據目擊者所言，只要是能撈到好處的，都會被圓頂城市掠奪一空，留下來的就只有屍體。落塵暴風侵襲普林姆村的次數漸趨頻繁，而封鎖村子並在地下避難所等待暴風過境的時間也慢慢拉長了。從兩天變成三天，接著又變成了五天。從森林往外眺望時，周圍的區域總是罩著濃濃的赭紅霧霾，後來則彷彿化成一片血海，什麼也看不見了。

想在落塵暴風的魔爪中倖存下來，就不能沒有藤蔓，但這藤蔓卻又使他們陷入飢餓的絕境。剛開始看起來無限美好的藍光細塵，如今則成了痛苦的根源。有些人開始指責那些耐性弱的人，要他們主動離開村子，智秀小姐為此大動肝火，警告要是有人敢再明目張膽地說出這樣的話，絕對不會善罷干休。爭執雖逐漸平息，但懷疑一旦萌芽了，就不會輕易消失不見，而阿瑪拉也明顯變得沉默寡言。

就在村民分組前往廢墟尋找發電機的那天，有一輛從村子出發的懸浮車徹底失去了蹤影，而搭乘這輛懸浮車的是亞寧和米麗兒。剛開始大家以為她們是遭人挾持或被攻擊了，但透過無人機留下的紀錄，是亞寧親自駕駛懸浮車前往北方圓頂城市，與此同時，保管在倉庫的種子、幼苗和作物不翼而飛的事實也跟著曝光了。有人強力主張應當追蹤亞寧與米麗兒的下落並置她們於死地，夏安則強烈反彈說，大家都是一起生活好幾年的夥伴，怎麼下得了手？關於這些逃亡者，智秀小姐沒有發表任何言論。根據傳聞，亞寧拿種子來交換圓頂城市的入住權，甚至還有人說圓頂城市有亞寧的遠親。聽到這消息，哈露氣得全身發抖。

「她們只顧著自己求生，背叛了我們！」

「但反正那些植物也無法在森林外生長啊。亞寧究竟在想什麼？」

「她們一定會不擇手段，什麼方法全都用上。一旦得知植物無法在森林外頭生長，圓頂的人就會來占領這片森林吧。亞寧出賣的不是只有植物，而是整個村子。」

逃亡者的消息，無疑是在人與人之間的衝突上火上澆油。

「所以當初就應該拿作物和圓頂城市進行交易啊，就是因為被關在這裡，所以才會無解。到底要在這裡躲到什麼時候？以為這樣做，外面那些人就會大發慈悲地饒過我們嗎？」

戴妮和哈露兩人也吵得更凶了。每次經過會館時，就會看到她們拉高嗓門，對彼此大呼小叫。

每晚阿瑪拉都會一臉疲憊不堪地回到家，看到她的表情，心情變得好奇怪。阿瑪拉要比任何人都想來到這裡，比任何人都想留在這裡，為什麼我們無法在任何地方落地生根，也沒有一個地方能永遠存在？

「姊姊，妳不是說，死也要死在這裡嗎？我啊，還記得那句話喔。」

阿瑪拉用哀傷的眼神看著我，卻什麼話也沒說。

我不斷地思考和智秀小姐的對話。智秀小姐教我如何製作分解劑，也說應該要把植物帶到外頭，但她的意思好像和戴妮不同。戴妮說應該把植物帶去圓頂城市，但智秀小姐卻說圓頂城市並不是我們的替代方案。

假如我們決定要把植物帶出去，那麼該帶往哪去？假如不是圓頂城市，究竟我們能去哪裡呢？

分解劑製作課程中斷了。智秀小姐必須為突襲做好事前準備，也必須保養機器，整天忙得不可開交。我猶豫了很久才去了小屋一趟，但大門卻是鎖上的。

山坡上傳來智秀小姐的聲音。智秀小姐站在溫室前對芮秋怒吼，聽起來像是在哭喊，又像在哀求。

「我知道妳為什麼這樣做，也明白妳的心情，但我們不能繼續待下去了。我發誓，只要妳願意，我什麼都……」

我看不到站在玻璃牆後頭的芮秋露出何種表情，也無法得知發生了什麼事。剛開始，我以為自己正在一點一滴地了解這裡，了解世界，但此時此刻，我什麼都不明白了。

回首當時，離別來臨之前，曾經有過非常短暫的祥和日子。大概維持一週左右吧？又或者是十天。相較於之後普林姆村面臨的無數狀況，那樣的和平轉瞬即逝，卻讓人想忘都忘不了。

那天我和哈露坐在會館前平坦的岩塊上欣賞晚霞，不過就在幾天前，無人偵察機的警笛聲響個不停，裝載武器的無人機也不斷發出轟炸聲，耳朵都快被震聾了，可是卻像作夢似的，突然有好一段時間外界都沒有再入侵。在此之前，菜園早已因藤蔓植物而變得一塌糊塗，但阿瑪拉在森林中找到不少能吃的果實，因此我們難得能以新鮮蔬果填飽肚子。

散發藍光的細塵在空氣中慢悠悠地飄揚，我看著那些染上藍光的植物心想，痛苦總是伴隨著美好的事物而來，又或者，是美好的事物往往與痛苦如影隨形。這是同時為村子帶來生與死的植物所傳達的真實，無論是哪一種，我都逐漸成了無法隨意讚嘆眼前這幅美景的人。

難得填飽了肚子，整個人也跟著慵懶起來，而微風又涼爽得恰到好處。這份靜謐令人難以置信，甚至教人暫時遺忘了那些殘酷可怕的事，就好像戰鬥和飢餓都不曾發生過。「好想就這麼閉上眼睛入睡啊。」就在我這麼想的時候，哈露突然清了清喉嚨，發出「啊、啊」兩聲。

「妳幹嘛？」

哈露對我露齒一笑，接著便自顧自地唱起歌來了。

歌曲的旋律聽起來很陌生，而哈露似乎也數度忘詞，不時加入了哼唱與莫名其妙的歌詞。大家都停下手邊的工作，聽著哈露唱歌。夜幕降臨，散發光芒的浮塵在空氣中飄揚，而哈露的歌聲就這麼穿了過去。說實在的，哈露的歌聲並不怎麼美妙，但聽起來卻柔和明亮而美好，足以使我們的心平靜下來。歌聲結束後，大家都笑著給予掌聲，哈露則是面露得意地聳了一下肩膀，再度坐在岩塊上。

就在此時，我發現智秀小姐的身影，她拉著手推車走下山丘，卻突然中途停下。她帶著略為訝異的表情看著我們，我朝著她揮手，要她趕快過來，接著智秀小姐便緩緩地拉著手推車來到我們面前。

「妳有聽到哈露唱歌嗎？唱得很棒吧？她說自己參加過試鏡，原來不是在說謊呢。」

「是啊，我在劇場時早就看出哈露的實力了。」

就在阿瑪拉與戴妮兩人嘰嘰喳喳的時候，很奇怪，我卻覺得智秀小姐的目光看的是其他地方而不是此處。而且，人明明就在這裡，智秀小姐卻彷彿在緬懷過去似的。雖然這只是我個人的猜測，但智秀小姐的樣子卻讓我耿耿於懷。

沿著村子道路設置的小燈一個接一個亮起，智秀小姐將手推車上載滿的植物逐一堆放在地面上，接著把我們都叫了過去。眼前有好幾種植物，包括裝進有成排孔洞的木板的幼苗、裝在小袋子的種子，甚至是已經生出細長根莖的植物，但數量最多的還是藤蔓植物。

「要是有朝一日你們離開了這裡，就替我在外頭種植這些植物，特別是這些藤蔓植物。那麼就算沒有圓頂的庇護，也能靠它們支撐一陣子。」

我留心地看著藤蔓植物。它們和幾個月前大家種植的植物很相似，但莖桿似乎要更結實一些。哈露在一旁插話問道：

「為什麼妳認為我們會離開這裡？」

聽到哈露的問題，智秀小姐突然發起楞來，但隨即露出淺淺的微笑。我覺得不太尋常，因為智秀小姐身上總是散發的某種剛毅氣質似乎消失了，此時的她看起來既脆弱又悲傷。

「我不是認為你們會離開，而是在說萬一發生這種狀況。這種藤蔓是能讓外界打造出相似環境的唯一辦法。就算我們無法再守護這個地方，有了它就能打造出其他普林姆村。」

我似乎能明白智秀小姐為什麼要說出這種話，如今也明白了為什麼她總是要做出離開此地的假設，以及教導我如何製作分解劑。智秀小姐是看著這幅景象，同時想像著這幅景象的結局。

「但是對我來說，只要有這裡就夠了，我不想再打造其他普林姆村。少了這裡，還有這裡的人，那就沒有意義了。」

哈露點頭，對我的話表示贊同。

「沒錯，我們不會離開這裡的。再說了，外面也不是祝福之森呀。」

智秀小姐聽到我們說的話後感到略為吃驚，然後愉快地笑了。在一旁的我和阿瑪拉也對哈露的話不斷點頭稱是。

事實上，我的心中也早有個底，知道普林姆村不會永遠存在，但反覆說著要留在這裡，就能帶來一股安心感。

智秀小姐用她那平時慣有的淘氣語氣反問：

「不過，還是要答應我喔。就算不是在這裡，我們也可能再次相遇呀。要是有個能待下的地方，要是那裡也有植物的話，好好想想看吧。」

「不知道耶，我會想一想的。」

我笑嘻嘻地說，但直到最後都想迴避這個約定。智秀小姐也沒有再過問，而是露出微笑，輕輕地摸了摸我的頭。

剛開始來到普林姆村時，我並沒有去思考所謂「永遠」這檔事。我和阿瑪拉需要眼下能保命、明日能安居的地方。久而久之，自然而然地就以為這個地方也會走到永遠，我們的庇護所堅不可摧，然而，森林外頭的世界時時刻刻在崩解，滅亡彷彿烏雲般籠罩在我們頭頂上，一天比一天濃烈，只不過我們不願抬起頭，對其視而不見罷了。

不久後，戴妮離開了村子，大夥兒直到早上才發現戴妮的家空無一人。戴妮把房間內的畫作全部帶走了，唯獨一張，大咧咧地被留了下來。那是哈露的肖像畫。

哈露氣憤地衝過去，說要把畫作給撕了，是阿瑪拉又是好言相勸，又是輕輕拍撫，她才好不容易冷靜下來。接著，她把畫作揉成一團，丟到了角落。哈露先是嚎啕大哭，咒罵起戴妮，直到哭累了、罵累了就倒在一旁，過沒多久，她又開始咒罵起戴妮。在一旁的我，把阿瑪拉安撫哈露的過程看在眼裡。

「戴妮是想追求自己的方式。也就是說，關於如何延續這個村子，她和我們的意見不同。」

阿瑪拉小心翼翼地說道，但哈露的語氣很果斷。

「這個問題我們爭很久了，戴妮根本不打算聽我說什麼，最後還拋棄了我，這個卑鄙的叛徒！」

哈露揉了揉自己紅腫的眼睛說：

「我會留在這裡，直到我死為止。離開這裡，那邊又會有什麼？圓頂城市的人難道就會接納我們嗎？大家是怎麼守護這座村子、怎麼守護溫室的……」

我認為，人們守護的不只是村子，也包括了溫室。在人們受傷、死去與離開的過程中，芮秋一次也沒有走出溫室。難道真如大家所說，芮秋是為了拯救人類才待在溫室嗎？她是否至今仍如智秀小姐所說，只做「自己想做的事」呢？我總忍不住一再想起智秀小姐說的話。

「只要芮秋有意願，她就能成為全人類的救世主。」

但芮秋自己想要成為救世主嗎？

我抬頭望著溫室，依然覺得那間溫室宛如一座神殿，只是，如今我所得到的結論是：倘若守護神殿的人做鳥獸散，神殿也就失去了它的意義。

在所有故事都來到結局的那天，離別驟然降臨了。但我認為，待在普林姆村的每分每秒，我都在想像最後一天會是什麼模樣。

那天晚上我睡得很淺，在睡夢中翻來覆去。我夢到某天落塵突然消失，圓頂城市的大門敞開，而我們依然留在普林姆村。這時，不知從哪裡冒出來的藤蔓將我一圈一圈纏繞住，然後我忽然聽見了用力撞擊門板的聲音。

「娜歐蜜！」

阿瑪拉搖醒了我。

「我們得出去！馬上！」

我連衣服都還來不及穿好，就手忙腳亂地衝到了外頭。整個村子瀰漫嗆鼻的濃煙，也能感覺到灼人的熱氣。我雖希望這只是一場夢，煙霧卻嗆得我猛咳不止，光是聽見不知從何處傳來的慘叫聲，就能猜到發生了什麼事。

有人在森林縱火——是入侵者、企圖占有森林的人。一個必須奮身抵抗、有人不幸死去、有人痛苦慘叫的夜晚再度來臨了。

我等著阿瑪拉告訴我，我們一起並肩作戰吧，雖然至今都是大人在作戰，但今天就讓我們一起挺身對抗吧，然而阿瑪拉只是拉著我的手腕逃跑，什麼話也沒說。不祥的預感讓我心頭一沉，燈光下能看見阿瑪拉紅了眼眶。

原先保管於地下倉庫的懸浮車全停放在會館前，大夥兒都聚集在空地，但分給每個人的卻不是武器，而是龐大的布袋。大家把布袋塞進了每台懸浮車內。

「我沒辦法離開，我不走！」

哈露大叫著抵抗，夏安於是使出蠻力讓哈露坐上車。沒人替武器裝上子彈，如今大家都打算逃亡，打算離開村子。這個村子，將會遭到入侵者無情的摧毀與踐踏，留在這裡的人也將一個也不剩了。

我早已習慣了逃亡，離開也已是家常便飯。為了求生，把砲擊聲與慘叫聲拋在腦後並死命狂奔，也早就不足為奇了。只是，為什麼偏偏這齣戲碼又得在這個地方上演？為什麼非得是今天不可？

人們連告別的時間都沒有就分道揚鑣，懸浮車各自朝著不同的方向出發。我們必須趁著剩下的無人戰鬥機擾亂入侵者的視線時離開。四面八方都被煙霧包圍，無法確認是誰留了下來，又是誰離開了。阿瑪拉抓住了我的手腕。

「我們必須現在離開，要搭的車子在那。」

「姊姊，不行，等一下。」

有人朝這邊跑了過來。雖然阿瑪拉用力抓住了我，但我一動也不動地看著從煙霧中走出的那個身影。是智秀小姐。

「娜歐蜜！現在不走的話……」

阿瑪拉看起來非常著急，但依然輪流看著我和智秀小姐，什麼話也沒說。我的心臟彷彿被重重地擊了一拳。

「怎麼……怎麼可以這麼突然？」

在放聲大哭的我面前，智秀小姐露出了不知如何是好的表情。

「智秀小姐妳不是也不想離開這裡嗎？也沒給我告別的時間。」

「娜歐蜜。」

「最後一堂課也沒上完……」

「聽我說，娜歐蜜。」

智秀小姐稍微彎下腰來，好與我視線相對，就像在小屋還有實驗室時那樣。

「這並不是最後。」

我邊擦眼淚邊看著智秀小姐。

「從現在開始必須進行實驗。記住我教妳的，還有過去我們在村子做的一切。這次，我們所到之處都會是這座森林與溫室，我們要改變的不是圓頂內，而是外面的世界。盡可能跑得越遠越好，接著打造出另一個普林姆村，知道了嗎？」

我這才明白懸浮車上裝載的布袋是什麼。此時智秀小姐正在要求我答應她，無論去哪裡，都會種下芮秋的植物，讓它們在所有土地上蔓延開來。

「我無法保證會成功，因為狀況可能會更糟，但要是娜歐蜜妳希望的話……」

「那我們能再次見面嗎？要是打造出另一個普林姆村的話，到時就能見到妳嗎？」

我抬頭看著智秀小姐問道，但她卻只是一臉哀傷地望著我，沒有給予任何正面回覆。智秀小姐似乎急著想說些什麼，只是那些話終究還是沒有說出口。這短暫的沉默讓我理解了智秀小姐的內心想法——她尊重我，因此不願在我面前說謊。

「我會的。」

我再次說道：

「我跟妳保證，我會種下這些植物。」

濃霧掩住了智秀小姐的臉龐，所以看不太清楚她的表情。我明白智秀小姐不願意說出的真相是什麼。淚水已經奪眶而出，所以我也無法再繼續說下去，就在我轉身打算跟著阿瑪拉離去之際——

「娜歐蜜。」

我連忙轉過頭看著智秀小姐。

「妳製作的分解劑很完美，現在……」

就在這一刻，砲擊聲與懸浮車的噪音蓋過了智秀小姐的聲音，再也聽不清楚了，但我知道，那是智秀小姐在對我做最後的告別，還有她說的應該是：「別懷疑妳自己。」

嗆鼻的煙霧瞬間竄進了鼻腔，我們不能再耽擱了。

阿瑪拉在一旁拉住我的手臂。

「必須出發了！」

我像是被推開似的往後退，隨著阿瑪拉上車了。關上懸浮車的車門後，車體隨即飄浮在空中。最後一次轉過頭時，智秀小姐依然望著我，但不久後煙霧越來越濃烈，徹底掩住了她的剪影。

我緩緩地將身體貼在椅背上，卻怎樣也止不住哭泣。

我把心都交給了這個普林姆村，它卻無法走向永恆。雖然老早就知道這個事實，但我總盼著終點永遠都別來臨。不過我也早就明白，就算我離開了這裡，我的心還是會留在此地，說不定會成為這輩子永遠的牽絆。

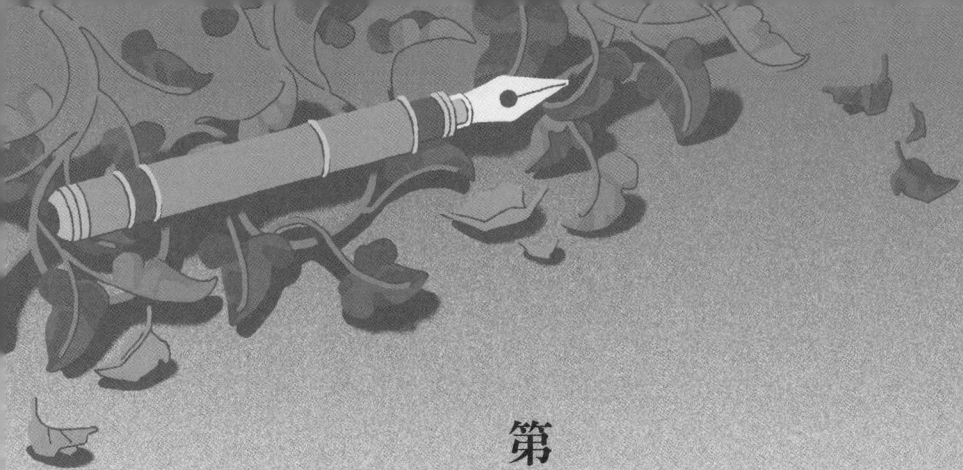

第三章　地球盡頭的溫室

闊別十五年回到溫流，銀髮村附近多出了亞榮當年居住於此地時所沒有的新住家，曾是靜謐住宅區的溫流村，也有不少餐廳和服飾店進駐。與亞榮的記憶相符的，大概就是銀髮村與溫流村之間的小溪、重新上了漆的老舊木橋等等。聽說受到政治因素的影響，功績者主要居住的銀髮村陷入了管理不當等多項爭議之中，時間久了，大多數的功績者都遷至其他地區了。如今溫流失去了閒適郊區的風景，成了忙碌運轉的繁華都市。

亞榮沒時間觸景傷情，她忙著在溫留四處打聽李熙秀的消息。她只是十二歲時短暫在這城市住過，要尋找非自己親人的鄰居奶奶並不容易。李熙秀的住家早已消失無蹤，原來的位置上多了一家手工藝品的店鋪，但就連這家店也已關門大吉，只剩下招牌還掛在門口，加上附近的居民是不久前才搬來的，所以對李熙秀這個名字是一無所知。

亞榮從一開始就沒有對銀髮村的那群老人抱多大的期望，因為就算現在還有人記得當時的事，應該也沒人會知道李熙秀的行蹤，結果還真的不出她所料。就算小心翼翼地試探，也只得到冷漠的一句：「我不認識那種人。」儘管當亞榮說自己兒時住過這裡時，有些老人會露出欣喜的表情，但聽到她說自己在找李熙秀這個人時，十之八九態度都會轉為冷淡。

到了第三天，亞榮最終先擱下尋找李熙秀一事，提前回到了下榻處。哪怕只有一人知道她的去向，亞榮也會想盡辦法查清楚，並決定之後要往哪裡去，但好像真的都沒人知道，所以亞榮感到很茫然。她坐在床上打開手機，看到允才傳來的訊息。

——所以啊，當初我說要替妳物色私家偵探時，妳就應該要答應的嘛。雖然會花點錢和時間，但這地方就這麼丁點大，還怕找不到人嗎？

該早點聽允才的話嗎？可是這樣就能找到人嗎？就算韓國再小，也有很多找不到的人，更何況在這個小地方還有失蹤人口呢……亞榮陷入了沉思，但過了一會兒仍不服輸地回傳：

——還剩下一天呢，再等等吧。

客房服務機器人再三推薦新上市的羅勒三明治，亞榮送還機器人後，將身子靠在床頭，累積三天的疲勞頓時全部湧上。她去了阿的斯阿貝巴的生態學研討會，見了路丹和娜歐蜜，也從娜歐蜜的口中聽到驚人的證詞。在返回韓國的飛機上，亞榮將訪談逐字稿讀了好幾遍，雖然娜歐蜜已經同意公開，但她依然很苦惱是否真的應該把這個故事告訴其他人，但每一次閱讀證詞全文，亞榮就越確信自己應該公開這份紀錄。

娜歐蜜所分享的普林姆村故事，意義凌駕於個人歷史之上。亞榮至今也難以用具體的字眼來說明，但她能確定的是，這段歷史並非只和莫斯瓦納這種植物交纏在一起。亞榮最先把普林姆村的故事告訴了允才。剛開始只是用電話大略交代了一下，所以當面講的時候，允才很專注地聽亞榮訴說來龍去脈，一句話都沒說。後來亞榮要允才親自閱讀證詞全文，把檔案傳給她之後，允才卻有好一段時間都沒有聯繫。亞榮在凌晨左右傳了訊息，但只跳出對方已讀的標記，沒有收到回覆，於是她打了通電話給允才。

「允才姊，怎麼樣？不覺得這是足以在學術界引起軒然大波的故事嗎？這可是徹底改寫落塵生態學的基本前提耶。假如落塵耐性種的植物並非自然適應，而是有人刻意塑造出來的結果，還有，要是我們覺得討厭的雜草實際上具有減少大氣中落塵的作用……光用想的就覺得好驚人。」

允才沉默了好一會兒才答道：

「萬一這件事屬實，不只是我們學術界，全世界都會鬧得不可開交。」

她說的沒錯。「在學術界引起軒然大波」這個說法是太小看了娜歐蜜的證詞威力。亞榮以會勾起眾人好奇心的故事為主，將內容加以濃縮後上傳到生態學論壇，表面上是希望能提出關於落塵耐性種植物的新假說，沒想到反應非常熱烈。

身處滅亡的時代，以植物研究室為中心的共同體，在該地改良的落塵耐性種植物，以及種植這些植物並將它們擴散至全世界的人。這樣的故事，只要是植物學家，任誰都會為此著迷，或者至少也會感到興致勃勃。

娜歐蜜所說各種具體證詞，均與亞榮所知的過往紀錄吻合。關於落塵時代的地下避難所、龐大的圓頂城市與小規模的圓頂村，以及對那些遭圓頂驅逐的人們施暴、把具有落塵耐性之人稱為「耐性族」並壓榨他們等，早已存在無數證詞與紀錄。亞榮以娜歐蜜的證詞為基礎做出推論：該溫室共同體應該就是被稱為「普林姆」（Forest Research Institute Malaysia, FRIM）、位於過去吉隆坡西北方國家公園區的山林研究室村莊。無論是娜歐蜜所描述的地理條件、熱帶雨林氣候，或是研究室與村落並存的獨特結構等細節都一致，甚至是原本位於距離都心相對較近的復原林，直到二〇四〇年代後期才轉移至稍遠處的部分也相同。

可是問題在於普林姆村的共同體生活，除了娜歐蜜的證詞，別無證據，因此要不了多久，原先對亞榮的文章排山倒海而來的關注也轉為懷疑與指責。娜歐蜜曾拿出溫室僅存的一張照片給亞榮看，但那也不過是在幽暗森林中拍下的微弱燈光罷了。根據娜歐蜜的說法，原先住在那裡的人們在落塵終結前就已各奔東西，加上落塵終結之後，世界也耗費了超過數十年的光陰才恢復昔日的模樣，因此他們肯定也無法確認彼此的生死。亞榮懷著一絲的期待試著聯繫吉隆坡的研究人員，結果對方卻表示這樣的庇護所是前所未聞。儘管部分研究人員很積極地替亞榮打聽情況，卻得知普林姆村所在的區域被劃為吉隆坡的重建區，且目前正在進行開發工程，找不到過去的痕跡。

亞榮的個人信箱塞滿了兩派人馬的訊息，一派是催促亞榮趕緊把娜歐蜜的故事說下去，另一派則是指責亞榮身為科學家，就應該有幾分證據說幾分話。某研究人員甚至傳了長篇大論，對亞榮大加撻伐。

您所公開的故事非常吸引人，就像在聽有趣的古代傳說。它提醒了我們一度遺忘的久遠歷史，在不幸的時代下人性的喪失，以及即便身處困境，人類依然懷抱希望活下去，聽起來如同魅力十足的傳說。

（……）

不過，把人類從落塵的手中拯救出來的不是魔女的藥草學，而是科學家的犧牲奉獻，是他們挺身對抗落塵，日以繼夜地研究解決方法，組成協議組織並開發出落塵分解劑。眾所皆知，重建靠的不是部分英雄的英勇事蹟，而是全人類崇高的齊心協力所達成。希望您別以什麼神祕的古老故事破壞了這個嚴肅的教訓。

雖然訊息讓人很不是滋味，但眼下也沒有確鑿的證據，收到這種指責也無可厚非。娜歐蜜的證詞不只牽涉到莫斯瓦納這種植物，也包括了原本普林姆村的居民說不定拯救了多數人，以及源自那個溫室的落塵耐性種擴散到世界各地的大膽主張。或許，是因為這與倖存的人類所知的真相有太大的落差，所以娜歐蜜的故事才會長期遭到忽視。包括亞榮記憶中散發藍光的藤蔓植物，海月異常繁殖的莫斯瓦納，以及落塵時代的普林姆村，如果將這些散落的拼圖拼湊成一個故事確實很具吸引力，但唯有拿出合理的證據，它才不會只是一個古老傳說。

亞榮請了四天的假來到溫流，是因為確信能在此找到剩下的拼圖片。亞榮越是深入咀嚼娜歐蜜的故事，並琢磨智秀這個人——身為普林姆村的領袖、善於修理機器，但性格複雜，難以摸清其心思，就越覺得她與自己所想的那個人有所重疊，也就是曾擔任機器維修人員、輕蔑那些圓頂城市的英雄，並且在落塵這場浩劫中存活下來，餘生卻不斷在尋找什麼的李熙秀。亞榮覺得很惋惜，無論是李熙秀說起自己在圓頂外頭經歷的生動冒險故事，倉庫內特別受到孩子們歡迎的機器零件等，如今都已成兒時回憶，所以只留下模糊的印象。儘管目前亞榮只是憑個人感覺，無法證實李熙秀與智秀小姐是同一人，但那天娜歐蜜聽完亞榮訴說關於李熙秀的記憶後說道：

「我明白妳為什麼會來到這裡了，這也是我們最後相遇的理由。我雖不相信命運，卻相信擁有相同追尋的人，註定會在同一條路上相遇。我們都深受那奇異的藍光吸引，又透過相同的人產生連結呢。妳若是知道了那人的死活，請務必立即通知我。」

可是，亞榮實際來到溫流之後，尋找李熙秀的事卻一無所獲，所以也忍不住開始焦躁。究竟該怎麼找到她呢？難道該按照允才說的，趁現在去聘請私家偵探或委託徵信社嗎？但假如李熙秀還在世，她會不會對於自己使用這種方式找她感到不快呢？亞榮上傳的故事也開始被轉發到生物學論壇以外的平台了，她會不會也從哪裡聽說了這件事？又或者，如同娜歐蜜小心翼翼的推測，她早已離開這個世界，再也不可能見到了……

亞榮重重地嘆了口氣，凝視空中，接著習慣性的連上了「怪奇傳說」。雖然目前還沒有太多發文，但能看到有人說知道普林姆村，或者說曾經住在普林姆村的文章。當然了，亞榮認為這些大部分都是捏造出來的故事，因為當她抱著寧可信其有的想法閱讀之後，就會發現細節與娜歐蜜的故事有太多出入。

但有一篇文章讓亞榮想忘也忘不了。那並不是公開發表的文章，而是有人以訊息回覆了以前亞榮在「怪奇傳說」上傳的匿名文章。

正在研究惡魔植物的植物學家，妳就是上傳娜歐蜜故事的人吧？我並不是生物學家，也和妳素昧平生，但我抱著姑且一試的想法在這裡搜尋，發現了「鄰居奶奶的莫斯瓦納庭園」這篇文章。我將文章重新讀了幾遍，因為我也曾經見過那個場景。

妳看一下附檔的照片，是我還是小寶寶時的照片。我想妳應該不會好奇我小時候或我家人長什麼樣子，所以就用貼圖遮住了。不過妳看一下後面，能看到將我抱在懷中的奶奶後頭、那片被藤蔓覆蓋的籬笆嗎？

我不記得這時候發生的事情，因為年紀太小了，甚至如果不看照片的話，差點連奶奶長什麼樣子都不知道。媽媽給我看這張照片時，總會抱怨奶奶完全不整理庭園，老是讓奇怪的雜草到處生長。要是找來了園丁，奶奶就會生氣。那些雜草不時會越過籬笆跑到鄰居家，搞得鄰居動不動就對我媽發牢騷。

有一次阿姨實在看不下去，偷偷找人砍除了藤蔓，結果奶奶大發雷霆。不久後，庭園又再次長滿了藤蔓。聽說我奶奶偶爾也會坐在那個庭園，同時露出像是在哭、又像是在笑的奇怪表情。有一次媽媽半夜去找奶奶，見到奇異的光芒飄浮在半空中，還以為自己見鬼，嚇得趕緊逃走了。大家都覺得奶奶是個古怪的老人家。

在奶奶的告別式上，我們使用那種藤蔓當作裝飾，覺得這對奶奶來說會是很好玩的惡作劇。為什麼我們過去就沒想過要去找出原因呢？

落塵時代，奶奶在世界各地流浪，後來才定居德國，有了自己的家庭。當我們問起圓頂城市如何時，奶奶總是笑而不答。

妳現在應該知道我在說什麼了吧。我的意思是，少說有一個以上的區域，都有在庭園裡種植莫斯瓦納的奇怪老人。

我希望妳能把這故事查個水落石出。

因為媽媽讀完妳的文章之後，每天都以淚洗面。

某些學者建立假說、進行實驗，依其結果做出結論，又或者透過觀察累積數據，經過準確的分析，歸納後導出一個理論，這就是單向執行科學的方式。但是發現某種奇妙美好的現象，鍥而不捨地追查該現象的證據，或許也是一種有效的科學方法論。亞榮心想，儘管可能遭遇失敗，即便大部分會失敗，或許仍能在那條路上找到親身走過後才能發現的驚人真相。

亞榮決定隔天要快馬加鞭，進行最後的調查。她對銀髮村的老人逐一展開保健食品禮物攻勢後，才勉強打聽到一個事實：七年前左右，李熙秀曾經重返溫流，以及她再度為了擁護示威群眾，和銀髮村的老人大吵一架，後來乾脆賣掉自己的房子離開了城市。那麼，下個目的地就不會是溫流，而是其他地方才對，但亞榮對此沒有半點頭緒。

她心想今天又白費力氣了，可是取出平板電腦一看，發現允才寄來了一封很長的郵件，是發送給整個研究中心植物組的群組郵件。

〔海月市莫斯瓦納樣本之全基因體定序結果〕

結果與分析資料表格請見以下附檔。

首先，海月的莫斯瓦納符合我們的預期，並非落塵浩劫前就存在的天然品種。目前野生型莫斯瓦納基因體已由多家研究室進行交叉確認，並查明最早是以馬來西亞棲息種為基礎。這意味著，這種植物是經過人工改造的植物，看起來是由馬來西亞野生植物的羊毛鉤形藤蔓、濃葉菝葜和常春藤，混合了部分葎草屬（Humulus）植物，再進一步進行基因改造的。混合各品種並打造出嵌合體的技術，是在二〇五〇年代經常使用的植物工程技術，但大家都沒料想到，居然有人會把該技術應用在這種雜草上，而不是特定作物品種。因為海月的莫斯瓦納品種在落塵期左右就消失了，加上分類學數據龐大，所以人們沒有產生太大的疑問，也沒當成一回事。

還有一件事，為什麼過去研究人員不知道莫斯瓦納是經過改造的植物，也是這個神祕事件最令人感興趣的一點。先前我在會議上向各位提過，在海月發現的莫斯瓦納與野生型莫斯瓦納的基因不同，這並不是因為對野生型莫斯瓦納進行了基因改造，相反的，海月莫斯瓦納的基因維持了「成為野生型莫斯瓦納以前」的型態。換句話說，此時在海月擴散的莫斯瓦納，並不是分布於全世界、尤其以東南亞國家為主的二十二世紀莫斯瓦納品種。究竟哪一種比較早出現，必須再進一步研究葉綠體基因才能確定，不過暫時我們就把海月的莫斯瓦納稱為「原種」吧。

莫斯瓦納在數十年間以驚人的速度擴散至全世界，同時也產生了多次基因變異。相較於原種，野生型莫斯瓦納擁有更多樣的基因型，也具有許多不規則的型態，因此不可能是經過改造的植物。意思是說，這些植物保留了多數不必要的ＤＮＡ。詳細情況還得進一步觀察，植物的表現型想必也有許多差異。但海月的莫斯瓦納原種，卻擁有比發生不規則自然突變之前更早的基因體。根據鄭亞榮研究員近期提出的有趣假說，在普林姆村的溫室誕生的「最初的莫斯瓦納」，此時正在海月蔓延開來。

究竟這起事件的真正原因是什麼呢？雖然對山林廳員工與居民感到很抱歉，但海月的莫斯瓦納異常繁殖事件真的讓我很感興趣呢。下次小組會議上我們再來討論吧。

就在差不多讀完郵件時，亞榮的個人通訊裝置也收到了一則訊息。這次也是允才傳來的。

——我就說吧？找不到的話就趕快回來，因為解決辦法不是只有一個。

亞榮看到內容之後不禁噗哧一笑。允才說的也沒錯，解題的方法有好幾種，想前往目的地也有多條路線可走，但她特地跑來溫流，並不是因為認為這是唯一的辦法。亞榮認為她想解決這道問題，並非僅出自身為科學家的好奇心，而是與自己內心深處的情感有關，促使她來到此處的，還有她對那名擁有神祕的過往卻突然消失之人的憧憬與好奇心。在此時此刻尋找李熙秀，並不是因為這是最佳的解決之道，而是因為亞榮的心被引向這條路。

閱讀允才的郵件與莫斯瓦納定序結果分析表格，亞榮再度想起了李熙秀。倘若在海月蔓延的植物是在普林姆村誕生的「原種」，還有，假如普林姆村的智秀與李熙秀是同一人的猜想沒錯，那麼異常繁殖事件會不會與幾年前消失的李熙秀有關呢？再者，萬一……李熙秀是這起事件的肇事者呢？明知這只是天馬行空的猜測，但假設李熙秀真的去了海月，她究竟為什麼要惹出這種近乎生物恐攻的事端？

不過，想到自己說不定已經找到蛛絲馬跡，心跳就不由得加快。無論此時在海月的人是誰，那人都必然與普林姆村有直接或間接的關聯。莫斯瓦納異常繁殖現象是近期才收到的報告，說不定那人此時就住在某處，說不定還是距離海月很近的地方。

「我和娜歐蜜與路丹約好了，一個月後要在阿的斯阿貝巴再次見面。關於在普林姆村的一切，娜歐蜜已經把能想到的都說完了，她說會把離開之後的遭遇告訴我。儘管關於『蘭加諾的魔女』仍留有為數不少的安哈拉語紀錄，但要靠翻譯器進行調查仍有其限制，既然能聽到當事者現身說法，應該能找到更多線索吧？」

「不能把訪談稍微提前嗎？這樣衣索比亞的訪談要當成出差處理也比較容易，而且大家也很好奇後續的故事。」

「聽路丹說，阿瑪拉的健康狀況突然惡化，所以娜歐蜜現在去照顧她了。希望阿瑪拉沒事才好……」

「啊，這樣就沒辦法了，我們得稍等一下了。」

「聽說因為收到太多採訪邀請，光是要一一推辭就已應付不來。暫時說好由路丹負責所有聯繫姊妹倆的事宜，不過路丹的嘴巴管得不怎麼牢，倒是讓我有點擔心。」

面對排山倒海而來的採訪邀請，路丹一方面深感困擾，但另一方面似乎又樂在心頭。儘管亞榮千交代萬交代，在娜歐蜜與阿瑪拉親自回應之前，盡可能別和記者見面，但阿的斯阿貝巴的地方媒體似乎已經刊登了好幾篇引用路丹說詞的報導。能讓越多人知道娜歐蜜的故事固然是好事，但問題在於關注並不總是善意的，所以已經有許多人把路丹不太清楚並含糊其辭的部分當成把柄大加撻伐。亞榮只能暗自祈禱，希望娜歐蜜暫時不會看到那些把自己當成箭靶攻擊的報導。

阿的斯阿貝巴的研討會結束後，整個研究中心的氣氛喧鬧不已。秀彬忙著完成要交給國立樹木園的研討會報告，成天望著全像投影的螢幕出神，而在來自山林廳關於莫斯瓦納基因體的提問轟炸下，朴素英組長也忙得不可開交。亞榮叫出足以填滿整個螢幕的基因體分析數據之後，將雙手交叉於胸前，全神貫注地盯著螢幕。由於亞榮寫的普林姆村文章在學術界廣為流傳，加上允才要求莫斯瓦納相關的當地資料，因此各地區的研究人員一併收集了尚未以論文形式發表的資料寄過來，導致植物小組更加忙碌了。來自各區域的莫斯瓦納標本均被放入袋子中並加上標籤，放置在實驗桌上，就連曾在研討會上寒暄的衣索比亞研究人員也傳來如雪花般的信件。幸虧姜以賢所長對於莫斯瓦納繁殖事件與普林姆村的後續故事非常感興趣，所以暫時似乎能安心集中火力在這件事上頭。

另一方面，排山倒海的郵件之中，也混雜了如地雷般對亞榮宣洩怒火的郵件。普林姆村的故事掀起了意想不到的風波，也造成有關落塵終結的各種假設擴散開來。包括落塵防治協議組織與落塵分解劑不過是跨國詐騙事件，或是地球為了拯救人類而帶來了名為莫斯瓦納的禮物等，大部分都不必認真看待，但關於落塵終結的真正原因，倒是讓亞榮有些耿耿於懷。

正如眾人所知，自二〇六四年開始，透過世界落塵防治協議組織大範圍散布的落塵分解劑，使落塵於二〇七〇年五月徹底終結。落塵分解劑消滅落塵的事實，如今已透過無數重現實驗與模擬獲得驗證，成了無庸置疑的事實。娜歐蜜想必也知道這件事。那麼，娜歐蜜認為莫斯瓦納的角色是什麼呢？她到現在仍相信是莫斯瓦納消滅了落塵嗎？

亞榮一邊細細思索讓人頭疼的煩惱，一邊確認電子信箱，結果看到有一封稍早前收到的郵件，是來自海月市再生利用廠商的回覆。亞榮等待這封郵件多時，她出聲呼喚還在盯著基因體資料的允才。

「允才姊，看來我好像得再跑一趟海月。」

「為什麼要去？已經收到很多莫斯瓦納的樣本了耶。」

亞榮把剛才收到的郵件給允才看，剛開始允才只是偏著腦袋，漫不經心地讀信，但讀著讀著，忍不住睜大了眼睛。她把通訊裝置還給亞榮，並說：

「發現什麼好玩的，也要馬上告訴我喔！」

「那當然。」

這次亞榮前往之處，是距離海月復原現場稍遠、到處都有老舊倉庫與貨櫃屋零散分布的街道。據說過去如火如荼地進行挖掘作業時，曾有規模接近一整個社區的眾多私人挖掘業者進駐。如今年久失修的倉庫處處貼著隨風搖曳的「歇業」紙張，不然就是打叉的殘膠還黏在上頭，甚至還有些地方的窗戶被打破了。再不然就是沒有窗戶，或者完全被貼皮遮住，看不到裡面有什麼。就算有明亮的陽光灑下，仍甩不掉彷彿在已然毀滅的村莊中行走的陌生感。亞榮略顯緊張地環顧四周，後來發現有棟掛著「迷宮科技」小招牌的白色建物，於是停下了腳步。這棟建物就連門鈴都已褪色發黃。

「我是先前與您聯繫的鄭亞榮研究員。」

喀啦，黑色貼皮拉門開啟之後，一股散發惡臭的油味也跟著撲鼻而來。亞榮隨著開門的男人進入建物，從入口開始，塞滿置物架的機器裝置、零件箱、油漆桶和噴霧等讓人目不暇給。兼作倉庫與辦公室的建物面積並不怎麼寬敞，不過因為各種物品已經塞到一個極限，所以給人一種好像不小心會迷路的感覺。男人領著亞榮來到小小的會客室，這裡的沙發和桌子周圍也都放滿了工具箱，所以跟其他空間可說是半斤八兩。

張先生過去曾是迷宮科技的執行長，如今在挖掘業擔任經理一職，他有些難為情地向亞榮介紹辦公室。

「不瞞您說，這裡只是還掛著招牌而已，目前處於停業狀態。我從去年就在慢慢清理倉庫的物品了，但……因為要帶您到目前任職的地方不太方便，所以才會約在這裡見面。這其實不是什麼正大光明的職業，雖然稱不上是非法，但也很難說是合法，算是遊走在模糊地帶的工作。

您也知道，法律嚴禁製造人型機器人，因此有心之人就把目光轉移到海月市的挖掘作業。像我們公司的主要客戶多半就是收藏家與狂熱份子，而不是實際使用機器人的人。」

近期機器人的組裝與零件收集受到嚴格管制，私人業者多半都消失了，但直到幾年前，挖掘海月的廢墟，暗地組裝機器人並且販賣的事業相當蓬勃。除此之外，海月雖有不少能帶來商機的東西，但可以說有約半數的私人再生處理業者，是把主力放在收集人型機器人零件。亞榮嘗試聯繫的廠商中，也包括了擁有龐大腹地與設備，足以稱為機器人重組工廠的地方，可是對方卻都對亞榮的問題一無所知。多數業者不是說不知情，不然就是說聽過傳聞而已，但部分業者卻很老實地回答，迷宮科技的張先生就是其中之一。

亞榮在記憶中搜尋，最後想起的是在李熙秀的家中看到的人型機器人。李熙秀會出門好幾天，然後帶著滿滿的機器零件回來。而海月曾是國內最大的機器人生產地，後來又成為機器人的墳場與廢鐵垃圾場，同時又是無數再生利用業者挖掘機器人的場所……亞榮推測，過去李熙秀離開家之後，最常來的就是海月。

她向海月的再生利用業者打聽後，得知了兩項情報。其一是有位老人直到幾年前仍經常拜訪這個挖掘業者趨之若鶩的社區。對人型機器人瘋狂著迷的收藏家出入這個社區並不稀奇，但像李熙秀這樣的老人家不僅顯眼，加上又總是尋找特定機型的機器人零件，所以業者之間似乎都知道這號人物。其二，莫斯瓦納異常繁殖事件爆發之前，有人目擊某個可疑人物曾推著手推車，獨自在挖掘現場四處走動，但因為當時離得很遠，加上就只看到一次，所以也不確定那人是否與李熙秀有任何相似之處。

張先生喝了口咖啡，再次接著說了下去。

「現在尋找舊式機器人的人，多半是古董收藏家，又或者是對失落科技（Lost technology）著迷的人。雖然也有人企圖拿重新組裝的機器人來做點什麼，但是很難進行精密的修復，讓機器人能夠正常啟動，所以通常不會那樣做。單純的收集不會受到嚴格管制，而且我們也比較偏好以高價轉售給收藏家。不過我和幾名業者會記得李熙秀女士，是因為她與一般收藏家看起來不太一樣。」

「哪方面不一樣呢？」

「李熙秀女士似乎不只是把收集機器人當成嗜好。應該說，她看起來就像是想重現並確認某件事？不是都會有那種人嗎？一輩子想證明永動機[4]的存在，持續進行不可能的實驗……她就給人那種感覺。不過，我絕對不是說她發瘋了，事實上她相當風趣，品格高尚，對機器的知識也相當淵博。」

聽著張先生的話，亞榮想起了在李熙秀的家中看到的機器、多少讓人有些毛骨悚然的人型

4 不需外界輸入能源、能量或在僅有一個熱源的條件下便能不斷運作的機械。

機器人外皮、筆記本上密密麻麻的數字與實驗的紀錄。李熙秀究竟是想透過實驗確認什麼？

「您記得這起事件嗎？五年前發生的事情。」

張先生仔細閱讀亞榮遞到自己面前的平板電腦上的新聞報導，點了點頭。

「我記得，當時成為我們業者之間的熱門話題呢。感覺也像一樁怪談，而且太不可思議了……但因為缺乏證據，所以大家也就忘了這件事。」

報導是關於在海月挖掘出土的人型機器人。廢物處理場的老闆以賤價向再生利用業者購買之後，因為怎麼看都覺得是高價機器，所以就試著更換電源，沒想到機器人卻突然醒來並逃跑了。正如張先生所說，既無法得知消失的機器人的行蹤，也沒有能作為證據的照片，因此警察只進行短暫的搜查，就把這起事件束之高閣。

「啊，我現在想起來了。李熙秀女士曾經來問過那件事，但我們不知道更多細節，記得李熙秀女士也沒有再多問。那件事之後沒多久，迷宮科技就不再接一般顧客，而是轉型為以政府事業為主。好像也是在那時候就很少看到李熙秀女士了。」

張先生聽到亞榮問起李熙秀的聯繫方式，以無論過了多久都不能洩漏顧客資料為由，拒絕了亞榮。他說反正就算知道了，資料八成也早就不一樣了。亞榮能理解張先生堅守的原則，因此向他點頭致意。

「真的很感謝您。雖然李熙秀女士與我們的研究調查相關，但對我個人來說也是有特殊意義的人。幸好還能透過您略知她的行蹤。」

亞榮向張先生連聲道謝，接著就在她轉過身時，張先生拉住了她。

「等等，雖然不是住家地址……但李熙秀女士倒是有個住址，我偶爾會把目錄寄給她。」

他似乎有些遲疑，但隨即匆忙寫下一個地址，遞給亞榮。

走出迷宮科技後，亞榮回到了稍早停放好的懸浮車。張先生給的地址，是一家鄰近城市的療養院，距離海月並不遠。雖然很想立即驅車前往，但似乎先打個電話問比較保險，因此亞榮決定找到聯繫電話再打過去。

李熙秀真的在那裡嗎？能再次見到她嗎？

「我是落塵生態研究中心的鄭亞榮研究員。我想請教您那裡是否有一位叫做李熙秀、或者叫做李智秀的女士……」

亞榮帶著焦躁的心情等待療養院員工的回答。電話那頭先是傳來「沒有這個人」的回答，以及向周圍詢問什麼的聲音，然後又傳來一句「請您稍等一下」與嘈雜聲。這段等待的時間，讓亞榮感到無比漫長。

「她到四年前都還在這裡，但很遺憾的是，現在……」

聽到這句話後，亞榮的心彷彿漏了一拍。一般人住進療養院的目的即是度過餘生，所以不必多問也知道見不到李熙秀了。不過，接下來職員說的話卻讓人有些意外。

「您若認識李熙秀女士，是否能來一趟我們中心呢？因為有東西要轉交給您。」

在懸浮車輸入地址後，移動約莫一小時，便抵達了位於郊區的寬敞療養院。雖然設施已經相當老舊，但清幽的景致令人印象深刻。通過經人悉心打理的庭園，走進大廳後，能感受到室內溫馨的氛圍。在資深職員中，有些人記得李熙秀，據他們所說，李熙秀到最後都對職員很親切，即便在健康狀況逐漸惡化的情況下，她每天依然過著規律的生活。他們也知道李熙秀總是往返海月，想要尋找某樣東西。儘管她遵照醫生的勸告，碰到健康狀況惡化時會留在療養院休養，但等到狀態一有好轉，她就又會離開一個禮拜。然而，她的身子越來越衰弱，就連短暫外出都有問題，體力也在那之後迅速走下坡。

「她說生前有個非去不可的地方，但最後還是沒能去成。看她老人家都已經把行李打包好了，似乎是想去非常遙遠的地方……」

亞榮向職員說明自己在尋找李熙秀的行蹤，以及來到此地的契機，並小心翼翼地提出請求，假如無法再次見到她，是否至少能聽聽關於她的事，什麼都好。職員猶豫了一會，然後拿來了保管於倉庫的一個小晶片。

「這是多功能記憶晶片，主要用於協助老人家維持記憶，不過也有不少人用它留下生平的回憶錄。只要連接記錄裝置，就算不是音檔或文字，也能與大腦中出現的畫面連結，以各種形式留下記憶。這裡面就有李熙秀女士長期寫的追憶錄。」

職員將晶片遞給了亞榮。亞榮雖然當下糊里糊塗地收下了，仍忍不住心想，自己與李熙秀又不是關係有多親密，真的能收下這個東西嗎？

「我們通常都會交給家屬，因為會有個人隱私……李熙秀女士雖然沒有其他家屬，但她特別拜託我們保留晶片，暫時不要將它作廢，並且說如果有人有辦法解鎖，就可以把晶片交給那個人。事實上，晶片在去年就已經超過既定保管期限，所以已預定要作廢了，但既然李熙秀女士都說到這個份上，我感覺會有需要這東西的人前來，所以就刻意保留下來了。」

職員告訴亞榮可以租借能查詢紀錄的裝置來使用。

「只不過我們沒有任何關於密碼的線索。為了以防萬一，我們原本想寄給可以歸檔、保管的業者，但因為無法查出密碼，也就無法永久保管，所以遭到了拒絕。」

亞榮收下記憶晶片，走出療養院的同時，思緒一片紊亂。自己真的能閱讀這個紀錄嗎？李熙秀不可能為了十幾年前短暫相遇的小女孩留下紀錄，她心裡必定是想著某人才對……萬一她查出了密碼，可以閱讀紀錄了嗎？假如查不出來呢？

雖然一時不知道該怎麼做才好，但亞榮想起職員說，假如她沒來，記憶晶片本來是預定作廢的。李熙秀留下晶片，一定是希望有人能閱讀紀錄，無論是誰都好。

亞榮做了決定。閱讀紀錄需要時間，加上已經在療養院租借了輸出裝置，所以在這附近找個住處，多住一天再走比較好。

當天晚上，亞榮在住處將晶片連上輸出裝置。確實如職員所說，晶片被文字密碼鎖住了。亞榮試著輸入想到的幾個詞，包括普林姆村、落塵浩劫、溫室、植物、莫斯瓦納……也試著把詞彙組合起來後輸入，甚至試著改變文字的排列。

要是密碼輸入錯誤達到一定次數，輸出裝置就會鎖上一段時間，所以不能像隻無頭蒼蠅那樣亂按，而剛開始想到的那些詞彙都無法成功解鎖。

亞榮暫時推開裝置，思考假如這是出現在娜歐蜜的故事中，智秀最後會為了尋找什麼而離開。她想起了兒時李熙秀對自己說的話。

「植物就像設計非常精良的機器，我以前也不知道這件事，是有人花了很長的時間讓我明白這點。」

稍後，上鎖的限制時間解除，亞榮打上了想到的名字，接著畫面上的輸入欄位消失，訊息跳了出來。

即將透過感覺裝置輸出紀錄內容。請確認 Output 端。

亞榮感覺自己的心臟跳得好快，同時卻又變得異常沉著。她以顫抖的手按下確認鍵。不久後，重新組合的紀錄畫面與聲音，開始傳入戴在頭上的視聽顯示器。

開啟記憶封鎖之門的鑰匙是「芮秋」。

二〇五三年夏天

智秀初次見到芮秋，是在聖地牙哥的索拉利塔研究室。

前往約定之處的路上，到處都貼著「禁止出入」、「注意呼吸」、「注意濃霧」等警語。每隔幾步就有巨大的緊急按鈕，告知來者發生緊急狀況時就能立即逃生。這裡究竟是在製造什麼？雖然表面上看起來只是再平常不過的走廊，但智秀仍屏氣凝神地往前走。

索拉利塔研究室是個大規模研究園區，位於世界最大智能粒子（smart particle）的生產地，從入口就擺出了各種他們引以為傲的巨型宣傳展示品。無數展示品與宣傳文之間，有句話吸引了智秀的目光。

拯救地球的格林科技，索拉利塔是世界的嚮導。

因為新聞上每天都吵得很凶，所以格林科技的業務項目，智秀還是略有耳聞，例如以奈米顆粒使有機物快速恢復為環保單位物質的這項研究。在面臨氣候危機的狀況下，「這是一項大家賭上所有希望的技術」的說法早已聽膩了。雖然不明白其中原理是什麼，但智秀的顧客中也有人應用類似的技術，以奈米溶液來取代血液。

一離開允許訪客出入的區域後，保全監控就變得相當森嚴。每片天花板都裝設了鏡頭，配戴武器的警衛也在走廊上走來走去。沒有什麼好擔心的，智秀只要處理完被交付的工作，也就是替一名研究人員修理斷裂的機器手臂，接著離開這裡就行了。雖然不知對方是誰，但這名研究員似乎忙碌到連暫時離開保全區的時間都沒有。

智秀在露臺欣賞研究園區的景致後回到休息室，發現有名女人坐在椅子上，用一雙一眼就能看出是機器的眼睛看著她。智秀也凝視著那雙眼睛的主人一會。本來還以為對方只有安裝機器手臂呢，真是好久沒見到把全身都改造成機器的人了。都沒出現發炎反應嗎？是如何進行免疫設定的？竟然能用機器的皮膚製作出那般精密的臉部表情。

或許是感受到智秀彷彿在欣賞高價新產品般注視著自己，女人稍稍皺起了眉頭。智秀也對不自覺表露的好奇心感到有些難為情，因此趕緊確認平板電腦的預約紀錄，問道：

「是您預約要修理吧？大名是芮秋。」

芮秋沒有回答，只是點了點頭。智秀拉來一張桌子，擱放在芮秋的座位前方，接著將各種裝備攤開來，率先檢查她的手臂。雖然還沒拆開來看，但可以看到一條條黏稠的液體纏繞住關節，想必手臂內部的狀況更慘不忍睹。

智秀用簡易掃描器掃描了芮秋的全身，有機體比率為百分之三十一。維修有機體比率超過百分之三十的改造人被視為醫療行為，因此必須在具備醫療設備的醫務室進行。

「您想要修理的話，好像不能在這裡。」

「幫我記錄百分之二十九。」

「要怎麼做？數字就顯示這樣了耶。」

芮秋從智秀手中接過簡易掃描器，接著從自己的脖子以下部位開始掃描。看她的手法非常熟練，應該是之前就有經驗。這次的數字跳出了百分之二十九。雖然原則上掃描應該是要從頭頂開始……也罷，人家都做到這一步了，斷然拒絕也有點說不過去。

芮秋再次把掃描器遞給智秀，冷冰冰地說：

「實際上比百分之二十九要低，是因為妳的掃描器無法辨識奈米溶液。」

這句話像是在說智秀帶來了破爛裝備，有些傷人自尊，但智秀決定不跟對方計較。她聳了聳肩膀。

「那就在這進行吧。要是發生什麼問題我可不管喔，到時您要自己負責。」

智秀開始拆卸芮秋的手臂。內部的狀態要比表面看起來更加嚴重。一堆有黏性的高分子物質在手臂的精密人工肌肉之間凝結。剛開始智秀以為是植物的莖之類的，但用小鑷子夾起來細看卻又不是。真不曉得這麼噁心的凝結物質是如何滲入機器內部的。

「您是做什麼工作的啊？這樣手臂用不了多久的。」

芮秋果然還是默不作答。智秀的眉頭深鎖，從各個角度仔細檢視凝結的物質。居然這麼隨便對待昂貴的機器手臂，是不知道要小心謹慎嗎？又或者是因為自己不必負擔更換費用？

「雖然不知道您是在做什麼的，不過比起親自動手，這種作業還是用機器來操作比較好。也就是說，雖然您的手臂也是一種機器，但畢竟是與人體連結的機器，不僅價格更昂貴，處理起來也會比較麻煩。與其這樣折磨昂貴的手臂，乾脆請公司提供一台遙控設備如何？是研究室要求的作業吧？我看索拉利塔靠著販賣奈米機器人賺了不少，難不成連個研究員要用的裝備都打造不出來嗎？」

「不能這麼做。這項作業必須由我親自進行。」

「您究竟是做什麼的啊？」

「這是機密事項，您不須要好奇。」

聽到芮秋的回答，智秀稍微皺了一下眉，接著又回頭做自己該做的事。不是嘛，不然就隨便說不行就好了啊……雖然心情很不爽，但吃人的嘴軟，拿人的手短，智秀也無可奈何。有錢到能靠機器延長生命就可以目中無人了喔？還是說，機器裝置蠶食了她的社交能力？先前聽說過，當大腦和機器結合之後，情緒調節就會跟著單純化，所以需要追加情感模式調節機能，不過機器的大腦不是智秀的專長，所以她也是一知半解，但搞不好真的是這樣。

智秀以小鑷子逐一移除高分子物質，慢慢地心中也有了個底。光是這項作業，就得熬夜兩天才能完成。

「我看這樣真的不行，這沒辦法完全移除。必須換新的才行。趁這次機會換掉吧，新機型的密合度更好一些，也比較不容易故障。」

「其他工程師都能替我修好呢。」

「那就叫那個人來吧。距離上次您申請出差修理沒多久吧？如果不打算更換，這是最好的辦法了，但就算是這樣，八成也只能再撐上十天左右。」

因為芮秋沒有回答，所以智秀只將機器手臂內部處理到暫時還能使用的程度，接著就把帶來的裝備全塞進了背包。她拿出平板電腦，叫出申請各種出差費用的請款單，遞到芮秋的面前。原本直勾勾地盯著請款單的芮秋面無表情地說：

「我要更換手臂。」

智秀盡可能露出和顏悅色的笑容，收下芮秋再次遞出的平板電腦。早就該這樣做了嘛，反正還不是要向研究室請款嘛。智秀在請款單底下寫了更換機器手臂的費用，再把平板還給芮秋，而芮秋僅是漫不經心地檢視請款單，接著從口袋取出終端機簽名後，再次放回了口袋。

下次見面已經是一週後的事了。智秀抵達索拉利塔研究室後，在前往上次那間休息室的途中，視線突然被玻璃窗另一頭的風景給吸引過去。玻璃窗上貼著「原子的庭園」的標誌，可能這個地方非常危險，所以設置了三層防護措施，但每個隔開的空間都有各種植物交織纏繞。許多植物千奇百怪，就像是在輻射照射下生長似的。芮秋是因為在研究那些可怕的玩意，才發生意外，變成改造人的嗎？又或者這些植物一開始就是委託給比人類抵抗力更強的改造人研究員？想必實際情況應是兩者之一。

至於研究室的內部，每個玻璃區域都貼有數字標籤。數字最小的區域內側充滿了霧氣。霧氣的顏色有些不尋常，既像是赤紅色，又像是墨藍色。

智秀發現芮秋在裡頭，她將機器手臂放入箱子內，從奇形怪狀的植物上頭採集某樣東西。芮秋全神貫注地看著眼前的植物，甚至有那麼一瞬間，智秀忍不住覺得芮秋凝視植物的眼神中帶著愛意。這與初次見到芮秋那天的印象截然不同。雖然感覺很不搭，但難道她的職業是植物學家嗎？上次那個高分子物質果然是來自植物？但區區的植物怎麼會把機器手臂……

可能是察覺到有動靜，芮秋轉過了頭。智秀隔著玻璃窗與芮秋四目相交，雖然並不覺得聲音能夠穿透，但智秀仍張大嘴巴說：

「我把妳的手臂帶來了。」

同時智秀指了指自己背上的大型包包。芮秋見狀，拿起了實驗瓶，從座位上起身。前往休息室時，智秀再次想起稍早前的那種感覺。當兩人的目光交錯時，她產生了一種異常的感覺，就像胃在翻攪，有人在抓撓自己的肚子似的，感覺很陌生。智秀心想，自己會有這種感覺，是因為機器的眼睛與人類的眼睛不同，是因為機器眼睛是堅定而不帶情感的。

進行更換作業時，芮秋從頭到尾都沒有說話，而智秀也默默地將芮秋的老舊手臂拆解下來，安裝上新的手臂，接著進行微調作業。本來以為芮秋會問點關於手臂的問題，但除了自己的研究，她似乎對任何事情都不感興趣。智秀本來考慮要不要主動說明新的機器手臂，但後來還是選擇閉嘴。她的腦中不斷想起剛才在研究室內的芮秋，她那全神貫注的臉，以及與自己對上的眼神，心情莫名變得奇怪起來。

「要是有任何問題，請與我們公司聯繫。」

智秀只說了禮貌性的寒暄後就離開了研究室，當時她以為，這會是自己與那個毫無社交能力的改造人最後一次見面。

二〇五五年秋天

落塵浩劫爆發時，智秀正好以維修兵的身分在軍隊服務。因為聽說要徵求人力，以管理增加的仿生人士兵，所以智秀帶著能獲得優渥報酬與穩定生活的期待進去了，可是卻沒想到那個地方會成為自己的墳墓。之前明明就讀過多篇關於失控的智能粒子從聖地牙哥開始外洩的新聞報導，可是這些文章半小時不到就全部消失了。這時智秀想起芮秋的臉，心中也對那間聘用大量改造人研究員的研究室產生了疑問。

「落塵」，這是人類為可以自行增生的細塵所賦予的名稱。它們急遽增加，蠶食大氣層，而全世界的無人工廠也全數啟動，以打造能保護城市的圓頂。那些來不及建造圓頂的區域，則是悲慘地淪為廢墟。軍人心狠手辣地殺害了一窩蜂湧向圓頂城市入口的人。他們雖會親自動手，但多數情況下都是交給殺人機器。當然了，那些機器需要交由人類維修人員來整理善後。

經過測試，得知智秀具有些微落塵耐性之後，處理受汙染的機器人的工作，就幾乎全落到了她的頭上。如果是受落塵汙染也就罷了，但有許多機器人是被人類的血肉及內臟汙染，所以智秀工作時的心情總是糟透了。智秀幾乎每天都要忙著擦去機器人身上又厚又髒的鮮血，以及來歷不明的血塊，而這份工作的待遇也不是多好，甚至一週有三、四天還必須在散發噁心味道的維修室角落打盹。直到有一天，智秀的腹部被故障的機器人刺了一刀，而那刀鋒上還掛著不知道是誰的腸子時，智秀開始計算合約還剩多長時間。距離合約期限結束還久得很，如果不是傷勢嚴重，軍隊也不會輕易放人。圓頂城市的居住權自然得放棄，不過智秀甚至想要丟下一切逃亡，反正在圓頂外頭死掉，或者是被自己正在維修的機器人刺死，終究都是殊途同歸。

雖然想到可能會有人來逮捕自己，但可不能讓自己的逃亡白忙一場。圓頂城市的軍人只懂得守護圓頂及攻擊有掠奪價值的對象，別的事倒是不會去做，他們也知道生命體無法在圓頂外頭存活太久。智秀雖然具有耐性，但應該也沒有強到哪去。如果能取得從新加坡空運過來的呼吸器防護具，就能多撐一會，還有如果能穿上全身防護的套裝，就能再多撐一會……可是，生存這件事，打從一開始就是這麼費力的嗎？雖然覺得每個環節都很麻煩，但不管怎麼說，最重要的還是先脫離這個充斥血腥味的維修室。

當智秀打定主意要靠著一台懸浮車離開城市時，已做好心理準備至少要死在比這裡更好的地方，可是經過長時間的旅行，想法也有了些改變。沒想到有許多好玩的事在圓頂外頭發生，不是所有人都生活在環境惡劣的避難所，或是規定嚴格的圓頂城市內。在為數眾多的人口因急性中毒死亡之後，倖存下來的人們各自組成了村莊共同體。儘管不是多舒適的避難所，但有些人打造出粗糙簡陋的地下洞窟，有些人則在地面上建造出結構不穩固的圓頂村莊。

體質虛弱的人都已經死光了，所以倖存下來的人至少都具有微弱的耐性，因此要活上幾年應該不成問題，可是共同體卻多半撐不了半年。原因大抵都是因為自相殘殺。或許這樣的發展也在意料之中，畢竟世界正逐漸走向毀滅，糧食匱乏，保護他們的卻不是結構完整的圓頂，而只是品質粗劣的冒牌貨罷了。人類靠著搜刮文明的殘骸延續性命，在化為廢墟的圓頂城市中，為了幾箱營養膠囊，他們聲嘶力竭地拔刀相向，爭個你死我活。

智秀駕駛懸浮車在各類「落塵共同體村莊」輾轉來去。儘管所有人看起來都同等悲慘，但倒是都有志一同地主張自己才是唯一的解決方案與最後的烏托邦。擁有各自規定的村莊都有其可怕怪異之處，像是某個村莊把少女囚禁起來，將她們照顧得無微不至，最後再將其肢解，當成糧食分給大家，光是在一旁看了都令人作嘔，因此智秀只跟他們要了點水就匆匆離開了。來到相對和平的宗教性共同體時，她則是待上了一週。可是，要是有教徒出現，要求從來不做禮拜的智秀喝下以他們的小便製作的「神聖飲品」時，智秀就又得趕緊離開村子，匆匆上路。

智秀一無所有，不適合做為掠奪的對象，但她的維修技術具有交換價值，所以總有辦法繼續維生。她頂多只會在同一個地方逗留一個月左右就離開。大家都很好奇智秀要上哪去，又是在尋找什麼，但事實上她並沒有一個明確的目的地，只不過是在一個地方待久了，就會衍生出許多麻煩事，所以才揮揮衣袖瀟灑離去罷了。實際上，等到智秀再次回到那些共同體村莊時，它們大部分都消失了。剛開始智秀還會好奇那些萍水相逢之人是生是死，但約莫過了一年也就厭倦無感了。她頂多心想，總之他們一定死了吧？八成是變成屍體在某處腐爛？

智秀在馬來西亞的某個共同體再次遇見了芮秋。她在當地替人們維修老舊的電腦或平板電腦，來賺點零用錢，直到有一天某個面無表情的女人冷不防地現身，問她能不能替自己維修故障的機器手臂。女人罩上了大型兜帽，所以看不太清楚她的臉，但看到手臂的瞬間，智秀就明白了，她正是幾年前遇見的那個沉默寡言、態度無禮的改造人研究員。機器手臂升級到比當時更先進的機型，但故障的原因一如過往——手臂內部沾附了令人作噁的不明高分子物質。

「能修理嗎？」

「喔……給我很多錢的話就可以。」

芮秋說，只管開價，她都會支付。即便智秀混合當地貨幣和共用貨幣，喊了個荒謬的金額，芮秋仍只點了點頭。看她的樣子，似乎真的完全沒有認出智秀。是真的沒有印象嗎？智秀感到訝異，但也有些煩躁。

「那人是誰啊？」

「不知道她的真面目，她也不說自己是打哪來的。好像是成天窩在哪個山谷做什麼實驗吧，偶爾有需要的東西就會下山，拿有藥效的草藥作為報酬。有時也會拿散發怪味的果汁代替草藥。那女人好像說是有解毒效果吧？所以就任由她去了，但不知道她是從哪裡取得的。」

智秀在這個村子逗留了超過兩個月。離開圓頂城市之後，這還是她第一次在同一個地方待這麼久。一方面是因為此地要比先前那些地方好上一些，另一方面也是基於對芮秋的好奇心。

芮秋之後又跑來修理另一隻手臂，接著有段時間就沒了消息。

落塵暴風過境之後，村莊共同體的人死了超過半數，碩果僅存的人也如一盤散沙般意見分歧，這些智秀都看在了眼裡。要麼就得去圓頂城市，要求他們接受自己，不然就得到地下避難所去。不，與其這樣苟活，還不如在外頭死了算了……這種畫面智秀已經看得太多，所以很清楚這些共同體會有什麼下場。大概會有幾個人喪命，幾個人去了圓頂城市，然後又被趕出來，還有幾個人會砸下重金，好讓自己在避難所有個安身之處吧。至於覺得自己慘遭背叛的人則會告發並殺害彼此。向來都是這樣的，都是老掉牙的戲碼了，無論共同體剛開始打出多冠冕堂皇的口號，講得又有多好聽，大家都是半斤八兩，誰也不比誰強。

就在智秀想著該離開此地的時候，腦中突然浮現了芮秋成天窩在山中做實驗的臉孔。

智秀駕駛懸浮車來到一片已失去生機的森林。從入口開始，就散發出一股臭味。落塵侵襲之前，大概經常有人們在此走動，所以有一條可步行的路徑。不見一隻蟲子、唯有寂靜籠罩的森林景象讓人感到陌生，芮秋究竟在這種地方做什麼？

沿著山路走了許久，智秀目睹了不可思議的風景。山中有個屋頂呈稜角狀的巨大玻璃溫室。各式植物緊貼著透明的玻璃牆，能看到其中有參天高樹、包覆樹木的巨型藤蔓和熱帶植物等。溫室與旁邊的研究室似乎都斷電了，多數設施就像無人管理似的凌亂不堪。

智秀站在溫室的門前呼喊芮秋的名字，可是卻無人回應。她原本打算要破窗而入，但後來決定用力推開門，沒想到門輕易地就打開了。溫室分成三重構造，在最外邊的是平凡的植物，而越靠近分隔牆的內側，則能看到畸形的植物。智秀先前也看過與這相同的結構，正是索拉利塔研究室的「原子的庭園」。

芮秋仍在進行那個研究嗎？從聖地牙哥特地跑到這？

放在口袋中的落塵濃度測量器突然鈴聲大作，驚慌失措的智秀連忙將呼吸過濾器繫得更緊。這裡究竟是在做什麼，落塵的濃度怎麼會……

濃烈的不祥紅霧瀰漫之處，別說是植物，任何生物都不可能存在的最內側卻有某樣東西——那是智秀正在尋找的那個人。

看到芮秋的模樣，智秀頓時啞口無言。

「她是死了嗎？」

智秀看著倚靠玻璃牆坐著的芮秋，露出不可思議的表情。芮秋閉著雙眼，可以看到零件沿著胸部的切口露了出來。她用手抓著電源鈕，似乎正在按那顆按鈕。

「為什麼要叫醒我？」

芮秋的臉上寫著不快，她的表情卻讓智秀不由得心生讚嘆。最後一次見面時，她記得芮秋有機體的部分還占全體的百分之三十，這次分析的結果卻降到百分之二十以下，而且血液全部換成了索拉利塔的奈米溶液。現在幾乎可以把她當作有別於人類的另一種生物了。這種狀態下，她居然可以做出如此明確的情緒表情。雖然不知道這是出自誰的手，但芮秋的顏面肌肉線條打造得非常細緻，和機器大腦的連結似乎也很順暢。雖然知道尖端仿生領域日新月異，但智秀主要處理的是義肢，所以這還是她第一次親自檢查某人的機器大腦。

剛開始智秀打開了兩次電源開關，結果芮秋還是執迷不悟地又嘗試自殺，於是智秀隨便用在附近找來的繩子綑住她的手臂。

「這還用問？我倒是很好奇，芮秋，妳打造出這麼壯觀的溫室，為什麼還要尋死？」

「我沒有要尋死。妳是怎麼知道我的名字的？」

「任誰看了都覺得妳是企圖自殺的改造人啊。話說回來，妳真的不記得我嗎？真的嗎？」

芮秋沉默了好一會兒。智秀帶著「我就再等等看」的念頭，將雙手交叉抱於胸前，目光朝下看著雙手被綁住的芮秋。

「我不是要自殺，而是打算睡覺，等數年後再醒過來。」

「那為什麼要這麼做？」

芮秋沒有回答。智秀想了一下，該怎麼做才能讓這個冥頑不靈的改造人開金口，但似乎沒這麼容易。

「芮秋，我在這裡繞了一圈，實在是太吃驚了。我之前分明在索拉利塔見過妳，但如今才知道妳當時研究的是什麼。這些植物不會被落塵殺死對吧？甚至那片森林還有活著的植物。」

「我只是把我的植物救出來而已。」

芮秋面無表情地說：

「為了銷毀一切，索拉利塔的幹部打算置我於死地，並且燒毀我的植物，我不能讓他們稱心如意。」

「所以這場落塵危機，真的是索拉利塔幹下的好事嗎？妳知道這是怎麼一回事嗎？」

「他們在進行實驗，想要縮小能自行增生的奈米機器人的粒子大小，認為這樣就能以分子單位控制一切並重新組合。明明就有人警告過他們，他們就是不肯聽。」

芮秋冷淡地吐露：

「極度小型化的粒子失控，導致後來增生程序發生了錯誤，逃跑的員工沒有執行標準的封鎖程序，粒子就這樣外洩了。」

後來智秀開口說：

「也就是說，妳是導致世界毀滅的研究室的員工呢。」

「雖然那不是我的研究……但我不否認。」

「想必也沒有辦法可以挽救了？」

「為什麼覺得我會知道？」

「這是索拉利塔幹下的好事，妳是索拉利塔的研究人員，其他成員闖了禍，妳還主張自己一無所知嗎？」

「……倒也不是，只是我做的研究和落塵增生毫不相干，當然也就不知道要如何挽救了。」

芮秋面無表情，因此難以讀懂她的情緒。智秀聳了一下肩膀，說：

「就算妳這樣說，這情況也太可疑了。眼見世界就要滅亡了，妳卻專程飄洋過海跑來，躲在這樣的森林裡進行實驗。妳為什麼來這裡？這間溫室是怎麼找到的，那些植物又有什麼樣的價值？我看它們不是普通的植物吧。要是妳查出了什麼好玩的，好歹跟別人分享一下再死吧？」

「我不知道。還有就算我知道，為什麼要告訴妳再死？」

智秀仔細觀察芮秋，她明明就知道什麼內情，可是卻不打算說。她似乎只對自己的植物感興趣。這是在演戲嗎？還是出自真心？她大老遠從聖地牙哥跑來這裡，占用這間溫室進行實驗，根據山腳下的村民所說，她還懂得製作分解落塵的藥物。或許她知道得更多，可是卻仍堅持自己只是為了拯救植物，對這一切裝聾作啞。

智秀皺著眉說：

「我不是要求妳成為人類的救世主，但因為你們闖下了禍，導致我們全都得送命，好歹也得負起最低限度的責任吧，不是嗎？」

當然了，芮秋對拯救人類一點都不感興趣，看起來也不打算負起什麼責任。這是智秀就近觀察幾天所得到的結論。

＊＊

芮秋感興趣的，真的就只有自己的植物。在智秀鍥而不捨地追問自殺原因之下，芮秋說出了令人無言的回答。她希望人類消失之後，自己的植物可以包覆整個地球，而她打算在數年後醒來的那一刻目睹這番景象。這個構想實在荒唐得可以，但根據目前對芮秋的觀察，她確實是個會對此付諸行動、不按牌理出牌的人。

但智秀沒有對芮秋說的話照單全收。芮秋忽視了「關閉電源就等於永遠死亡」這個顯而易見的事實，這件事讓智秀耿耿於懷。並不是芮秋關閉電源，她的身體就會維持原樣。她依然具有尚未機器化的有機體部分，即便是機器的部分，要是擱置幾年不管，也會在落塵和濕氣的侵蝕下而嚴重受損。至於芮秋的植物，也會走向相同的命運。供給研究室電力的小型發電廠不久前停擺了，隨著溫室的電力中斷，部分植物也已經死亡，如果想要維持植物的生長，芮秋也同樣必須保持清醒。她是當真不知道這個事實嗎？

智秀並不是真的期待芮秋對世界滅亡負起相關責任。就算她隸屬於索拉利塔的研究室，這起災難也不是區區一名研究員就能造成，而是所有膚淺地以為用一個簡單的辦法就能解決氣候危機的人，助長索拉利塔從事這場毫無對策的研究。再說了，智秀也對拯救人類不感興趣。她走遍了圓頂城市的裡裡外外，最後得出的結論是：人類這種生物，沒有需要延續的價值。

然而，如今智秀對芮秋的植物產生了渴望。她需要那些能夠抵抗落塵存活下來的植物，以及芮秋的分解劑。智秀已經厭倦了在壽命短暫的共同體持續遊蕩、顛沛流離的生活，只要有那些耐性品種植物和分解劑，她就能在此待上一陣子。

「妳的身體需要保養啊。畢竟妳也不能都靠自己修理吧？妳也會需要我的。」

智秀向芮秋提出一場交易：我替妳保養改造人的身體，妳替我維持有機體的生命，只要這件事能成功，就可以達到雙贏的局面。芮秋希望可以在溫室研究自己的植物，智秀則是希望終結漂泊的人生，好好休息一下。剛開始，兩人就是這樣建立起平衡的利害關係。

智秀提出交易還有另一個原因，那就是對芮秋的好奇心。這個獨自逃到遭到封鎖的溫室，將植物安頓在裡頭，後來卻決定沉睡好幾年的改造人，讓智秀很想窺探她的內在。智秀想再多看看她在植物面前產生變化的表情，就像對於讓機器順利運作的內部構造覺得好奇，智秀也對芮秋產生了相同的好奇心。

不久後，有約莫二十名女人來到溫室，她們全是從吉隆坡大屠殺之中逃出來的，雖然大多是耐性族，但其中也有幾名身穿防護衣的女人。她們的領袖是個叫做戴妮的人，她解釋耐性族原本在圓頂內部打造了避難基地，後來才逃了出來。這群女人遇見了不久前智秀曾經停留的共同體的村民，聽說山中有種植藥草的人，於是找上了這裡，但她們似乎是認為，栽培藥草能使落塵濃度比其他地方低，她們真正想要的不是藥草，而是那些位於山腳下的村落住家。

普林姆村過去曾是個以研究室為中心的觀光村落，該地建造了足以讓數十人居住的住家。反正這些對智秀來說也沒有用，但假如沒有任何事前協議，就放任這些人在附近走動，可能會發生一些頭疼事，所以不如就來場交易吧。智秀認為，假如只有自己與芮秋兩人，恐怕也無法在這地方待上太久。

「芮秋，不如向那些人提議怎麼樣？以後妳也不必特地帶分解劑到山腳下交易，而是直接和山丘下的村民交易。妳替她們製作分解劑，而她們則協助妳維持溫室的運作。如果由她們管理發電廠，替妳取得保養設施需要的零件，妳就能全心投入在栽培親手打造的植物了。說不定我們還能吃到以那些作物烹煮出來的料理呢。」

芮秋漠不關心地瞥了智秀一眼，說：

「我不需要吃什麼東西啊。」

「要是我餓死了，妳的手臂還能安然無事嗎？」

芮秋愣愣地低頭看著自己的手臂，接著像是在表達「好啊，那就隨妳的意思」似的點了點頭。那天晚上，智秀從芮秋的手中接過了裝有分解劑的保溫袋。

雙方很順利地達成了交易。要不了多久，這些女人自行訂立了村子的規定，也開始維修住家建築。規定中也包括了除了智秀以外，其他人不得接近芮秋的溫室。芮秋製作分解劑送到村子，並把實驗改良植物中可食用植物的種子分給村民。從小型菜園開始栽培的作物面積逐漸擴張，整個村子很快地有了欣欣向榮的景象。

幾個月後，又有約十名女人找來了，智秀也因此得知位於豐盛港的圓頂城市徹底成了廢墟的事。智秀帶上武器，和幾名村民一起去了豐盛港。專門鎖定廢墟的獵人肯定會在聽到傳聞後蜂擁而至，因此智秀特地選在霧濃的時候前往。廢墟被死亡的氣息籠罩，他們搜遍了每一具屍體，將能派得上用場的物資全都帶走。老舊的武器、無人機、機器零件和電子產品等都堆放在村子的地下倉庫，智秀讓無人偵察機飛到森林上方巡視，以防有天出現入侵者，並且教導其他人使用武器的方法。在這群來自豐盛港的女人中，恰好有人是軍人出身，所以過程中沒有耗費太多功夫。她們將某間房子改造成公共糧倉，而發電廠的電力雖不足以讓大家分著使用，但至少能讓維持村子運作的必要機器運轉。

在擴張村子的範圍、善盡管理職責的過程中，大家都充滿了幹勁。這個村子與過去曾經停留的任何地方都不同。大部分在圓頂外頭看到的共同體村莊都不是這個樣子的，那些人的身心都被不切實際、荒誕無稽的信念所束縛，信奉的不是宗教，就是以宗教為基準的價值，彷彿唯有如此，才能支撐著他們在這個令人深惡痛絕的世界生存下來。然而這裡的人不搞信念那套，他們相信的就只有明日。他們也不去想像這個村子的結局會是什麼，而是若無其事地談論一個月後的倉庫整修行程，以及隔年作物的栽培計畫。芮秋的溫室似乎為村子注入了希望，拉開了與死亡的距離。即便這整件事，其實不過是場不穩定的交易。

二〇五六年冬天

鄰近的圓頂城市如骨牌般紛紛走向毀滅，關丹、麻坡、文冬地區都傳來了化為廢墟的消息。跑來村子的浪人增多了，有時難得會有男人跑來，或有人攜家帶眷前來，雖然會默許他們留下，但通常都沒有什麼好結局。有人介入村民之間的親密情誼，只將好處收進自個兒的口袋便揮揮衣袖離去，也有人無法適應有別於廢墟的生活，以及村子所訂下的嚴格規定。智秀會給這些初來乍到的人所謂的觀察期，有時則在深思熟慮下，拒絕了某些人的加入。有些人在慘遭拒絕後變臉，也有人原本打算安靜離開，見到村裡的作物後卻又一時鬼迷心竅。最糟的情況，就是得避免留下後患。智秀雖想低調處理這件事，但村民故意將屍體高掛於長竿上，以儆效尤。

當村子的規模擴大到某種程度後，智秀決定要以仿真的落塵隱藏這片森林。當入侵者接近時，先製造出森林濃霧密布的障眼法，讓他們深信這裡處於落塵飽和狀態。即便本身具有耐性，也鮮少有人會走入這片放眼望去全是死亡痕跡的森林。村民不再接受新的入住者，以濃霧作為偽裝，對入侵者進行殘酷的報復，慢慢地，跑來森林的人跡也少了。

做出這個決定時，有不少人與智秀的意見相左。即便得承受風險，他們仍想擴張村子的地盤。特別是戴妮，她主張應該積極地告知耐性族，好讓他們能順利找到村子的位置。即便知道這個提議並非出自同情心或對人類的愛，而僅是著眼於村子利益的不同觀點，但智秀仍難以理解這樣的立場。人數越多，只會衍生越多問題，為了製作送來村子的分解劑，芮秋已經耗費許多時間，但大家依然希望維修剩下的住屋，從外頭帶回更多的人，種植新作物，烹煮料理，甚至設立學校教育孩子。

為什麼要這麼做？反正世界正逐步走向滅亡，這一切不過是在延緩死亡的到來啊，究竟為什麼要把事情鬧得這麼大？

剛開始智秀認為自己與村民之間不過是交易關係，說得更精確點，是智秀協助溫室與村子進行交易。智秀將自己的角色定得十分明確：村民協助維持溫室的運作，她則負責轉交種子和分解劑，並且扮演仲裁者的角色，讓村子與溫室雙方能井水不犯河水……可是從某一刻開始，大家開始親暱地稱呼她「智秀小姐」，甚至視她為村子的領袖，無論是重要的大事或雞毛蒜皮的小事，都會跑來與她商量。儘管這與自己原先預想的天差地遠，但智秀並沒有感到不快。

日子久了，智秀與普林姆村的人越走越近。她與村民一起到廢墟勘查，替村子進行修繕工程，管理森林與菜園，同時瞭解到他們並不會把溫室和普林姆村視為一體。如今智秀知道每位村民的名字和長相，也知道他們來自何處，是什麼樣的人，還有彼此建立起什麼樣的關係。她承認自己沒能成功地與村子保持距離，也清楚地知道這不可能只是單純的交易關係。智秀認為自己被大家身上的某種活力給感染了。那種活力，是來自一種不去設想數年後的未來，只全心全意想著明日的生活，而且深信那明日必然會到來的信仰。

來到普林姆村的人，多半是遭世界驅逐的人，而此處是唯一接納他們的地方，因此人們渴望能擴張這個應允之地的領地。智秀無法認同，但至少能明白他們的心情。

智秀尤其能從孩子望著自己的眼神中看到某種信任。孩子們不會去考慮太過遙遠的未來，所以並不認為這個小小的世界會有崩毀的一天。他們深信就算地球上的所有地方都朝滅亡奮力撲去，至少這個村子仍會完好如初地留下。普林姆村永遠都在，直到他們長大成人。

智秀知道這不過是天方夜譚，也知道遲早這個村子會如同無數的共同體般走向註定的結局。但假使可能的話，她希望能盡可能延遲最後一刻的到來。

二〇五七年春天

智秀突然發現，村民看到芮秋在溫室裡專心埋首於實驗的樣子後，把她奉為敬仰的對象。這件事可真滑稽。大家只知道溫室內有個叫做芮秋的植物學家，卻對她的真實身分一無所知，所以才會傳出關於芮秋的奇怪傳聞，還有充滿好奇心的孩子們偷偷接近溫室，結果被狠狠地教訓了一頓。有些人甚至深信芮秋是為了拯救人類，才會將自己關在充滿有毒物質的溫室裡進行實驗。

但智秀眼中的芮秋不同。她對植物以外的一切漠不關心，有時甚至對智秀也絲毫不感興趣，而這點讓智秀的心情不怎麼好。芮秋研究落塵耐性種植物，並不是想用它們來做什麼，只不過是被勾起了興致罷了。如今芮秋的落塵耐性種植物不僅在菜園長得茂盛，也擴散到森林去了。接下來，她想追求的會是什麼？

捉摸芮秋的心思並不容易。剛開始決定要讓人群加入村子時，智秀曾認為這或許對芮秋來說是場不公平的交易。當初芮秋寧可自行了結生命，也沒有選擇讓溫室繼續運作，也認為自己會長時間沉睡，所以維持溫室和發電所的人力對她來說也沒什麼意義。可是，現在芮秋看起來卻比任何人都想要擁有溫室和森林。是什麼改變了她的想法？讓她成天著迷地望著植物的動力又是什麼？是什麼讓有如機器般冷漠無情的她一天到晚待在溫室？

智秀很喜歡靜靜地觀察芮秋的樣子，也好奇她那完全無法捉摸的思考方式、內心與情感。

就算她說自己對智秀不怎麼感興趣，但只要她活著一天，就會需要智秀，這帶給智秀一種微妙的滿足感。隨著時間推移，芮秋的身體構造形成了有機體與機器複雜交纏的型態。換作是一般的維修人員，肯定會為了要從哪裡著手而傷腦筋，但智秀對芮秋的身體構造非常熟悉，即便閉著眼睛也能在腦中描繪出來。全村子都必須仰賴芮秋，芮秋卻是只能仰賴智秀的改造人。芮秋雖然不歸智秀所有，卻怎麼樣都無法離開智秀。既然她希望能夠維持植物、溫室與自己身體的運作，往後也會一直需要智秀。

在除了機器運轉的聲音之外，就只有寂靜的溫室裡，芮秋屏氣凝神地注視著小鑷子的前端。那是一個小到不能再小的標本，芮秋的目光卻久久沒有移開。看著玻璃窗另一頭的芮秋，智秀覺得自己的呼吸彷彿就要停止。接著，當兩人四目相交時，芮秋那猶如洞悉一切的目光，也似乎把智秀的小祕密，把她對芮秋執著的好奇心全都摸透了。

「這是下週要用的分解劑，妳拿走吧。」

芮秋遞出保溫袋時，手臂上突然噴濺出不明的液體。智秀秉持小心為上的原則替芮秋檢查內部零件，其中果然有一團如黏稠橡膠般的東西纏住。後來她才知道，原本以為是植物組織的那個玩意，是落塵與有機體混合而成的高分子物質。有些植物似乎會釋放出使落塵發生凝結現象的化合物。雖然芮秋不會詳細地說明自己在研究什麼，但只要鍥而不捨地追問，她就會回答，所以也能大概猜到是怎麼一回事。智秀一邊替她更換一個已經故障的小零件，一邊說：

「拜託妳愛護一下自己的手臂。我知道很麻煩，但妳也蓋上封口膜再做事。現在要到廢棄工廠撈個零件回來也沒那麼容易。」

「沒有的話，我就用單手做事。」

「那妳到時就會連一隻手臂都沒得用了。趁我還這麼誠心誠意地幫妳的時候，妳可要懂得心存感激。」

智秀輕輕地敲了敲芮秋的手臂，接著拿起保溫袋起身。在離開之前，她看到芮秋轉過頭來看著自己。奇怪的是，她能感覺到兩道目光一直停留在自己的後腦杓。

二〇五八年春天

村子裡已經好久沒有讓新的入住者加入了。她們是從蘭卡威研究室逃出來的孩子。看著這對一臉驚恐的姊妹，雖然心中感到不忍，但智秀並不打算接受這兩個孩子。是戴妮不厭其煩地說服智秀，說不能再讓被拋棄的孩子受到二度傷害，還有既然孩子們有能耐找到這裡，日後必定會證明自己的用處。智秀心想，先聽聽她們怎麼說吧，而且也有必要掌握村子座標外流的路徑。與兩姊妹中的姊姊促膝長談之後，智秀改變了主意，同時也要戴妮保證下不為例，下一次必須依原則處理。

最近芮秋在研究一些新的植物，是她在評價改良植物的落塵耐性時發現的植物。某些植物不但能有效抵抗落塵，而且還能減少大氣中的落塵總量。雖然並不是完全根除，但可觀察到箱子中測量器的數值降低了。

「我還沒搞懂其中是什麼原理。我會繼續研究，但別抱太大期望。」

看到智秀對這些植物產生興趣，芮秋似乎感到很訝異。換作是以前，不管是什麼植物能減少落塵的總量，智秀八成也不會覺得這是什麼重大發現。畢竟落塵具有自我增生的特性，如果無法徹底根除，就等於沒有意義，至多也只是把村子註定的壽命稍微再延長一些罷了。但她現在的想法不同了。村裡有耐性弱的人，能減少落塵的植物可以幫助他們。再說了，假如這些植物能充分發揮作用，不光是普林姆村，外頭的世界也能受益。

問題在於芮秋。最近她的情緒狀態格外不穩定，不僅一天內會發好幾次脾氣，整個人鬱鬱寡歡，也會為了不怎麼重要的小事，成天和智秀發生小小的爭執。智秀從沒見過她這麼情緒化的一面。

芮秋的身體也經常發生功能上的問題，導致她不時失去意識。即便是智秀，要維持芮秋的身體運作也不是件容易的差事。每次前往廢墟時，智秀都會在書店或圖書館的殘骸中翻找關於維修改造人的書籍，花時間好好研究一番，但要套用在把奈米溶液複合物注入體內的芮秋身上，很顯然仍有其限制。長時間待在落塵濃度高的溫室，導致她的身體持續受損。擁有機器的身體，不代表就能毫髮無傷。

相較於在索拉利塔初次見面時，芮秋的有機體比例明顯低了許多。主要的內臟器官早在發生落塵浩劫之前就以機器取代，而奈米溶液則扮演了避免身體發炎與腐敗的角色，但依然有許多需要交由智秀管理的部分。為了補充自行擴增型的奈米溶液，需要持續注入催化劑和前驅物（precursor），而義肢與其他內臟也需要持續保養。其中最令人痛苦的，莫過於移除受損的有機體部位，但這果然是很容易令人反胃的工作。對於討厭與血肉為伍，以致必須從圓頂城市逃出來的智秀來說，無疑是種折磨。

「我怎麼會落得必須盯著人類肉塊看的下場？我又不是醫生，這分明不在我的人生計劃中啊。」

「不管它也無所謂，總會自行腐爛消失吧。」

「要是放著不管，它可不會自己乖乖消失，反而連妳那昂貴的機器裝置都會一併故障，那到最後吃苦的還不是我？有句話叫做『既然要挨打，晚挨不如早挨得好』。」

「這種形容聽起來還真暴力。」

最近芮秋發生情緒不穩定的狀況，似乎是因為與機器大腦結合的有機體大腦受損的緣故。經過分析，智秀判斷必須移除芮秋的大腦中沒有正常運作的殘餘有機體部位，並插入記憶體晶片取代。剛開始想到要移除芮秋僅存的人類大腦就覺得很緊張，但仔細研究改造人維修手冊之後，才發現移除有機體大腦的手術並不罕見，也要比想像中容易。從廢墟找回的晶片也可以和前腦注入的奈米溶液相容，所以只要手術時沒有任何失誤，應該就沒問題。智秀要做的，就只有移除與機器相連、妨礙機器大腦運作的部分有機體，接著插入記憶體晶片，並等待奈米溶液啟動。

但就算手術再簡單，這次要處理的可是掌管想法與思考的大腦，要是出了什麼差錯，就可能對芮秋造成無法挽回的傷害。進行術前準備時，智秀覺得彷彿有千斤重的大石壓在身上。

「芮秋，把妳的大腦交給我也沒問題嗎？」

雖然智秀以開玩笑的口吻詢問，但說真的內心很害怕。過去她向來只負責改造人的機器部分，從來不曾像現在一樣，把一名人類打造得更接近機器。芮秋以最近經常露出的不耐表情說：

「反正……就幫我做吧。」

智秀做了一次深呼吸，讓芮秋入睡之後，開始移除與機器大腦相連的僅存有機體部位。這一刻到來之前，智秀已在腦中進行過數百次模擬手術。她先切開外皮，檢查機器大腦與有機體部位結合的部分，接著慎重地移除了有機體的部位。她很小心地避免碰到目前還具有功能的神經組織，在機器大腦的輔助插座上插入了額外的記憶體晶片。

可是下一刻，智秀的腦中卻產生了模擬時不曾有過的念頭。如果開啟機器大腦的模式穩定化功能會怎麼樣？雖然先前在手冊中看過許多次，但智秀從來沒想過要實際應用這個功能。只要把機器大腦輔助插槽旁的微調開關往上拉，就能啟動它了。只要開啟此功能，情緒狀態就能調整至預想的方向並穩定下來，因此具有調節性格或態度的效果。若以人類的大腦來比喻，就和服用精神藥物差不多。

智秀戴著手套的手放在開關上頭，接著遲疑了一會。這肯定有助於穩定芮秋的情緒。這個功能原本需要向機器大腦專家諮詢才能啟用，但既然如今智秀對芮秋的身體瞭若指掌，就算發生什麼狀況，應該也有辦法解決。

但智秀這麼做，不只是因為這樣。她希望能夠從芮秋身上激發出某種善意，希望兩人的關係是建立在善意的情感之上，而不是交易。這個功能可讓芮秋遇見他人時，讓對方獲得正面的感覺回饋，但在芮秋的迷你世界中就只有智秀和植物，因此這份善意自然也只有智秀一人獨享。

有那麼一剎那，智秀思考這種行為算不算在欺騙芮秋，而且自己也沒有經過她的同意。但芮秋正處於情緒不穩定的狀態，也要求智秀無論如何都要想辦法。倘若智秀判斷這正是最佳的辦法……

智秀將微調開關往上拉，接著縫合外皮。

手術結束後，一切狀況良好。替芮秋移植的新記憶體晶片隨即發揮功能，昏厥的症狀幾天後也消失了。剛開始模式穩定化的功能似乎確實啟動了，所以芮秋身上並沒有觀察到任何特殊變化。她依然對村民不感興趣，對待智秀時很冷淡，所有的熱情也只傾注於自己的植物上。不過，偶爾智秀能感覺到芮秋的目光停留在自己身上許久，讓她多少有些在意。

幾週後，芮秋又再次昏厥過去。雖然時間非常短暫，也沒有任何後遺症，但智秀依舊感到不安。

一個月後，智秀看到芮秋在花盆前哭泣，而擁有巨型葉片的觀葉植物遮住了她的半張臉。芮秋抬起頭，以十分奇妙的表情看著智秀。她既沒有落淚，為了做出哭泣的表情而牽動的肌肉也很不自然，不過那張改造人的臉孔，確實還記得自己身為有機體時的哭泣行為。

「幫幫我，我覺得好混亂，腦袋好像要炸開了……」

再次打開芮秋的機器大腦時，智秀發現了問題的癥結點。

她用小鑷子的尾端夾起尚未移除乾淨的有機體部位。一種不知是安心感或罪惡感的情緒湧上智秀心頭。在移除過程中，很顯然是發生了失誤，而那殘留的細微組織，妨礙了新記憶體晶片與既有機器大腦的連結。電壓訊號沒有完整傳達，導致情緒不穩定與昏厥現象再次發生。想到自己小小的失誤，造成了芮秋的痛苦，智秀不由得感到愧疚。這次智秀移除得很徹底，確保沒有任何有機體組織殘留，如今芮秋擁有了完美的機器大腦。

智秀考慮了一下，心想是不是也該把上次啟動的微調開關也重新歸位。儘管後來明白這與芮秋的情緒不穩定沒有關連，但她依然認為當初的舉動並不恰當，也因此始終帶有些許罪惡感。

這時，智秀想起了芮秋蘊含著某種情感的目光。當她完成維修工作後，總會有一道意義不明卻執拗的目光跟著自己。智秀不知道自己究竟想要什麼，也不懂為什麼偏偏在這一刻想起這件事，只是她總會不經意地想起芮秋的眼神。眼神出現變化，是從她打開開關之後嗎？過去也曾這樣嗎？智秀向來檢查的就只有芮秋的身體構造，而不是心理情感，所以無從得知那份情感的源頭來自於何處。儘管如此，有件事她是肯定的——她希望那道目光能在自己身上停留得更久。

最終，智秀沒有讓開關恢復原狀，就結束了維修工作。

芮秋甦醒之後，經過測試，再也沒有經歷情緒混亂或產生疼痛感，只不過她會怔怔地盯著智秀，彷彿覺得哪裡怪怪的，露出搖擺不定的眼神。智秀看著這樣的芮秋，感覺到有股微妙的情感在胸口蕩漾。

❦ ❦

「往後若非不得已，別進來溫室。我會提高內部的落塵濃度，因為我要測試植物在高濃度環境下的耐性。」

芮秋的通知帶有某種防禦的味道。當然了，每次進出溫室時必須穿上防護衣，把全身上下都牢實包好，還要戴上呼吸過濾器確實很麻煩，可是芮秋的態度感覺要比過去更冰冷，讓智秀耿耿於懷。智秀原本期待能勾起芮秋身上柔軟的一面，沒想到不僅沒有效果，兩人之間反而產生了距離感，因此不免感到失望。

翌日，與村民到廢墟勘查時，智秀在過去曾是住家的地方發現了一隻機器狗。看到智秀拾起機器狗，其他人都大感訝異，戴妮以很意外的語氣說：

「妳對這種玩意也感興趣啊？還以為妳只喜歡可怕的殺人機器人呢。」

「就是啊，智秀小姐，今天要下紅雨了嗎？」

「要不要去找隻還活著的小狗來養啊？」

見大夥兒都嘻皮笑臉地取笑自己，智秀無所謂地聳了聳肩。

「我啊，比起狗，當然是更喜歡殺人機器人啦。不過殺人機器人又不能替我送信嘛。」

智秀把機器狗帶回小屋，動手做了點調整。派經過改造的機器狗進出溫室，傳達簡單的紙條再適合不過了。智秀把忙碌地四處走動的機器狗帶去給芮秋看，結果芮秋露出了她那難以解讀的特有表情。

「怎麼樣？」

「還不賴。」

「能從妳口中聽到這種評語，算是相當成功呢。」

芮秋用一種狐疑的表情看著機器狗，但並沒有再多說什麼。

——妳來馬來西亞的理由是什麼？

——我可不知道妳改造這隻小狗，是為了問這些沒用的事。

——確實就是為了問這種事。

——我認為自己必須逃得遠遠的，讓索拉利塔的幹部找不到我。過去當植物學家時，曾經和馬來西亞這間研究室合作過，我記得這裡有尖端基因體的改良裝備。我帶來部分先前研究的種子及植物範本，覺得我如果能進入研究室的內部資料庫，就什麼都能打造出來。

——前面批評我問沒用的問題，現在倒是回答得挺詳細的嘛。

——別再問了，我很忙。

二〇五九年夏天

普林姆村的村民逐漸疲乏了。原本幹勁十足地說要擴張村子的人，也開始覺得來到了極限。圓頂城市接連走向滅亡，為了占有剩下的物資，人與人之間的爭奪戰越演越烈，儘管去廢墟時都會調整勘查小組的成員，但隨著負傷者增加，表示再也不想參加的人也變多了。聽說有人向鄰近的圓頂城市洩漏普林姆村與芮秋植物的相關情報，因此可能需要為大規模的外來突襲做好準備。村子裡瀰漫一種不祥的氛圍，這件事不會只有一兩名死傷者就了結。

外部入侵者導致娜歐蜜與哈露身陷險境，更是成了點燃不安感的導火線。雖然過去也曾有人入侵，可是先前已經過了一段平靜無波的日子，因此這突如其來的變化，使村裡的氣氛變得更加凝重。經過間諜機器人的分析，確定是有人暗中出賣了村子的情報，但目前還未能查明究竟是內部人士所為，抑或是在廢墟勘查時遇見的外部人士幹下的好事。溫室的存在，也加劇了村民之間的衝突。智秀下山來到村子時，就聽到有些人忿忿不平地指責溫室為什麼開著燈，還說不就是那些燈光大咧咧地向入侵者告知了村子的存在。幾名女人打算趁著凌晨天色未明時離開村子，甚至還企圖偷偷開走懸浮車，但最後是戴妮說服她們留了下來。

換作是從前，智秀早就把她們攆出去了。別說是懸浮車，就是一點吃的也不會讓她們帶走，只是現在她沒辦法這麼做了。智秀不想放任不安與衝突在村子裡擴散，如今村民都是與她非常親密的人，他們都是和智秀並肩作戰並存活下來的人。智秀的腦海中也經常浮現孩子們的身影。經歷了無數變故，孩子們也不再天真無知了，但他們依然深信這個村子會屹立不搖，自己也能安然地在這裡長大成人。智秀不願意見到這個村子輕易地瓦解。

與此同時，智秀也察覺這片森林與普林姆村來到了極限。說到底，就連這個村子的生活，也是踩在其他經歷滅亡的殘餘物上頭建立起來的，要是森林外頭沒有做出任何改變，這裡的生活也同樣無法延續。外在的威脅如影隨形，讓人喘不過氣來，大氣中的落塵濃度也逐漸升高。圓頂城市的廣播上說，要是不趕緊找到降低濃度的方法，一旦經過再也無法挽回的引爆點（tipping point），之後無論使用什麼方法都無濟於事了。

難道真的應該按照某些人說的，把芮秋的植物帶到外頭嗎？但這有可能辦到嗎？

智秀知道芮秋研究的某些植物具有清除落塵的功能。準確地來說，是這些植物能促使落塵產生過度凝結的現象。經常在芮秋的手臂裡發現的黏稠高分子物質，即是凝結後的落塵，也等於不再致命的落塵殘餘物。自從察覺這個事實，智秀就很關注這些具有凝結功能的植物，但芮秋卻只在溫室研究它們，對於在外頭種植並不感興趣。

智秀心想，說不定芮秋真的能成為人類的救世主。她的手中擁有能夠對抗落塵的植物，也具有改良植物或賦予其他功能的能力，只是身為當事人的芮秋卻沒有這個打算。對她而言，森林外頭是不具意義的，唯有這間如同自己實驗室的溫室和森林才具有意義。

智秀一直都對芮秋的植物只能在這片森林生長感到訝異。當她問芮秋植物何以無法跨越森林邊界的理由時，芮秋則是不以為意地回答：

「打從一開始，溫室的植物就無法離開這片森林。」

她的說法既含糊又果斷。總而言之，可以確定芮秋眼下並沒有想解決這個問題的念頭。智秀必須說服芮秋才行。

「芮秋，聽我說，我不清楚妳是帶著什麼想法研究這些植物。大概就像我看著機器就開心，妳在研究植物時也有相同感覺吧？妳為這個村子付出了許多，甚至可能超出了交易條件，所以這裡的生活非常美好，好得讓人覺得奢侈。至少到目前為止是這樣。」

芮秋面無表情地處理實驗用植物。智秀接著說了下去。

「但這一切終究會走向盡頭。總有那麼一天，我們無法在外頭找到營養膠囊，也找不到任何藥物，就連妳需要的零件也不例外。所以追根究柢，假如不重建森林外頭的世界，這裡的命運早已經註定。這不代表像大家說的，是要去和圓頂城市談判，畢竟我也反對這件事。不過，我們還有別的辦法。我們有必要分散風險，用比現在更能守護我們的方式，才不會像現在這樣沒有退路……」

智秀停了下來，無法確定芮秋有沒有在聽自己說話。稍後，芮秋將目光轉移到智秀身上。智秀的腦中已經預想了芮秋可能提出的問題。她八成會問：「那妳究竟是想要什麼？是想要其他植物嗎？」之類的，但她的問題卻出乎意外。

「到了外頭，妳想到哪去？」

智秀頓時啞口無言。直到芮秋提出之前，她都沒思考過這個問題。她無處可回，也沒有想去的地方。發生落塵浩劫之後，她就只汲汲營營於生存上頭。萬一必須離開溫室，她哪兒都能去。換句話說，她只想到必須離開溫室，卻沒有非去不可的地方。不過，芮秋為什麼要問這個？

「呃……」

「算了，無論妳想去哪都不重要。」

芮秋說話時略微揚起頭，目光往下望著智秀。瞬間，智秀產生了芮秋在這席對話中占上風的微妙感覺。

「我是不會離開溫室的，還有我需要妳，因此妳也不能離開溫室。」

芮秋再次斬釘截鐵地補了句話。

「所以說，這件事就當我們沒講過。」

智秀感覺自己就像被揍了一拳。細細咀嚼芮秋的言下之意，智秀不由得漾出笑意。芮秋需要智秀，芮秋是一切都必須仰賴智秀的改造人。直到不久前，這都是智秀放在心中發酵的想望。她總會如此想像，內心萌生奇妙的勝利感、滿足感，以及難以言喻的異樣悸動。芮秋無法擺脫智秀，直到世界走向盡頭的那天，她都需要智秀。

但這次，芮秋的宣言帶著截然相反的意思。因為她需要智秀，所以她無法答應智秀的要求。到頭來，帶來滿足感的那個事實，也成了智秀的羈絆。

智秀期望從芮秋的身上得到的是這種善意嗎？智秀帶著苦澀的心情說：

「芮秋，溫室搞不好很快就會化為烏有。我也希望這裡會是我們永遠的城堡，但那是不可能的。已經有人背叛了我們。我們在間諜機器人身上發現了資料，世界上有耐性種植物的消息瞬間就會傳遍所有地方，說不定明天就會是我們的忌日。」

智秀認為說出這種說詞的自己很卑鄙，但她非得說服芮秋不可。她遲疑片刻，接著說：

「讓我們打開天窗說亮話吧。妳想要的不是我，而是我的功能，也就是身為維修人員的我。我向妳保證，假如我們無法繼續待在溫室，我也會繼續跟著妳。只要妳需要我一天，我永遠都會這麼做，因為這是妳我之間的交易。但妳必須明白，如果離開這裡，遲早妳會不再需要我，因為我並不是世界上唯一的維修人員。」

二〇五九年秋天

智秀應芮秋的要求來到溫室，看到桌面上放了約莫十個箱子，每個箱子內都有調節氣溫、濕度的裝置與燈光，似乎是分別重現不同氣候條件與日照量的實驗空間。初次見到的藤蔓植物乍看之下很相似，但根莖的模樣卻都有些微不同。

「這是什麼？都是不同的植物嗎？」

「莫斯瓦納，都是發生環境變異的品種。其中包含了適應外部條件的遺傳性狀，因此表現型會根據氣候和土壤發生變化。妳先前的假設沒錯，某些植物能夠消除大氣中的落塵。」

聞言，智秀大吃一驚，再次看著這些植物。從外觀看來，它們不過是極其平凡的藤蔓植物，只覺得與爬牆虎相似，但不覺得有特殊作用。

「我還在進行模擬。大概是Ｄ７分子扮演了凝結酵素的角色，而這些植物分泌的部分有機化合物也具有類似的功能。由於催化劑的特性，少少的量就能使大量的分子凝結。我把形成化合物的ＤＮＡ植入其他植物，結果出現了類似的反應。我在自然適應落塵的植物中發現了這個特性片段，不過這種藤蔓是裡面最容易繁殖的，因為它們是將繁殖速度最快的野生雜草組合後改造出來的嵌合體。」

芮秋一副這沒什麼大不了的樣子，智秀卻掩不住臉上的驚嘆。光是有落塵耐性種植物就已經夠驚人了，沒想到最後竟能改良出消除落塵的植物。

「芮秋，妳會成為名留青史的偉大植物學家。不如現在趕緊出去當人類的救世主吧。」

雖然智秀是半開玩笑說的，但芮秋的反應卻比想像中冷淡。

「我不確定它們能不能在實驗室外頭發揮作用，也可能發生更嚴重的副作用。」

「整片森林不都是妳的實驗室嗎？謙虛什麼。」

聽到智秀這麼說，芮秋沒有回應，反而緊緊閉上了嘴巴。

「怎麼？是什麼讓妳不放心？」

「這無法完全消除落塵，就算種植的密度再高，也無法讓落塵濃度歸零，連運作原理也還不明朗。再說了，這對人體有毒性，侵入性極強，要是讓它們在森林大量繁殖，就會徹底破壞森林生態。還有，妳也知道這些植物無法在森林外頭生長。換句話說，就算確定它們能消除落塵好了，也無法拯救全人類。」

芮秋的這些說詞，都像是在辯解自己並不想當什麼救世主，讓智秀聽了很是氣餒。

「是啊，大概吧。」

希望的曙光若有似無，讓人不免鬱悶。

「那我想問一件事。妳為什麼要改造這個？我還以為妳打算在森林種植這種植物，至少會想保護普林姆村。假如不是的話……」

難道芮秋真的只是在進行好玩的實驗嗎？這一切對她只是場遊戲？既不是打算拯救人類，也不是為了普林姆村著想，就只是拿大自然來進行惡作劇而已嗎？智秀依然不知道芮秋想要什麼，又打算做些什麼。

「就只是因為我有能力創造啊，還有發現了好玩的特性。」

芮秋輕描淡寫地說。

「還有，感覺智秀妳很想要這種東西，所以我就做出來了，但不能種在森林裡。就算沒有它，普林姆村現在不也過得好好的嗎？我只是想讓妳親眼看看有這種植物罷了。」

芮秋都這麼說了，智秀覺得原本打算表達更多不滿的自己像個傻子似的。過去芮秋的植物也曾經不如預期，沒有發揮該有的作用，所以智秀就把這份期待埋藏在心中。相較於人類迫切地尋找的某種解決之道，箱子中的植物顯得過於平淡無奇。

就在觀察這僅有巴掌大的植物時，芮秋突然關掉了實驗室的燈。

「為什麼突然關燈？」

智秀轉過頭，但芮秋指了指一個裝了莫斯瓦納的箱子。智秀再度將目光移回箱子，看到眼前的景象，不禁驚訝地張大嘴巴。

箱子內盈滿了藍光，既像是細塵般飄揚，也像是土壤內噙著隱約的光芒。有些箱子的藍光濃烈，有些卻淺淺的，或者幾乎看不見。智秀看著這幅情景，最先浮現的念頭是「好美」，同時也不禁思索起藍光所代表的意涵。

「這是消除落塵時所產生的光芒吧？」

芮秋看著箱子說：

「不，那些光沒有任何功能。」

這回答真教人意外。

「我實驗了好幾次，但藍光與凝結或消除現象都無關，而是改良過程中產生的副產品，是中性、不必要的突變。我推斷大概是與肥料中產生的二氧化氮發生反應，再與空氣中的特定分子產生反應後，形成了發光性的副產品，然後它們附著在泥土或灰塵的粒子上頭。只要進行簡單的基因改造就能除去這種特性。除了引人注目以外，這種特性沒什麼用處，所以我打算移除它。」

「原來如此，是不必要的突變啊……」

智秀也不打算開燈，就這麼凝視著箱子中的藍光許久。

「不過還是很美呢。」

智秀如此讚嘆時，芮秋目不轉睛地看著她。

芮秋拒絕了立即種植莫斯瓦納的請求，原因在於一旦植物蠶食森林，就再也無法挽回，但智秀認為芮秋另有未說出口的原因。或許真正的理由，是芮秋把森林當成了自己的實驗室。芮秋想要的，是能拿更多植物來進行實驗，因此她不會希望等同於自己實驗室的普林姆村發生不可逆的變化。

智秀聽到致命性的落塵暴風即將侵襲的預告時，最先想到的是莫斯瓦納。考慮到村裡有好幾個耐性不完全，可能會因為這次落塵暴風失去性命的人，智秀苦苦哀求芮秋，甚至對她大發雷霆。儘管最後芮秋逼不得已交出了莫斯瓦納，但智秀依然無法摸清她究竟在想些什麼。

暴風沒有摧毀村子，不，是芮秋的植物成功守護了村子。莫斯瓦納長得十分繁盛，轉眼間就覆蓋了整座森林。它們甚至可以把死去的植物當成養分，攀爬到樹木頂端，讓人產生彷彿環繞枯樹的葉片救活了森林的錯覺。芮秋改良的植物在失去生命力的森林上頭罩上了一層變形的植物，增添了奇妙的色彩。

森林安然無恙，村民於是開始讚美芮秋，說她拯救了普林姆村，現在要來拯救世界了，說她真的會成為人類的救世主。

智秀徹夜坐在岩石上，望著瀰漫整座森林的藍光浮塵——除了很美之外毫無任何作用、但最後沒有被移除的藍光。

落塵依然沒有停止增生，它們以彷彿要吞噬地球上所有有機物的氣勢擴散出去。智秀從別人口中聽說了圓頂城市那些研究室提出的落塵防治方案全數失敗的消息。那些解決方案原先是打算使自行增生的奈米機器人分解成更小的單位，結果卻導致奈米機器人增生得更快。空氣中的落塵濃度已經太高了，如今使用以分解為基礎的防治方案為時已晚。

如今，各家研究室決定不再絞盡腦汁除去外頭的落塵，而是研究如何維持圓頂城市的運作。聽到這件事時，智秀知道世界滅亡真的已經逼近眼前。圓頂內的人並無意讓世界恢復原狀，沒有人期待未來的到來，他們唯一關心的，就只有如何延長自己悲慘的人生。

隨著圓頂城市接二連三地瓦解，村子的入侵者增加了，但比起這個，更迫在眉睫的是莫斯瓦納所造成的內部衝突。正如芮秋先前警告的，由於莫斯瓦納過度繁殖，作物全數死光了。智秀開始教導娜歐蜜如何製作分解劑，為有朝一日村子瓦解或溫室無法正常運作時預作準備。

儘管他們後來改變作法，改成可以防止莫斯瓦納滲透的室內栽培，但大家依然感覺到為時已晚。每個人的臉上都顯露出疲態，誰也不知道能夠撐到什麼時候。難道真如芮秋所說的，是智秀誤判了情勢？但假如不這麼做，難道不會有人在落塵暴風中犧牲嗎？最好的做法是什麼？智秀覺得自己就像走入圈套的獵物，進退不得。莫斯瓦納保護人們免於受到落塵的傷害，但同時也蠶食了他們長時間以來悉心耕耘的某種可能性。費盡千辛萬苦避開了死亡，卻發現那兒還有另一種註定的滅亡在等著。

智秀的直覺告訴她，普林姆村也會步上相同的後塵。過去她看過無數共同體面臨的下場。村子形成之後，和平的時光稍縱即逝，緊接而來的是衝突與背叛，以及共同體的危機、死亡與終結。

智秀認為，眼下真的非得說服芮秋不可了。他們必須找到植物也能在森林外頭生長的方法，所以必須一起帶著植物到外頭去。可是，無論她再怎麼說服，芮秋也不肯改變想法。智秀苦苦哀求了許久，芮秋也只反覆回答「不可能」。經常與智秀徹夜聊植物的芮秋，在碰到植物為什麼不能在森林外頭生長的問題時，反而惜字如金了。

當大家大肆稱頌芮秋為救世主時，智秀忍不住在心中冷嘲熱諷。芮秋想要的只是她能一手掌控的實驗室，至於人們的生死，對她來說根本無關緊要。

二〇五九年冬天

「芮秋，妳的有機體的比例一直在下降。現在要找到奈米溶液補充劑也很困難。妳從索拉利塔帶來的已經全用完了，而剩下的有機體正在腐蝕完好的機械部位，所以必須取出不必要的骨頭和肌肉，但我沒能力做到這些。遲早也得把零件全部換掉。」

「這樣啊。」

「不光是這樣。這裡已經再也找不到適合妳身體的零件了。廢墟內能用的東西，都已經被人帶走了，圓頂城市最近老是在打仗，也不會和我們進行交易……說不定得乾脆去其他國家，像是索拉利塔的其他分公司。但就連最近的分公司也有點距離，我聽說泰國有一個。」

就像人類難以自行診斷身體狀態，少了維修人員，改造人也難以評估自身的狀況。智秀並沒有完全在說謊，但她刻意說得比較誇張。根據從廢墟帶回的說明手冊，另外製作奈米溶液補充劑只是比較複雜罷了，並非完全辦不到。此外，就算不夠精緻也無妨，只要將各種零件加以組合，打造出嵌合體裝置，就可以取代老舊的身體裝置。智秀這樣說，只是想讓芮秋感覺到她們很快就得離開溫室、此地並非長久之計的壓迫感。

或許這樣的意圖並不管用，因為芮秋依然不為所動。智秀接著又問：

「妳沒有奇怪的感覺嗎？沒有像以前一樣覺得憂鬱或不高興？當有機體的比例下降，身體感覺就會發生變化，就像從妳的大腦把有機體完全移除時會發生變化一樣。」

芮秋搖了搖頭，看起來就像在拒絕對話似的，讓智秀不禁動了氣。她乾脆閉上嘴，替芮秋摘除機器手臂。明明也不打算把莫斯瓦納帶到森林外頭種植，但芮秋依然持續進行落塵凝結實驗，所以也加快了沾黏在手臂上的高分子凝聚體破壞機器手臂的速度。芮秋究竟在想些什麼，智秀一點頭緒都沒有。

芮秋一言不發地看著智秀分解自己的手臂，過了許久才簡短補上一句。

「有發生變化。」

「是嗎？」

智秀有些緊張地問：

「有什麼不一樣？」

「情感變化。」

「什麼樣的情感？」

「感覺被妳吸引。」

智秀頓時停下了手上的動作。

「啊。」

智秀迴避芮秋的目光，接著繼續動手分解機器手臂。她感到不知所措，不知道該說什麼才好。雖然雙手依然很熟練地持續進行作業，但腦袋好像完全停止運轉了。

芮秋閉上了嘴，智秀也不再說話。

一定是哪裡出錯了。任何事情都可能是源頭。當智秀想要控制芮秋時，芮秋首次發生情緒不穩定的現象時，智秀未經商量就擅自打開模式穩定化開關時，不小心讓有機體殘餘物留在機器大腦時，以及智秀雖有第二次機會，卻依然做出錯誤的選擇時……

智秀現在已經弄糊塗了，不知道自己從一開始想要的是什麼。她追求的，是芮秋偶爾在她面前露出的困惑眼神嗎？但她並不希望事情演變成這樣。

「是開玩笑的吧。」

智秀喃喃自語，而芮秋沒有作答。

那天直到收工為止，兩人始終保持沉默。智秀結束作業，走出溫室前，轉過了頭，但芮秋並沒有看著她，而是瞪著置物架上的那些機器零件。

當智秀來到溫室進行維修作業時，芮秋總會先把實驗室的桌面清空，而溫室最內側的實驗間則是開著燈。由於實驗室玻璃是半透明的，所以只能看到芮秋在裡面的身影，但無法看清楚她在做什麼。

過去十天，智秀幾乎沒有和芮秋對話，就連進行簡單的維修作業時短暫打照面也覺得彆扭。至於芮秋，她也沒有當面託付工作，只是將零件擱放在桌面，或是將植物全部裝進手推車之類的，盡可能迴避和智秀碰到面。智秀也只顧著工作，竭力不去想關於芮秋的事。為了防止入侵者侵略村子、修理無人戰鬥機，以及照料交戰時受傷的人員，智秀已是筋疲力竭。如今她必須做出決定了——無論如何，把植物帶到外頭都勢在必行。

芮秋還在忙著做實驗，所以智秀打算等她結束出來。她拉了把旁邊的簡易椅子過來，結果有某樣東西映入了眼簾。

眾多紙條散落在另一張桌子上，全是靠娜歐蜜稱呼為「小莓」的機器狗傳遞的紙條。雖然看起來並不像有刻意收拾整齊，但以芮秋的性格，除了實驗區域以外，通常都會弄得亂七八糟，所以很少見她像這樣把某樣東西都收在一塊。智秀不禁輕笑出聲，看了看紙條都寫些什麼。大部分都是關於當天需要進行什麼檢查，或者告知指標樹木的狀態發生什麼變化等工作上的話題，但其中也摻雜著少許的閒話家常。

有些紙條的外頭寫著「給偉大的植物學家芮秋」，但智秀實在想不起自己寫了什麼，於是把紙條打開來看，發現上面就只寫了一句話。

——謝謝，剛泡的咖啡是最棒的。

先前智秀曾和普林姆村的人們聊起懷念新鮮咖啡味的話題，後來每次來溫室時都會提起這件事，沒想到某一天芮秋真的把咖啡生豆遞到智秀面前。說實在的，咖啡的味道不怎麼出色，但智秀當下有些佩服芮秋。本以為芮秋只對自己的植物感興趣，甚至把智秀或村民都當成某種木頭人看待，結果並非如此。

智秀看著這堆紙條心想，雖然自己與芮秋之間發生了令人不知所措的事，但無論那是某種情感糾葛，或是誤會，她應該都有辦法和芮秋促膝長談。只要能先走出溫室、離開普林姆村，只要能讓大家躲到安全的避難處，彼此約定好未來在外頭再度聚首，還有智秀能稍微擺脫自行強加的責任……如果能夠兩人單獨留下，智秀應該就能正視這份情感。目前智秀還無法替自己的情感下準確的定義，但重要的是兩人的關係出現了根本性的錯誤，而這都要歸咎於智秀犯下的失誤。或許真有什麼辦法能讓這一切歸位。

智秀將紙條逐一摺好，整齊地堆放在一起，接著開始找有沒有能壓在上頭的重物，然後看到了插在簡易文件櫃的研究筆記本。芮秋說電子筆記本充電有問題，所以每次都親手寫下研究紀錄。筆記本的封面上寫著研究主題，像是落塵凝聚體相關研究、耐性基因農桿菌感染（agroinfection）實驗……儘管上頭寫了太多專業用語，就算讀了也無法理解，但智秀很好奇芮秋是以何種方式在做紀錄。

她取出了一本厚厚的筆記本，上頭畫了作為莫斯瓦納母體的馬來西亞野生型植物的素描，以及芮秋混合東南亞區域性野生植物的基因所設計出來的植物。筆記裡也有關於莫斯瓦納能消除落塵的實驗紀錄。智秀雖然無法完全理解那些數學算式，但筆記本上頭到處寫了推測莫斯瓦納實際上具有移除落塵的效果，以及其中原理是什麼的備註，所以這部份她是能看懂的。

但是在下一頁，智秀看到了意想不到的備註。

上頭有個表格，寫下了芮秋所有改良過的植物名稱。備註看起來是根據日期記錄植物的生長狀態，而最後一頁如此寫著：

移除 On-Off 模式後，確認所有品種都仍然能在沒有催化劑的條件下生長，而且跟有催化劑時無太大差異。此次實驗對象全數作廢。

預計將持續使用催化劑以維持森林區域範圍。

記錄的日期是半年前。智秀細細地思索剛才那張備忘錄所代表的意涵，包括種植植物時不可或缺的催化劑，以及人們給普林姆村「祝福之森」的稱呼。按照這項實驗看來，讓植物仰賴催化劑生長，在某種程度上是取決於芮秋的選擇。催化劑是決定劃分區域的開關。雖然實驗是半年前進行的，但芮秋早在那之前就已經知情，而且也刻意朝此方向進行。這裡根本不是什麼受老天眷顧的「祝福之森」，而是芮秋刻意劃分出來的森林。

芮秋不是真的不知道如何讓植物在外頭生長的方法，反而是千方百計避免這件事發生。確認這個事實後，智秀感到混亂不已。

就在此時，實驗間的門開啟了。剛做完實驗的芮秋走了出來，但看到智秀後停下了腳步。

「芮秋。」

智秀拿著筆記本站起身。

「我剛才看到了這個，妳可以親自解釋一下嗎？」

芮秋看著智秀。智秀無法得知芮秋在想些什麼，心情又是如何，只覺得她是個謎樣人物。智秀曾多次在芮秋面前苦苦哀求、大動肝火，鍥而不捨地想要說服她，她還以為只有一個方法可以避免普林姆村走到盡頭、拯救逐漸死去的人們。結果，這些問題對芮秋來說根本無關緊要，對她而言，唯有維持森林區的範圍才是重要的。

智秀感覺到自己內心的堤防潰堤了。

「催化劑是障眼法吧？只是為了掩飾這一切不過是個巨大的實驗室吧？」

芮秋依舊沒有開口。

「為什麼要隱瞞這一切？妳就這麼眼睜睜地看著其他人離開，看著他們死亡嗎？妳明明知道解決方法，怎麼能……」

智秀注視著芮秋難以解讀的表情，接著說了下去。

「是啊，我們進行的是場交易，但人心是能改變的，不是嗎？我並不認為這一切只是場交易……這對妳來說真的就只是合約嗎？是我期待太高了嗎？保住妳的溫室比什麼都重要嗎？」

芮秋看著智秀手中的筆記本，會意過來。智秀很好奇她接下來會怎麼回答。芮秋刻意不讓植物跨越森林的邊界，同時一直欺騙智秀，彷彿她也對這個問題無能為力。

經過一段感覺非常漫長的時間，芮秋才朝著智秀走來。兩人之間籠罩著令人窒息的沉默，看著芮秋露出悲慘不堪的神情，智秀不禁想道，悲慘的人是我，妳為什麼要擺出這種臉？

芮秋開口了。

「只要我把改良品種交給妳，普林姆村就會瓦解吧？大家都會離開，這間溫室也無法維持下去是吧？那我們就再也無法留在這裡，遲早妳也會離我而去對吧？畢竟在外面的世界，妳不是唯一的維修人員，所以……不把改良品種交給妳，是我唯一的選項。」

智秀第一時間的反應是詫異。這個話題先前不是就已經結束了嗎？反正溫室終究無法維持運作，就算離開這裡，身為維修人員的智秀也會跟著芮秋走。至少在她需要智秀的期間，短時間是這樣，畢竟這是她們倆之間的交易……

但是看到芮秋痛苦扭曲的表情，以及回想起不久前她所說的「情感上受吸引」，智秀明白了真正的癥結點是什麼，明白何以先前她百般哀求，卻依然無法將植物帶到森林外頭種植，以及芮秋明知真相卻刻意隱瞞的原因。

芮秋不願見到村子瓦解，不是因為把它當成了自己的實驗室，而是希望藉此將智秀留在自己身邊，但不是以維修人員的身分。

而且，芮秋的內在動機與混淆的情感，全都是智秀造成的。芮秋一開始並未想要擁有智秀，是在智秀刻意引導下造成的。先前智秀一直在迴避面對這件事，但現在不能不面對了。雖然智秀過去一直開不了這個口，但她明白，此時此刻自己必須據實以告。

「芮秋，妳對我的情感、受我吸引，以及無法形容的心意……」

智秀懷著沉重的心情開口。

「那些都不是真的，而是被誘導、被塑造出來的心意。這……全是我的錯，是我太過貪心。」

芮秋的視線在游移。事到如今，該怎麼挽回呢？

「我替妳的機器大腦移除有機體時，調整了情感模式，好讓妳對我產生好感……」

智秀希望贏得芮秋的好感，想看到她的目光長久駐留在自己身上，也渴望她能溫柔地對待自己。智秀無法解釋這是什麼樣的心情，當初又為什麼會如此盼望。如今只能說，智秀闖下了禍，並造成了眼前的結果。芮秋的表情越來越僵，直到智秀把話說完之前，她沒有再說任何隻字片語，溫室的空氣彷彿突然凍結了。

沉默久未散去，這股靜寂長得有如永恆，智秀垂下了頭，聽見芮秋低喃道：

「是啊，一開始妳就把我當成機器玩具，是我誤會了。我還以為妳是尊重我的，至少是把我當成人看待，可是並非如此。」

智秀想開口澄清，說不是這樣的，想訴說自己曾對芮秋有過的種種心情，想訴說過去在任何時刻都無法形之於外，也不敢貿然將其落實，可是卻分明存在的真心……

但智秀介入了芮秋的情感機制，導致她無法區分真心與謊言、原本的心意與被形塑的心意，芮秋因此無法判斷自己真正的想法，也無法肯定智秀的私欲沒有投射其中。

「我知道妳不可能原諒我，但我發誓，只要妳開口，我會跟著妳到天涯海角。我不是要妳讓我待在妳身邊，而是我願意為妳做任何事，只要這能稍微彌補我的過錯……」

芮秋瞪著智秀冷笑：

「為我做任何事？」

那眼神中蘊含著毫無遮掩的憎惡，智秀感覺自己的心臟彷彿被狠狠扔到地上，煎熬不已。

「我現在只想要一件事。」

芮秋以快哭出來的表情說：

「我會交出妳費盡心思想得到的東西，但妳得離開我，而且永遠不要回來。」

芮秋把在森林外頭也能生長的植物給了智秀。智秀將這些就算沒有催化劑的成分也能成長的種子和幼苗裝進手推車，搬運到村子。她把地下倉庫的懸浮車全都停放到外頭，接著開始分裝武器和緊急糧食。有人希望能結伴離開，也有人說要橫跨大陸回到故鄉，還有人打算前往曾經驅逐自己的圓頂城市。至於其他人，則說要去尋找無人居住的荒蕪之地，建立家園。

智秀想爭取更多時間，她希望能說服芮秋到最後一刻，兩人一同離開，但那天之後，芮秋再也不讓智秀踏入溫室一步。不消幾天的時間，入侵者開始展開大規模且有組織性的襲擊。有人在村子裡縱火，目的是將村民趕出森林，並將這座森林占為己有。這些人必須再次離開曾經生活的地方，但並不完全是被迫的。

為了防止入侵者追蹤，智秀讓大家錯開時間、朝不同方向出發。也許有一部分的人能成功在外面碰頭吧，可是他們是沒辦法再打造出另一個普林姆村的。自從內部開始分裂，普林姆村就已經在慢慢地瓦解，不，打從一開始，結局就已經是註定的。永遠的庇護所是不存在的，曾經在此聚首的人們，也不會再有交集。

儘管如此，大夥兒依然許下承諾，說就算離開這座森林，也會種下芮秋的植物，會試著在森林外頭的世界尋找可能性，打造另一個普林姆村，所以總有一天要再次碰面。智秀與他們每一個人對視，握著他們的手，這才明白自己一直以來追求的是什麼。智秀才是最不想離開普林姆村的人，她盼望這個世界能永遠持續下去。即便她比任何人都清楚，這是不可能的。

目送村裡所有的人離去後，智秀試著尋找芮秋的去向。她跑到溫室去，卻不見任何人影。即便火勢尚未蔓延到山丘上，整間溫室卻早已籠罩在嗆鼻的濃煙中。是芮秋親自燒毀了自己的植物。

智秀無力地跌坐在地上。她欺瞞了芮秋，從頭到尾都沒能傳達自己的真心。噙著藍光的浮塵在高溫熱氣中飛舞，這是芮秋一手創造的植物留下的殘骸，如今智秀擁有的，就只有這些浮塵了。

溫室外頭，可以聽見入侵者的無人戰鬥機正在尋找剩下的生命體並展開攻擊的聲響。離開的時刻逐漸逼近了。智秀最後一次低聲呼喚芮秋的名字，但答案已經無處可尋。

阿瑪拉住的醫院鄰近蘭加諾湖。雖然從阿的斯阿貝巴到醫院的路途遙遠，要搭乘懸浮車兩小時左右才能抵達，但阿瑪拉希望能留在這個人們依然記得「蘭加諾的魔女」的區域。此地住著數十年前曾受到阿瑪拉和娜歐蜜幫助的人及他們的子孫，環繞湖畔的平房旅館經營者，也多半記得年輕時期的姊妹倆。只要碰上阿瑪拉外出的日子，他們的大門永遠為她敞開，讓她能在平房之間盡情散步，想停留多久就多久。

阿瑪拉的病房前擺滿了花籃，亞榮在那前頭多放了一個，接著走進了病房。儘管阿瑪拉的狀態要比一個月前好轉了，但目前還是無法負荷長時間對談。聽說她平時大部分的時間都是睡著的，即便是短暫清醒時，要聽懂阿瑪拉緩慢吐出的字句也很困難。使用翻譯器也無法清楚解讀她的語意，因此娜歐蜜在一旁協助溝通。

「阿瑪拉，現在有許多人都相信普林姆村是真的存在，也相信在那裡誕生的植物，是經由妳們的手擴散到全世界。」

是聽見了亞榮說的話嗎？雖然阿瑪拉再次睡著了，嘴角卻帶著一抹微笑，於是亞榮知道自己這次並沒有白來。

亞榮在醫院外頭的咖啡廳找了座位，和娜歐蜜面對面坐著。娜歐蜜緩緩地啜飲一口咖啡，接著望向醫院的方向。

「過去幾年間，我和阿瑪拉的關係並不好，因為不知從何時開始，姊姊便相信普林姆村這個地方不存在，反而把人們穿鑿附會的故事信以為真。他們說我們是在瀕臨滅亡的世界中，發現奇蹟般的藥草後，奉獻一生替人治病的魔女……這些說法用來形容我們並不恰當，我為此感到生氣，但面對憤怒的我，姊姊反而比我還生氣。姊姊否定記憶的態度令我痛苦不堪，我認為那也等於是在否定我們自己。妳來之前，昨天我和阿瑪拉聊過。我說，無論我們各自對溫室有過什麼樣的記憶，如今那都不再只是我倆的故事，其他也在普林姆村生活過的人，我們有責任把他們的故事都記下來。後來，阿瑪拉想了很久，問我說：『妳說得對，智秀小姐和哈露都過得好嗎？』」

語畢，娜歐蜜沉思片刻。

「那時我才知道，其實姊姊什麼都沒忘。我似乎一直都害怕姊姊可能會永遠離開，包括現在也是。現在我才理解，阿瑪拉只是用她自己的方式在保護自己而已。或許對阿瑪拉來說，回想起那個時期，帶來的是更多痛苦。因為懷念與痛苦始終是相伴的，但並不是每個人都願意承受這些。儘管如此，我仍然很慶幸能與妳見面，能與阿瑪拉再次訴說這段過往。」

在毒辣的陽光底下，娜歐蜜露出了彷彿在做白日夢般的表情。亞榮直視娜歐蜜說：

「我也很慶幸能親自見到妳，娜歐蜜。我想，能像這樣鍥而不捨地尋找故事的真相、這麼全心全意地做研究，或許是我一生中不會再有的幸運。」

亞榮按下錄音機並提出請求。

「那麼，現在我想聽聽接下來的故事。包括妳離開普林姆村之後去了哪裡，如何度過那段時期，最後又是怎麼來到這裡。」

離開普林姆村並回到衣索比亞的路途，是一趟耗費數個月的漫長旅程。儘管娜歐蜜與阿瑪拉在移動的過程中撒下了莫斯瓦納的種子，卻無法確認它們是否真的萌芽生長或擴散開來。在同一個地方待得越久就越危險，而廢墟漂泊時期發生的種種再度反覆上演，但這次兩人有了明確的目的地。

「靠我們的車子無法飄洋過海，但即便身處末日的年代，依然有人盼著能回到故鄉，死在那裡。我們加入了他們的行列，經過印度和巴基斯坦，橫跨亞丁灣抵達索馬利亞時，在這趟漫長旅程中倖存下來的人並不多。那些人提議一起自殺，幸虧我們趕緊躲了起來，才勉強逃過一劫。但有件事也是肯定的，假如沒有他們，我們也無法順利來到東非。在路上，我們盡可能將他們葬在靠近故鄉的地方，雖然葬下的也不過是部分骨灰罷了。」

衣索比亞的景象滿目瘡痍，慘不忍睹。建造於阿的斯阿貝巴的圓頂城市老早就化為廢墟，有極少數的人移居地底，耐性族在地面建立起小規模的共同體，還有部分殘存的圓頂村，這些就是全部了。姊妹倆先來到耶加雪夫，兩人走遍了各個圓頂城市和地上共同體，想要說服人們，有植物能在圓頂外頭生長，卻只遭到無情的恥笑。姊妹倆輾轉各地，最後在蘭加諾湖附近找到了一個迷你的地底避難所。在落塵的侵襲下，所有人都離開了，因此這裡空無一人。姊妹倆以此為據點，在地面種植芮秋的植物，並且在地下設置了製作分解劑的空間，在這裡製作分解劑和藥物，與圓頂村進行以物易物的交易。

「大家都以為我們這兩個孩子是運氣好才發現了藥草。那個村子使用的是奧羅莫語，所以我們語言不太能溝通，大家也嫌使用翻譯器很麻煩。要說明我們手上的東西具有什麼價值並不容易，花了我們很長的時間。」

娜歐蜜並未解釋分解劑的真正功效，只說是具有消炎舒緩作用的藥物。剛開始誰也不相信娜歐蜜，但買走藥物的人發現它真能減輕落塵中毒所引起的疼痛感，於是其他人也接連跑來購買分解劑。由於製作方法徹底保密，其他人不敢對唯一知道此祕密的娜歐蜜輕舉妄動，阿瑪拉也很懂得藥用植物的栽培方法，並利用它們製作出有用的草藥，姊妹倆的名聲就靠著分解劑和草藥傳了出去。

「為了遵守在普林姆村許下的約定，我們開始栽培莫斯瓦納，但莫斯瓦納的繁殖力太強也太快速，當我們在空地種下之後，幾乎不需要動手照料，它們就會在短時間內形成群落。莫斯瓦納把落塵侵襲後死亡的生態界殘骸當成養分，開始大量繁殖與蔓延。阿瑪拉和我看著莫斯瓦納形成的龐大群落讚嘆不已，但同時依然對這種植物能拯救我們抱持懷疑。在普林姆村的短暫時光彷彿一場夢境，形貌逐漸變得模糊。沒有一件事是清楚明白的。儘管想過我們為何還活著，以及這裡的人沒有死去的原因，但牽涉的因素實在太多了。有可能是因為耐性，也可能是因為分解劑，又或者真的是莫斯瓦納起了作用。我們無時無刻不心存疑問，每天都會問彼此：『我們現在究竟在做什麼？』離開普林姆村之後，任何地方都無法給我們歸屬感，但我們依然日復一日地做著相同的事，並不是出於某種使命感，而只是……懷念那段時光，只有這件事能讓我們短暫回到過去。」

當夜幕降臨，莫斯瓦納形成的龐大群落就會散發妙不可言的藍光，讓看到的人覺得很神祕，也引發了某種敬畏之心。要不了多久，莫斯瓦納就成了娜歐蜜與阿瑪拉姊妹倆的象徵，人們也開始相信莫斯瓦納具有治癒的效果。儘管剛開始娜歐蜜阻止人們把具有毒性的莫斯瓦納當作藥物使用，卻難以改變這已經成形的幻想。從某一刻開始，大家積極地移植莫斯瓦納，打造出新的植物群落，也在自己的圓頂村附近栽培，莫斯瓦納轉眼間即覆蓋了整片高原。

以藥草治療師之姿奠定地位後，娜歐蜜與阿瑪拉開始說起莫斯瓦納真正的源頭。她們說這種神祕的植物全都來自一個叫做普林姆村的地方，在這個村子裡有一群守護溫室的人，甚至連莫斯瓦納具有消除落塵的效果也都說了。姊妹倆的故事讓大夥兒聽得津津有味，但他們都認為這只是兩個歷經風霜的小女孩捏造出來的故事。無論是親近的人，或是擔任治療師後結識的、值得信賴的人，都只是基於尊重才撥出時間聽她們說話，卻沒有認真看待這個曾有一群人在普林姆村生活的故事。關於溫室，娜歐蜜所留下的證據，就只有一張用從廢墟撿回來的相機拍下的模糊照片。

兩人必須不斷遷徙。就算少了過去那些獵捕姊妹或想抽她們血液的人，依然沒有哪個共同體能穩定安居，紛爭也層出不窮。有些人對姊妹的植物虎視眈眈，也有人脅迫娜歐蜜，想得知分解劑的製作方法。有時，姊妹倆還得和宗教領袖爭論，只因有些居民把不知突然從哪兒冒出來的姊妹當成神聖的存在來敬仰。姊妹倆走遍各個避難所、村莊和城市，每到一個地方就把莫斯瓦納廣傳出去，種下落塵耐性種植物，並暗地裡向年紀相仿的女孩子傳授分解劑的製作方法。接著，為了躲避紛爭，她們再度移動。兩人就在衣索比亞各區輾轉來去，獲得了「蘭加諾的魔女」稱號。

也差不多是在這個時候，落塵防治協議組織展開了正式的防治措施。經過長時間的唇槍舌戰，索拉利塔研究室終於承認是自身的失誤招來了滅亡危機，並公開關於落塵的所有相關資料。協議組織參考索拉利塔的資料，研究出消除落塵的對策，經過一連串的嘗試，確定以噴灑奈米落塵分解劑作為正式防治措施。公布落塵分解劑計畫時，人民都很擔憂會發生另一次落塵危機，但無論是倖存者或生活空間都所剩無幾，哪怕是即將應聲斷裂的一絲希望，也得牢牢抓住不可。

「防治協議組織的落塵分解劑計畫成功了。計畫啟動後的隔年，落塵濃度就大幅下降，六年後也終於宣告落塵時代徹底結束。真應該說謝天謝地，但說實在的，我們是百感交集。見證這個演變的過程，阿瑪拉和我不禁問彼此：『我們過去做了什麼？那件事不具有任何意義嗎？』我們也不斷自問，曾在那座森林中見到的驚人景象，難道只是南柯一夢？開始重建後，有些人有意稱頌我們是廢墟的治療師，是重建的英雄。當我們有機會站在鎂光燈底下時，曾經提議應該進行莫斯瓦納如何分解落塵的研究，但沒有任何人感興趣。人們所稱頌的，不過是在殘酷的時代短暫使用過民間療法的魔女，當科學再次照亮黑暗的世界，我們就只能退居舞台後。」

宣告落塵終結後，娜歐蜜與阿瑪拉在阿的斯阿貝巴定居下來。幾年後，落塵引起的大腦損傷帶來了後遺症。這全是因為阿瑪拉的耐性本來就弱，後來又與娜歐蜜四處奔波，長期暴露在落塵的環境下所致。娜歐蜜放下了想找到普林姆村的人，或證明莫斯瓦納效果的念頭，決定要悉心照料姊姊，同時適應重建的世界，好好活下去。

「對我們僅存的關注，在莫斯瓦納實際上不具藥效的研究結果出來後，就徹底消失。有些人嘲諷我們是騙子，衣索比亞正教對我們採取模稜兩可的態度，因為承認魔女並不符合他們的教義。儘管如此，多虧外頭有許多人尊重我們是功績者，之後的歲月十分平靜。這是以放棄某樣東西，換來微不足道的安寧。」

相較於落塵時代的人生，在世界重建後的人生要安穩多了。日子過得寧靜祥和，也不必時時遭受死亡威脅。可是，有那麼幾次，娜歐蜜的思緒總會不小心墜入過去的某個瞬間。若是碰上這樣的日子，誰也沒法讓娜歐蜜走出自己的家門。

亞榮將故事的來龍去脈都記錄下來，小心翼翼地開口問：

「莫斯瓦納真的消除或減少了落塵量嗎？妳至今仍認為莫斯瓦納對重建帶來了貢獻嗎？」

娜歐蜜沉思片刻，然後搖了搖頭。

「不瞞妳說，我是半信半疑，直到現在也一樣。植物真的守護了我們嗎？那會不會只是童年記憶中被扭曲的幻想呢？我花了一輩子懷念普林姆村，卻無時無刻不對記憶進行拷問。即便做了那一切，但或許莫斯瓦納什麼都不是，真的什麼也不是。」

娜歐蜜看著亞榮，以低沉的嗓音說：

「隨著時間過去，我明白了莫斯瓦納是什麼對我來說並不重要。我能說的就只有這句話。我只是想遵守在那個地方許下的約定。明知不可能再打造出普林姆村，明知它是獨一無二的，我仍持續種下植物……因為唯有這件事，能支撐我活下去。」

普林姆村與姊妹倆的人生，被寫成了「地球盡頭的溫室」報導三部曲。這系列長篇報導包含了娜歐蜜的回顧、亞榮的訪談，以及至今曝光的普林姆村與莫斯瓦納相關學術資料。儘管沒有直接引用智秀的回憶錄，但為了補充娜歐蜜的故事中遺漏的片段，並且讓莫斯瓦納與落塵耐性種植物有所根據，還是參考了其內容。韓語的報導是透過亞榮認為態度最為嚴謹的媒體首度公開，同時也翻譯成多國語言，在外國媒體上刊登。報導引起了軒然大波，同時引起正反兩極的反應。儘管有無數人主張自己親眼目睹或聽說過普林姆村，甚至表示曾住在那裡，但要區分真偽並不容易。

亞榮感到混亂不已，於是想要找到能自行說話的證據。驗證故事真實性的數據一一出現，其中最令亞榮欣喜的發現，莫過於揭開莫斯瓦納的作用機制。雖然在智秀的回憶錄中，找到了莫斯瓦納消除落塵原理為「凝聚」的重要線索，但如今落塵已不復存在，正在苦惱該如何驗證這個事實時，柏林的國立化學研究室和她聯繫了。

當時亞榮透過電話聽到的實驗內容，不久後以短篇論文的形式發表，標題為「透過分子模擬研究 Hedera trifidus 中的 VOCs，與自行增生奈米組合劑的受質－酵素作用」。

柏林國立化學研究室的分子模擬研究小組，先是使奈米機器人自行增生之後，揭開了莫斯瓦納（Hedera trifidus）的揮發性有機化合物（volatile organic compounds, VOCs）是以何種方式移除落塵的原理。其機制如下：1）當落塵增生時，有兩種以上莫斯瓦納 VOCs 成分具有變構抑制劑（allosteric inhibitor）的作用。2）抑制劑會在落塵的自行增生過程中干擾雙重分離反應，導致落塵粒子彼此凝聚（aggregation），形成高分子凝聚體。3）凝聚的落塵粒子失去本來的增生功能，分子變大之後，不再帶有細胞滲透性，並且會被當成土壤吸收，由細菌分解為有機物。推斷莫斯瓦納的細根具有促進落塵粒子分解的效果。

在簡短的通話過程中，主導實驗的研究人員喬治娜說想要最先告訴亞榮結果，帶著興奮的口吻解釋了實驗內容。接著還說，其實有熟人向她提議進行莫斯瓦納的凝聚機制模擬實驗。雖然無法得知那個熟人是誰，但亞榮突然想起在「怪奇傳說」上的爆料者，那人曾傳送匿名訊息給她，內容是關於奶奶的庭園，並表示自己住在德國。

剛開始對亞榮的主張抱持懷疑的研究人員，也在新的證據紛紛登場後逐漸改變態度，落塵生態的學術界儼然發生了巨變。直到不久前，「自然界的動植物在圓頂外頭、與人類完全隔離的狀態下，孕育出特有的適應能力」的假設依然占了上風，但人造的落塵耐性種植物登場後，也導致這個假設回到了必須重新檢視的原點，預計在接下來舉辦的研討會上，將會針對落塵適應種的「人為介入說」展開激烈討論。當然了，比起對這種情況感到不快的人，有更多研究人員反而抱持著看好戲的心態。而對於自己的論文因此慘遭否定的人來說，這就不是什麼值得喝采的事了。

特別是在阿的斯阿貝巴研討會上交換過聯繫方式的衣索比亞研究人員，對居住地再次成為世界話題的中心相當樂在其中，部分研究人員也開始挖掘過去未受矚目的研究論文中，是否有關於普林姆村、莫斯瓦納，或者和人為改良的落塵耐性種植物相關的論文。他們將亞榮設為附本收件人，互相傳送資料，也因此亞榮的電子郵件信箱多出了數百封論文資料。從有機化學到生物地理學，領域原本就包羅萬象，所以也無法全部理解，只能參考摘要掌握大概的內容，但其中有一封郵件倒是吸引了亞榮的目光。這封信加上了「重要」與「緊急」的標籤，寄件人是在阿的斯阿貝巴的研討會上遇見的一位親切的年長研究人員。

亞榮讀完郵件的摘要和結論後，從座位上站了起來，想立刻與別人討論這篇論文。

「允才姊，可以跟我討論一下這個嗎？」

論文是在二十一世紀後半完成的，是從落塵爆發開始，分別以防治協議組織的成立、宣告終結及重建期為基準，事後往前追溯估算各區間落塵濃度的圖表。根據作者群所使用的計算法，到落塵終結為止的濃度變化曲線，有別於當代的普遍認知。一般大眾所熟知的落塵濃度曲線，是二〇五五年落塵浩劫後急遽上升，到二〇六二年為止趨於緩和，之後兩年間反覆飆升與部分下降，而整體則呈現增加趨勢，直到落塵分解劑計畫啟動後才急速下降。

然而，新的推算法卻顯示出落塵濃度從二〇六〇年就不再增加並受到抑制，且因為濃度略為下降，呈現緩和的稜線，直到二〇六二年則開始正式走下坡。作者群將此緩和稜線的下降區域稱為「初次下降期」，經過此階段後，由於防治協議組織啟動人為消除計畫，落塵濃度才進入了可控制的範圍。

至於從二〇六四年開始的二次下降期，原因則與眾人所知的事實吻合。防治協議組織的科學家同時進行設置巨大吸附網與多孔性捕集柱等落塵移除作業，以及噴灑作為繁殖型分解劑的落塵分解劑，是落塵二次下降期的直接原因。不過，至今的主流假設卻無法解釋初次下降期發生的原因。

「所以，按照作者群的主張，落塵並非在落塵分解劑的影響下一次減少，而是至少有兩次急遽減少的現象，且造成的原因各自不同。」

落塵之所以終結，向來都被認為是科技與全人類同心協力下取得勝利的結果，但作者群主張必須尋找初次下降期發生的原因。儘管論文在當時提出了破天荒的見解，點出在落塵移除過程中曾出現劇烈的初次下降期，以及至今無人探討其原因的盲點，卻似乎沒有受到該有的重視，因為足以解釋初次下降期的其他原因完全未被提起。

「莫斯瓦納會是造成初次下降期的原因嗎？」

「目前有證據指出莫斯瓦納能使落塵凝結並移除它們，但至今還不曉得影響有多大。假設當時莫斯瓦納蔓延的範圍夠廣，就時機點來看倒是一致。」

「但是……按照這篇論文，莫斯瓦納開始蔓延近一年，才出現了某種程度的抑制效果，不是嗎？按照娜歐蜜的說法，莫斯瓦納確實是在衣索比亞時透過人為介入才開始蔓延，但就算是這樣，我們也得假定它是在短時間內幾乎覆蓋了整個地球……就現實的角度來看，單一品種有可能在短短幾年內覆蓋整個地球表面嗎？」

「假設達到天時地利人和，倒也不無可能。當時在生態界幾乎沒有能與莫斯瓦納競爭的品種，能從死亡的生物上頭取得的養分又很豐富，加上又有散播種子的人為因素介入。莫斯瓦納是根據氣候條件的不同，很容易產生變異的品種，再說了，我們也已經見識到這種植物的生命力有多強。」

亞榮回想起在海月時，莫斯瓦納覆蓋住廢鐵堆的驚人生長能力。這種繁殖與生存能力強化後的人工植物，確實要比普通的植物繁殖得更快。

「儘管如此，這件事想必不是靠娜歐蜜姊妹倆就能達成。娜歐蜜與阿瑪拉抵達衣索比亞後就不曾離開過，而根據娜歐蜜的說法，莫斯瓦納以神祕的藥草廣為人知，以及大家開始種植這種植物，則是更後來的事了。」

「妳說得沒錯。換句話說，外部的介入要素不單只有兩人而已。」

在各國植物地理學家的協助下，亞榮和允才進行莫斯瓦納的葉綠體ＤＮＡ分析，重新製作出植物分布圖。過程並不容易，因為莫斯瓦納很容易隨著氣候產生變異，經常被誤認為其他品種，但多虧各區域的研究人員鼎力相助，才能親自對照基因體的異同。這項作業是把在普林姆村誕生的莫斯瓦納視為帶有基因體A的原種，然後拿來與在人為移動下所演變出來的小規模變異A'、A"等，以及自然形成群落的大規模變異B進行比較分析。透過此項作業，可以描繪出大概的移動地圖，得知離開溫室後的莫斯瓦納經由何種路徑擴散。

允才把最後審閱過後的初稿寄來時，亞榮快速瀏覽了論文的摘要，接著一口氣讀完了緒論和結論。這篇論文耗時了數個月，內容也與聽完娜歐蜜的故事後的預想吻合，但親眼確認地圖卻又是截然不同的經驗。研究結果顯示，這種植物分布型態不可能自然發生，同時也證明了某個村子與其居民的存在。

在阿的斯阿貝巴市區的娜塔莉咖啡廳與娜歐蜜再次見面時，亞榮以平板電腦開啟了事先準備好的資料。

長期以來，娜歐蜜都不曉得衣索比亞外的其他區域發生了什麼樣的事。國際間的消息要在民間廣為流傳，總會多耗費一點時間。近二十年的歲月荏苒，娜歐蜜才知道莫斯瓦納曾一度遍及世界各地。然而關於其原因，卻有太多只能停留在猜測的部分。

「透過莫斯瓦納的基因體研究，可以看到在哪裡發生了變異。植物從哪裡開始擴散，移動到哪去，還有過程中耗費多少時間，都能透過此數據來進行推論。靠人為散播單一品種時，遺傳多樣性低，但如果植物是自然擴散的，遺傳多樣性就會增加。植物分布是由人類活動造成或自然傳播，就是以此來做區分。」

亞榮解釋數據的同時，也分別在地圖畫上一個黑點。

「這份數據指出莫斯瓦納的原種出現的大陸，也就是在普林姆村的位置，馬來西亞的甲洞，還有，就在它的不遠處，莫斯瓦納初次形成了大規模的群落。但不只是這樣，人們從溫室出發後，來到了世界各地，幾乎在沒有任何時差的情況下，這株莫斯瓦納原種在好幾個地點擴散開來。」

亞榮在不同大陸、不同國家上點下黑點。

最後，從這些黑點出發，連起了通往世界各地的線條。

「不是只有一人，也不是只有一個地點，從溫室離開的這些人，幾乎在相同時代，在各自抵達的地方種植莫斯瓦納。這裡是娜歐蜜與阿瑪拉妳們抵達的地點，還有這裡是中國南方區域，而這裡是德國。試著畫出所有從各個點擴散出去的線條……就能得知幾乎世界上每一塊大陸都種植了最早的莫斯瓦納品種，所以莫斯瓦納才能在短時間內就覆蓋整個地球。」

亞榮希望娜歐蜜也能感受到自己初次見到這篇論文數據時的驚訝、悲傷，以及難以言喻的欣喜。亞榮看著娜歐蜜的目光遲遲無法從地圖上移開，也目睹她的表情逐漸發生變化。

娜歐蜜以低沉的語氣說：

「原來不是只有我們，大家都沒忘記。」

「是的，你們遵守了約定，拯救了地球。」

「不是的，我們只是希望離開那裡之後，能夠再次重現普林姆村的光景罷了，只是最後沒有辦到。雖然沒有成功……」

娜歐蜜最終沒有把話說完。地圖上的黑點依然閃爍著，亞榮也不再往下說明，因為此時無聲勝有聲。

就算沒有說出來，娜歐蜜也一定知道，那些無數黑點的名字是什麼。

我現在才看到您在兩個月前寄來的電子郵件。您說想要聊聊關於莫斯瓦納與落塵耐性種植物的故事吧？我完全沒想到有人會透過研究資料庫和我聯繫，所以沒能在第一時間確認信件。

確實如您的推測，我上傳的莫斯瓦納數據是從全世界蒐集來的。雖然蒐集過程花了相當長的時間。

您說想要從植物的觀點重新撰寫重建期的歷史，但我很驚訝這項作業竟然到現在都沒人去做。過去人類究竟寫下了多少以人類為中心的歷史？對植物的認知偏誤是人類長久以來的習性。我們總是給予動物過高的評價，卻低估了植物。相較於動物的個別性，我們貶低了植物的群體特性。植物的生命中充滿了競爭與奮鬥的過程，我們卻像是將其抹去似的，凝望著朦朧的植物風景，卻不曾以正眼看待。我們認同的是金字塔型的生物觀，認為植物、微生物與昆蟲僅是支撐金字塔的地面，非人類的動物在其上，而人類位於金字塔的頂端。這等於是完全反過來了。一旦少了植物，包括人類在內的動物都活不下去，但就算少了動物，植物依然能追求物種的繁榮。人類向來都只是短暫被邀請至地球這個生態環境作客而已，而且是地位岌岌可危、隨時都能驅逐的存在。

身為目擊者，我就給您一個線索吧。

如果要以植物為中心撰寫重建的歷史，莫斯瓦納無疑是引領落塵時代遷移的植物拓荒者。通常在毫無生物的土地上，新來的拓荒者都是苔癬類、地衣類和一年生草本植物，但莫斯瓦納是罕見的多年生木本單一品種，於是成了拓荒者。假如單一植物品種的繁榮意味著該物種擴大了家園，那麼莫斯瓦納可說是一度超越地球上的所有生物，盡享史無前例的繁榮。當人類被困在圓頂內逐漸死去時，莫斯瓦納卻成為優勢種，去到了人類不曾抵達的區域，還有，當那光榮的年代逝去時，莫斯瓦納又欣然地退位了。這是人類身為優勢種時完全無法想像的事。

正如妳所指出的，莫斯瓦納的矛盾性就在於它摧毀了造就自身競爭力的環境本身，也就是落塵。隨著落塵這種極限環境趨於緩和，新的植物生態圈再次形成，莫斯瓦納也不再是優勢種。不過，另一方面也可以說，是這種矛盾性替莫斯瓦納爭取了時間。莫斯瓦納開始適應人類，慢慢地降低自身的毒性，縮小會引起發炎症狀的尖刺，也失去會引人注目的發光性突變。就像落塵出現之前的雜草般，將自己隱身在風景之中。

這個結果確實也是我意想不到的。莫斯瓦納與落塵相似，都具有不斷繁殖、會進行攻擊與滲透的特性，但與此同時，它也是脆弱的。因為它缺乏遺傳多樣性，所以即便面對單一病毒，也可能遭致滅種。我原本預想，莫斯瓦納會隨著落塵一起消失在歷史的彼端，但莫斯瓦納學會了共存與遺傳多樣性，抹去落塵時代的痕跡活了下來。

可是，假如研究人員對落塵時代的植物如此一無所知，您所研究的新生態學究竟又是由哪些知識構成的？能否與我分享那些錯誤的假設呢？

國立中央博物館舉辦了「文明重建六十週年紀念展覽」。這個展覽除了回顧落塵時代，也檢視了全人類如何團結一心、從落塵終結到後重建時期數十年滅亡與重建的歷史，規模大到必須動用整間博物館作為展覽場地。各區展示了得以檢視落塵時代的慘況、生活樣貌的各種現代史跡遺物，可是就在幾個月前，這個企劃許久的大型展覽緊急追加了特別展，因此人們的目光從開幕的第一天就被吸引了過去。

特別展覽館的外牆均被巨型橫幅布條圍住，上頭寫著「救世主植物，莫斯瓦納」的標題。一走進入口，亞榮就忍不住看著散發莊嚴氛圍的布條咂舌，而在旁邊不停嘀咕的秀彬，似乎也和亞榮有著相同的心情。

「看看那布條上寫的字，我們出了多少力啊？照片不還是組長拍攝的嗎？我們小組成員的靈魂都被絞碎丟進裡面了……不是該找個地方把研究中心的名稱大大地寫上去嗎？」

過去這段時間，包含亞榮在內，植物小組的所有研究人員都快被展覽企劃負責人煩死了，現在光是聽到「展覽」兩個字，背部就會忍不住起雞皮疙瘩。展覽企劃組是在很突然的情況下接到莫斯瓦納特別展的任務，但他們說自己對植物幾乎一無所知，三天兩頭就打電話到到落塵生態研究中心要求需要的資料，還拜託亞榮他們說明。打電話來的負責人是小組內的新人，好像也是在非自願的情況下被交付工作，所以也不能對人家發脾氣，但要求事項排山倒海而來，搞得大家都無法專心做原來的工作，個個苦不堪言，所以幫起忙來也是心不甘情不願。親眼看到莫斯瓦納的照片被當成展覽的主視覺掛著，還不免感到情緒激動，但一想到展覽內容的重點並不在於考證科學，反而比較接近以浪漫包裝的神祕主義，這份感動便瞬間冷卻了下來。儘管負責人略顯為難地表示，「考慮到票房，所以必須添加藝術性，如果完全走科學路線，就不容易吸引人氣」，但既然如此，真不曉得為什麼要折磨植物小組長達好幾個月。

開幕活動是在特展館舉行。原本需要事前預約，但展覽企劃組提供了一箱招待券，所以省下了排隊的時間。當允才向小組成員提議，既然大家都這麼辛苦幫忙了，乾脆就一起去看展的時候，亞榮本來還覺得展覽內容都已經知道了，也沒必要特地去看，直到後來才有了看展的理由。

一走進展覽館大廳，亞榮就不停張望，尋找今天來到此地的真正原因。室內人山人海，要找人並不容易，大部分看展的民眾從大廳走進展示間後，就在入口展示的巨型緙織壁毯前拍照留念。以莫斯瓦納的植物纖維製作成的緙織壁毯被冠上了「地球的禮物」的標題，是知名設計師為了紀念此次特展所製作。在亞榮看來，相較於莫斯瓦納平凡的外觀，這未免過於華麗，也名過其實。

漆黑的室內展示間是以聚光燈標示動線，牆面的布置則是利用莫斯瓦納與其原種的發光性副產物，來創作生物藝術。黑暗中藍光熒熒，展場彷彿重現了外行星的風景，內側則展示了莫斯瓦納的生態、分布區域，並以全像投影展示落塵凝結的原理，全部都是利用植物小組提供的資料製作的。

「不過，那牆面展示，應該算是詐騙等級了吧？就連長滿莫斯瓦納的海月看起來都沒有這樣了。」

「說詐欺太嚴重了，本來藝術就是得渲染誇張。既然是生物藝術，還不都是搞那一套嗎？」

「說得也是，為了讓論文照片更美觀，也都會弄得五顏六色的。」

為了進行驗收，亞榮已經把這些展覽都看膩了，但秀彬與允才是第一次看，所以興致勃勃地一邊欣賞展品，一邊交頭接耳。亞榮看了一下時間，準備動身前往其他地方。

「請慢慢看，我還有個地方要去。」

「亞榮，妳最近真的好忙啊，該不會又要帶什麼驚人的發現回來了吧？」

朴組長咧嘴笑著說。允才回頭瞥了一眼亞榮，用嘴型說：「祝妳順利。」

亞榮趕緊離開了展示間。結果那人還是沒來看展嗎？亞榮坐在展示間前，決定再多等一會兒。她暗自祈禱企劃負責人千萬別認出自己，並故意拿出平板電腦假裝在辦公，可是卻無法集中精神。她瀏覽著與今天約好見面的那個人來往的信件，接著再次確認恰好在一週前寄來的那封信。

不過，還是多虧了您，我才能聽到許多精彩的故事。尤其是大家就莫斯瓦納是自然植物或人為打造的工具展開爭論的事，讓人聽了格外起勁。既然您詢問我的意見，我就這麼說好了，我的意見與您的見解一致。探問莫斯瓦納是自然或人工的植物毫無意義，莫斯瓦納既是自然的，同時也是人工的。構成莫斯瓦納的元素均從自然而來，接著在人為介入下，形成了名為莫斯瓦納的綜合體，然後又再次回歸為自然的一部分。儘管有人主張，是人類利用了莫斯瓦納，但相反的，也可以看作是莫斯瓦納利用了人類。兩者密不可分，甚至也沒必要區分。可以確定的是，莫斯瓦納運用適應人類的策略，以追求該物種的繁榮，而人類也曾迫切地需要莫斯瓦納。換句話說，莫斯瓦納與人類達到了共同演化。

我想與您見一面。當然，我們無須促膝長談，因為該說的都透過書面文字說完了。只不過我們擁有彼此需要的東西，所以我想，我們能在交流的最後進行交換。

約定時間已經過了半小時，卻依然不見對方身影，看來應該不在這裡，而是在其他地方。亞榮離開大廳，甚至跑到接近特展館盡頭的走廊角落張望，才總算找到那個人。

在陽光無法觸及、讓人感覺到陰涼的走廊椅子上，芮秋就坐在那隅。外頭晴空萬里，她卻穿著不合時宜的厚重長衣包裹住全身，加上大大的帽簷壓得很低，所以看不清臉孔，但亞榮一眼就認出她了。

「如何？您逛完展覽了嗎？」

芮秋朝亞榮的方向轉過頭。她的外型上沒有任何引人側目之處，要是沒有閱讀智秀的紀錄，恐怕完全感覺不到她其實全身上下都是機器裝置。芮秋以毫無情緒起伏的口吻說：

「肯定都是在胡說八道，我又何必看呢？」

「您只要走進去瞧瞧，就會發現相當精采的展示品。掛在前頭的緙織壁毯就還不錯吧？」

「那是在欺騙大眾吧？」

芮秋無動於衷的語調，讓亞榮不禁笑了出來，這確實不是芮秋會欣賞的展示品。

「之所以邀請您來這，是想讓您見證自己達成的驚人成就。大家都為救世主植物讚嘆不已，我卻很希望能與人類的救世主見上一面。芮秋，能見到您是我的榮幸。」

芮秋一言不發地盯著亞榮，不知道在想些什麼。亞榮露出微笑說：

「我們要不要換個地方？這裡好像太吵了。」

始於海月的機器人失蹤怪談，又勾起了亞榮的其他疑問。假如智秀已經離世，那麼在海月種植莫斯瓦納的人是誰？智秀費盡千辛萬苦，究竟是想在海月找到什麼？亞榮想到那個長年來在廢鐵堆中沉睡，卻突然被挖掘出來的機器人，以及偏偏在此地蔓延開來的莫斯瓦納原種，還有從數十年前開始，韓國就不時出現莫斯瓦納異常繁殖事件的報導……這一切難道都只是偶然嗎？

雖然有預感芮秋就在某個地方，或許人就在海月附近，但要如何尋找她的下落依然是道難題。這時，天外飛來意想不到的線索，亞榮在調查過往關於莫斯瓦納的文獻時，在「Unigine Database」這個基因體定序共享網站上頭，發現有個走訪各地並上傳該地區莫斯瓦納基因體的帳號。雖然有很多植物學家會觀察自己情有獨鍾的品種產生哪些地區變異，但早在娜歐蜜的普林姆村故事廣為人知之前，鍥而不捨地走訪世界各地並蒐集莫斯瓦納數據的人，就只有擁有「Rc」這個帳號的人。

意外的是，芮秋回覆了亞榮的信件。或許是因為亞榮並沒有向她追問過去，而是以詢問植物歷史的角度開啟話題之故，芮秋並沒有否認自己就是改造莫斯瓦納的植物學家，而亞榮也進一步請教關於她的植物的資訊，包括如何設計與改造莫斯瓦納，莫斯瓦納將落塵耐性ＤＮＡ載體轉移到既有植物的方法是什麼，而莫斯瓦納的原種產生變異後，剛開始是如何像野生雜草般介入自然界等。亞榮甚至向對現代落塵生態學感興趣的芮秋介紹了主要理論和假設，芮秋對此一方面感到興致盎然，另一方面又嗤之以鼻。

剛開始互通郵件時，亞榮感覺到雖然芮秋很有興趣與自己對話，但沒有意願碰面，所以便決定尊重她的意思。不過亞榮的手中有芮秋非知道不可的情報，也有要交給她的物品，所以經過一番猶豫，亞榮主動提議見面聊一聊，沒想到芮秋給了正面回應。

「謝謝您今天與我見面。實不相瞞，我原本以為您對這一切發現和變化不怎麼感興趣，因為您早在多年前的落塵時代，就改良植物並將它們散播到全世界，這個事實並沒有改變，只是人們後知後覺，對此大驚小怪罷了。我大概把您當成了把植物當消遣的技術人員了吧，但看著您多年來分享的莫斯瓦納各地區數據，我的想法有了些改變。或許這個叫做芮秋的學者，是帶著純粹的好奇心與求知精神在對待植物。還有，只要能在這過程中更接近真理……無論有誰加入行列，她都不會多加在意。芮秋，對您而言，植物究竟具有什麼意義？」

芮秋以亞榮難以解讀的特有表情直勾勾地盯著她。亞榮頓時有種成為芮秋觀測與分析對象的感覺。過了片刻，她開口說：

「普林姆村瓦解後，還有智秀離開後，我剩下的就只有植物了。植物曾經是我的全部，我盼望它們能擴散至千里之遙，最好能覆蓋整個地球表面，直到看不見任何人類為止，只是沒能如願就是了。」

芮秋說起了智秀的紀錄裡沒說的後續故事，是關於她自行燒毀溫室的植物之後，數十年來在世界各地漂泊的故事。芮秋躲進了成為廢墟的種子保管室，將植物的種子改良為落塵耐性種，甚至還嘗試利用根部的細菌，好讓植物感染耐性基因，以重現森林的樣貌。但芮秋不曾像從前一樣，定居在某個地點進行實驗，因為只要她這麼做，就會忍不住想起普林姆村的溫室。為了遺忘這份痛苦，芮秋只能四處漂泊，居無定所。

「落塵終結後，那些事也都變得無關緊要。我心想，是時候放下我唯一念念不忘的植物了，如今就算沒了我，植物也能占領地球，想去哪就去哪。因此，現在就算關掉我身上的電源，被埋在廢鐵堆也無妨了。後來，就在我尋找死亡的適當地點時，突然有了這樣的念頭。要是我就這麼了結人生，過去那些混亂的心情與情感會到哪兒去呢？我對智秀的情感是被誘導出來的，還是打從一開始就存在？如果是被引導的，為何經過幾十年，為何離開溫室那麼久了，這份心情依然沒有被抹去？一想到這裡，我就怒火中燒，沒辦法就這麼死去。」

「所以您就去了海月嗎？」

「想要再次找到智秀的念頭，是經歷那種混亂後又過了許久，才做的決定。」

芮秋說話時，嘴角掛了一抹若有似無的笑容。

對芮秋的身體狀況瞭若指掌的維修人員離開後，要維持機器身體的運作也就相形困難。芮秋曾為此四處尋找失傳的技術，中途失去了意識，也曾在某人的幫助下甦醒、逃跑，最後又不知該何去何從。同樣的遭遇，在芮秋身上反覆上演。

「我有很長的時間一直惦記著她。智秀真的擅自對我的大腦做出了那種行為嗎？或者只是隨口胡謅的？假如那些話都是真的，這件事又有那麼嚴重嗎？那種心情究竟是什麼時候、從哪裡萌芽的？我一再回想和智秀間的對話，想了又想，然後再次陷入絕望。經過如此漫長的時間，我都無法忘記她的話……我的情感本身應該是真實的吧？」

芮秋稍作停頓，接著繼續說了下去。

「後來，我想起自己有件事其實欺騙了智秀。」

「那是什麼呢？」

「智秀在溫室發現我時，我已經死了。雖然智秀始終懷疑我是自殺，但後來接受了我是自己決定要沉睡數年的說法。但事實上，我確實是選擇了死亡。因為我知道，只要我關閉電源，溫室裡滿滿的落塵就會導致我無法起死回生。智秀的出現，是一場我事先沒料想到的意外。」

「可是……您後來沒有再次選擇死亡，不是嗎？為了讓植物生長，還與智秀小姐進行交易。」

芮秋點了點頭。

「沒錯，那比較像是藉口。當智秀救活我時，我對她產生了好奇心，這才是真正的理由。我原本打算再次尋死，可是卻突然好奇起智秀是個什麼樣的人，也不禁在意起她。明明她也沒有半點想拯救人類的念頭，甚至還希望世界乾脆就這麼滅亡算了，可是卻要求我成為救世主。她的厚臉皮勾起了我的興趣，讓我想好好觀察她。仔細想想，或許我的好奇心，還有智秀對我懷抱的情感，在本質上是相似的。或許我們一輩子都在好奇彼此的內心，最後卻無疾而終。」

亞榮驀然覺得，芮秋的眼神與自己兒時在庭園看到的智秀眼神相似。那目光蘊含的情感錯綜複雜，是由懊悔與懷念交織而成，卻又無法斷言其中只有痛苦的情感。或許是生命的某個瞬間支撐住她的一生，讓她得以活下來，但同時疼痛也如影隨形。

「芮秋，我唯一知道的，就是智秀小姐也絕對沒有忘記妳。在我小時候，智秀小姐經常會說起植物是設計精密的機器，以及那個讓她明白這件事的人。看到智秀小姐注視著在半空中飄散的藍光，那是我第一次明白有種記憶能讓人掛念一輩子。我不知道當時究竟發生了什麼事，妳的心意是否全都是被誘導出來的。無論如何，這都無法替智秀小姐的錯誤辯解。總之，我是這麼想的，心和情感都是物質性的東西，在時間的水流沖刷之下，表面就會逐漸磨損，但最後仍然會留下某種核心。這最後留下來的，就是妳曾經擁有的心意。即便是時間，也無法將其抹去。」

芮秋默默地聆聽亞榮說的話，亞榮心想，她的眼神看起來好哀傷。

「智秀在最後留下了一個請求，希望要是晶片持有者後來遇見了芮秋，能替她轉達自己的歉意。她說自己因為沒說出真心話而後悔一輩子，最後才領悟自己這樣太過自私，請求紀錄持有者務必替她傳達一聲對不起。」

亞榮繼續開口說：

「我知道智秀小姐生前最後待在什麼地方。只要她能做到，她肯定會設法重返溫室，但她大概是抱憾離世了。妳也可以去那個地方看看，或許留給妳的話也……」

看到芮秋的表情，亞榮停了下來。

「芮秋，妳還好嗎？」

如今芮秋已無法哭泣，但她看起來卻像在哭。她的表情，承載了難以估量的時間與情感。顧及芮秋的心情，亞榮默默地將目光移至他處。

在娜歐蜜的同意下，「地球盡頭的溫室」的相關紀錄將付梓問世，也會刊載在其他媒體上。亞榮記錄了某些故事，但有些則跳過不談。她認為，不是所有故事都非得公開並且流傳於世。即使改造人的身體，最終也會氧化生鏽。一切都會陳舊，都會扭曲變形，那麼，終有一日會消逝的紀錄又有什麼意義？亞榮雖尚未理出頭緒，但仍決定將這混亂的原貌呈現在世人面前。

芮秋記得娜歐蜜是每晚都會跑到智秀小屋的聰慧小女孩。除了智秀之外，芮秋幾乎和普林姆村的人沒有任何交流，因此兩人稱不上很熟悉或親近，但娜歐蜜聽到彼此的消息時，依然掩不住臉上的欣喜。娜歐蜜開心地說：

「我記得當我朝著溫室打招呼時，芮秋會對我揮手。我們當時怎麼會覺得她和我們生活在不同世界呢？明明就不是這樣的。直到現在，我們才證明了彼此的存在。」

聽到芮秋決定要徹底分解自己的身體時，亞榮並不感到訝異。如今芮秋記得的人，還有記得芮秋的人，多半都已化為塵土。即便是死亡，對芮秋來說也是場實驗。芮秋對死亡的恐懼，想必在她逐漸轉變為機器的過程中，猶如流水般離開了她的身體。亞榮想道，如今芮秋終將找到她所追尋的平靜。

第一次、也是最後一次見到芮秋的那天，亞榮把記憶晶片交給她，而芮秋則是遞出了地圖的座標。就算沒有言明，亞榮也早已知道那是什麼地方。妳不去瞧瞧嗎？亞榮原本想問芮秋，卻見她臉色一暗。就算不問，亞榮也知道她早已去過那個地方好多次了。

亞榮凝視著芮秋離去的背影許久，接著在走下階梯的同時，訂購了前往馬來西亞的機票。

甲洞區蒼鬱的熱帶雨林之間，在地球滅亡前曾是頗具規模的山林研究園區，也曾是一群亡命之徒作為庇護所的溫室與村莊共同體，但現在卻連痕跡都灰飛煙滅了。

在娜歐蜜的故事廣為人知後，在馬來西亞挖掘出山林研究室的村莊殘骸。雖然此地區也被納為重建修復區，但因為尚未正式動工，所以才能進行挖掘作業。當然了，當年的痕跡幾乎蕩然無存，但依然發現了部分構成建物的支柱或地基等。儘管有人主張恢復溫室的原貌，但娜歐蜜與阿瑪拉並不樂見其成，經過討論，最後只在那個地點設置了一個小小的標誌。

聽到亞榮邀請自己一同前往，娜歐蜜回答：

「那個地方早就變得與我的記憶截然不同了吧。我真擔心會連在夢中都想不起村子的模樣呢。亞榮妳先去，再跟我說那裡怎麼樣，能不能想像出普林姆村的模樣之類的。」

曾是山林研究室的區域，已預定全數規劃為莫斯瓦納的群落生態區，目前一般訪客無法進入。由於整座山都被劃為保育區，想要進入，還得再申請許可證才行。亞榮下了飛機，搭乘懸浮車在路上奔馳四小時，最後抵達入口時，看到莫斯瓦納的群落已超越茂盛的水準，幾乎是森林的等級了。

「您說是為了進行學術研究吧？知道規則吧？請別擅自離開路徑，要是沒有跟上指引機器人，警報聲就會響起。第二次警告時就會直接罰款。請小心，這裡嚴禁採集標本。如果想進行採集，就必須另外申請許可證，但您所帶來的許可證沒有蓋章呢。」

「請別擔心，我不會傷到植物的一根汗毛的。」

亞榮從員工的手中接過許可證。對方帶著懷疑的眼神打量亞榮，從抽屜取出指引機器人，接著打開管理室的側門走出去。員工說，這個機器人沒有特殊功能，只具有監控訪客是否脫離路徑的功能。亞榮心想，起碼也給她看個地圖嘛，但員工的臉上滿是不歡迎訪客的神情。亞榮恭敬地向員工點頭之後，走入登山口。

上山的路上，附近看到的更多是蕨菜、石葦、椰子和橡膠樹等馬來西亞的野生植物，而不是莫斯瓦納，但隨著山丘的地勢突然陡峭拔高，在大樹逐漸減少的區域開始，樹木也跟著稀疏起來。此處曾經是枝葉繁盛的叢林，但開始進行重建修復工程後，似乎將樹木全都砍除了，剩下來的樹木也全被莫斯瓦納的藤蔓纏繞，難以看出原來的樣貌。

亞榮彎下腰來，再次綁緊了鞋帶，這座山丘的整體輪廓也開始映入眼簾。

如今莫斯瓦納的藤蔓幾乎覆滿了山丘。由於視野沒有任何遮蔽，若是還留下什麼建物的殘骸，應該老早就看見了，但山丘上卻只見雜草叢生，草蟲鳴叫不斷。突然，有陣風吹了過來，亞榮的鼻子發癢，忍不住打起噴嚏。接著，她稍微停留在原地，看著眼前一望無際的莫斯瓦納。娜歐蜜的故事在腦中反覆播放無數次之後，村莊的景象彷彿歷歷在目。想必會館就在那下方，而學校和圖書館應該就在這附近吧。

亞榮再次漫無目的地爬上山丘，接著偶然碰上了地勢較為緩和的區域，這才看到了此趟前來的目的地。無法辨識形體的建築物，也徹底被繁盛的莫斯瓦納包圍了。

僅有破碎不堪的殘骸與小小的標誌，證明了溫室曾在此處。這些痕跡極不起眼，很可能一不小心就會錯過，但對亞榮來說，意義是如此明確清晰。

一切的故事，均是始於此處。

晚霞緩緩拉下了布幕，在這裡卻見不到莫斯瓦納散發的藍光。它隨著時間而演化，失去了原來的光芒，然而，亞榮站在緩緩降下的夜幕前想像那些藍光點點——曾經在智秀的庭園看到的孤寂發光粒子，彷彿此時也在輕輕飛舞著。

她彎下膝蓋，藤蔓觸碰到身體。亞榮伸手去感受土壤的觸感，也壓低頭將耳朵貼在地面上。她聽見了草叢間窸窣的聲響，也嗅聞到青草的香氣。淺淺的墨色慢慢渲染山丘，來自悠遠過去的感覺牽住了亞榮的心緒。

現在，亞榮能描繪出人們曾在此地安身的生活。

夕陽西下的夜晚，暈黃的燈光接連在窗框中亮起，植物亦如闔上的雨傘般紛紛下垂，空氣中則由飛舞的藍光點點填滿。一間既不是位於地球的盡頭，更不是在宇宙的盡頭，而只是坐落於某座森林的玻璃溫室，有好些溫暖的故事，在玻璃牆之間穿梭來去，直至夜深人靜。

作者的話

剛開始構思《地球盡頭的溫室》時，我的腦海中有的只是漫無邊際的故事種子。為了以小說完成這顆不知會孕育出什麼的種子，我需要一種速度極為緩慢，但仍堅韌不拔地蔓延，沒有地方去不了，最後足以覆蓋整個地球的生物。我認真地考慮細菌、病毒、黴菌、蘑菇，甚至是昆蟲，但在構思過程中基於各種理由全部都淘汰了，最後得到的答案只有一個，植物。唯有植物能成為拯救我的小說的生物。

我坐在郊區新開張的溫室咖啡廳，向爸爸拋出了一堆問題，像是植物是如何生長與擴散，植物的一生是什麼樣子，草本與木本的差異是什麼，一年生與多年生又是所指為何，棲息地的不同會為植物帶來什麼變化，一個植物品種能否適應各種氣候條件……當時對植物一無所知的我，想透過這些天馬行空的問題得到一個明確的答案。也就是說，這種異常的植物有可能存在嗎？主修園藝學的爸爸給我的回答是：「植物無所不能」。關於實際生長於地球各個角落的奇異植物，總有說不完的故事。

在我笨拙地踏入植物的世界後，現在似乎有些明白了，植物果真無所不能，還有，靜靜地凝視地球，就會發現它宛如外星球。

我很喜歡溫室的矛盾性。溫室是自然的，也是人工的，是被界定與控制的自然，是無法去到遠處的植物，重現地球遙遠另一端風景的空間。創作這部小說時，我不禁思索起這個我們已然介入太深以致無法挽回，然而往後依然必須在此活下去的地球，以及即便無法再去愛這世界，最終仍決心要重建一切的人類。

或許，我是想書寫關於這種心情的故事吧。

參考文獻（前面打＊號者為曾經有繁體中文版之書目）

＊西村佑子，《女巫不傳的魔法藥草書》，如果出版社，二〇〇七（繁體中文版已絕版）。

•雷納托．布魯尼（Renato Bruni），《植物學家的庭園散步》，張慧卿譯，初三月，二〇二〇。

•李察．柏德（Richard Bird），《寫給園藝師的拉丁語課程》，李善譯，窮理，二〇一九。

•麥可．波倫（Michael Pollan），《植物的欲望》，李景錫譯，金牛座，二〇〇七。

•司特凡諾．曼庫索（Stefano Mancuso），《植物的世界冒險》，林熙妍譯，中惠雨審校，森林，二〇二〇。

＊司特凡諾．曼庫索、阿歷珊德拉．維歐拉，《植物比你想的更聰明：植物智能的探索之旅》，商周出版，二〇一六。

•尹敖順，《咖啡與人類的搖籃：衣索比亞的邀請》，nulminbooks，二〇一六。

•李南淑、嚴尚美、李宥美，《馬來西亞民俗植物學》（*Ethnobotanical plants of Malaysia*），

國立植物園，二〇一九。
• 李素英，《植物散策》，文壇，二〇一八。
• 稻垣榮洋，《植物學課程》，鄭恩晶譯，Kyra Books，二〇二一。
• 稻垣榮洋，《奮鬥的植物》，金善淑譯，森林，二〇一八。
• 張于慧，《漫步馬來西亞》，圖書出版雅虎，二〇一八。

◎這部小說的創作，參考了以上書目與資料。在此感謝生命科學家金俊先生給了我植物基因體分析的重要靈感。

地球盡頭的溫室

지구 끝의 온실

作者　金草葉
譯者　簡郁璇
封面設計　高偉哲
內頁排版　高巧怡
行銷企劃　江紫涓、蕭浩仰
行銷統籌　駱漢琦
業務發行　邱紹溢
營運顧問　郭其彬
責任編輯　吳佳珍、李世翎
總編輯　李亞南
出版　漫遊者文化事業股份有限公司
地址　台北市103大同區重慶北路二段88號2樓之6
電話　(02) 2715-2022
傳真　(02) 2715-2021
服務信箱　service@azothbooks.com
網路書店　www.azothbooks.com
臉書　www.facebook.com/azothbooks.read
發行　大雁出版基地
地址　231新北市新店區北新路三段207-3號5樓
電話　(02) 89131005
傳真　(02) 89131056
劃撥帳號　50022001
戶名　漫遊者文化事業股份有限公司
初版三刷　2024年5月
定價　台幣450元

ISBN　978-986-489-667-7

國家圖書館出版品預行編目 (CIP) 資料

地球盡頭的溫室/ 金草葉著 ; 簡郁璇譯. -- 初版. -- 臺北市 : 漫遊者文化事業股份有限公司, 2022.08
328 面 ; 14.8 × 21 公分
譯自 : 지구 끝의 온실
ISBN 978-986-489-667-7(平裝)

862.57　　111009411